文心雕龙译注

（南朝梁）刘勰 著
陈志平 译注

北京联合出版公司
Beijing United Publishing Co.,Ltd.

目录

前　言

《文心雕龙》是我国南北朝时期梁代刘勰撰写的一部伟大的文学理论和批评巨著。

刘勰（约465—约538），字彦和，祖籍东莞莒县（今山东省莒县）。西晋永嘉之乱，刘氏一族南迁避乱，世居京口（今江苏镇江）。《梁书·刘勰传》载："勰早孤，笃志好学。家贫不婚娶，依沙门僧祐。"刘勰入定林寺佐僧祐校经十余年，博通佛教经论。大约在南齐末年，刘勰完成了《文心雕龙》的撰写。由于地位低下，无人赏识，刘勰遂扮作货鬻者，将此书自荐给当时文宗沈约。沈约读后，"大重之，谓为深得文理，常陈诸几案"。由于沈约的看重和推荐，刘勰在梁代官至太末（今浙江衢县）令，政有清绩。后迁步兵校尉，兼东宫通事舍人。刘勰的文学和政治才华得到当时东宫太子萧统欣赏，而他自己也感到在政治上能有一番作为，"摛文必在纬军国，负重必在任栋梁，穷则独善以垂文，达则奉时以骋绩"（《文心雕龙·程器》），刘勰终于有了"任栋梁"

而“骋绩”的舞台！中大通三年（531）四月，萧统卒，东宫易主，僚属也被遣散，刘勰被“有敕与慧震沙门于定林寺撰经”。晚年的刘勰心灰意冷，遂在完成编定经藏的任务后，燔鬓发自誓，出家为僧，改名慧地，不久就离开了人世。刘勰除《文心雕龙》外，还有《灭惑论》《梁建安王造剡山石城寺石像碑》等文章流传于世。另外，学界有专家研究认为，子书《刘子》也是刘勰所撰。刘勰不仅是文学理论家，还是哲学家，不仅是“文刘”，还是“哲刘”！政治上的刘勰没能骋绩宇内，却以立言著述而流芳百世。

《文心雕龙》共十卷，五十篇，分上、下部，每部各二十五篇。全书大致可以分为五个部分：第一篇至第五篇是总论，即“文之枢纽”，表达了刘勰征圣宗经的基本思想。第六篇《明诗》至第二十五篇《书记》是文体论，即“论文叙笔”，论述诗、乐府、赋、颂等三十三类文体的源流演变，解释各种文体的名称，评定代表性的作品，总结写作法则和要点。第二十六篇《神思》到第四十四篇《总术》属创作论，刘勰“剖情析采”，对艺术想象、文学风格、遣词造句、篇章结构、文学的继承与革新等一系列问题都进行了论述，发表了很多精彩的见解。第四十五篇《时序》至第四十九篇《程器》属批评论，阐明了作者对文学与时代及自然景物、作家才性、文学批评态度和方法的看法。最后一篇是自序，相当于全书的总序，介绍了写作的动机和全书的结构。在写作时，刘勰有意效仿“大衍”之数安排全书结构，各部分呼应配合，具体论述完整，形成了严密的体系，故清代章学诚《文史通义》称《文心雕龙》“体大而虑周”“笼罩群言”。

《文心雕龙》的伟大不仅表现在它结构的系统性和严密性上，更体现在作者的具体文学见解的深刻性上。明代胡应麟《诗薮》认为《文心雕龙》“议论精凿”，《四库全书简明目录·集部·文心雕龙》认为“论文之书，莫古于是编，亦莫精于是编矣”。刘勰撰写《文心雕龙》，旨在探究“文之用心”，用以指导写作，纠正不正文风。他执正驭奇，以圣人思想和经典为标准，“唯务折衷”，总结了南齐以前文学创作的丰富经验。刘勰对作品的内容和形式都很重视，认为内容要“情深而不诡”“事信而不诞”“义贞而不回”，形式要“体约而不芜”“文丽而不淫”（《宗经》）。刘勰欣赏明朗刚健的文学风格，主张文章要“风清骨峻”。在文学发展上，刘勰指出“时运交移，质文代变”，“文变染乎世情，兴废系乎时序”（《时序》）。在文学创作上，刘勰有《神思》专论艺术想象，《养气》专论作家的创作心理准备，有《镕裁》《比兴》《夸饰》等篇专论遣词造句等具体方法。在文学批评方法上，刘勰指出“缀文者情动而辞发，观文者披文以入情”（《知音》），并提出“六观”之法。

《文心雕龙》全文以骈偶结篇，文辞优美，但毕竟产生在一千五百多年前，今天的读者阅读和理解还是有一定的障碍，为了传统经典的普及，译注是很有必要的。此次注译，选取了《文心雕龙》最精华的同时可供当今读者参考的篇目二十五篇，底本则选取了华东师范大学出版社 2011 年出版的林其锬、陈凤金整理的《增订文心雕龙集校合编》本。林先生是中国《文心雕龙》学会副会长，出版《文心雕龙》相关研究著作多部，《增订文心雕龙集校合编》是他以元至正本为底本，广泛汇校了各种版本后产生的可信、可靠、可读的版本。在注译的过程中，还参考了范文澜著《文心雕龙注》，黄叔琳注、李详补注、杨明照校注拾遗《增订文心雕龙校注》，吴林伯撰《文心雕龙义疏》，陆侃如、牟世金撰《文心雕龙译注》，周振甫著《文心雕龙今译》，龙必锟译注《文心雕龙全译》，贾锦福主编《文心雕龙辞典》，朱文民撰《刘勰传》等著作；上海社科院林其锬慷慨允许使用《增订文心雕龙集校合编》本的著作权，吉林大学涂光社教授热情提供帮助，在此一并致谢。

刘勰说："品列成文，有同乎旧谈者，非雷同也，势自不可异也；有异乎前论者，非苟异也，理自不可同也。"译注工作"雷同"的地方多，发挥的地方少，笔者努力做到信、雅、达，尽力文从字顺地准确表达出刘勰的意思，然文中不尽如人意的地方肯定不少，还望方家和读者批评指正。

陈志平

2013 年 9 月

原　道

题解

《原道》是《文心雕龙》的第一篇，属总论。本文主要论述文原于道，这是刘勰的基本文学观点之一。全篇可分三个部分：第一部分论“自然之道”；第二部分论“人文”；第三部分论“自然之道”和“圣”的关系。

文之为德也大矣[①]，与天地并生者何哉？夫玄黄色杂[②]，方圆体分[③]，日月叠璧[④]，以垂丽天之象[⑤]；山川焕绮[⑥]，以铺理地之形[⑦]：此盖道之文也。仰观吐曜[⑧]，俯察含章[⑨]，高卑定位[⑩]，故两仪既生矣[⑪]。惟人参之[⑫]，性灵所钟[⑬]，是谓三才[⑭]。为五行之秀气[⑮]，实天地之心生[⑯]。心生而言立，言立而文明，自然之道也。

注释

①文：指天地万物的颜色、形状、声音、文采等。德：属性，功效。

②玄黄色杂：指天地混沌未分。《周易·坤·文言》：“夫玄黄者，天地之杂也，天玄而地黄。”玄，黑赤色，天的颜色。黄，地的颜色。杂，交

错，杂糅。

③方圆：天圆地方。

④璧：圆形的玉。

⑤垂：垂布，显示。

⑥焕绮qǐ：光鲜美丽的锦绣。绮，有花纹的丝织品。

⑦铺：陈列，分布。理地：使大地有纹理。

⑧吐曜yào：发出光辉。指天文景象。

⑨含章：包含的文采。指地理风光。章，文采。

⑩高卑定位：《周易·系辞》："天尊地卑，乾坤定矣。"

⑪两仪：天地。

⑫参：三。

⑬性灵：指人的智慧。钟：聚集。

⑭三才：天、地、人。

⑮五行：水、火、木、金、土。古人认为是构成各种物质的五种元素。秀气：灵秀之气。《礼记·礼运》："人者，其天地之德，阴阳之交，鬼神之会，五行之秀气也。"

⑯天地之心生：《礼记·礼运》："故人者，天地之心也，五行之端也，食味、别声、被色而生者也。"

译文

作为道的具体体现的文是多么伟大啊！何以说它和天地一起产生呢？从宇宙混沌到苍天和大地分开，日月犹如重叠的璧玉，悬附在上显示出天绚丽的形象；山川如同锦绣，展示出大地富有纹理的形貌，这些都是大自然的文采啊！向上看到日月发出耀眼的光芒，向下看到山川蕴涵着丰富的纹理，天高地卑的位置确定了，于是产生了天地“两仪”。人与天、地并列为三，聚集了聪明才智，这就是“三才”。人为万物之灵，确实是天地之心。人有了思想活动，语言就跟着确立了，语言确立了，文章随之昌明，这是自然的规律。

旁及万品[①]，动植皆文：龙凤以藻绘呈瑞[②]，虎豹以炳蔚凝姿[③]；云霞雕色，有逾画工之妙；草木贲华[④]，无待锦匠之奇[⑤]。夫岂外饰，盖自然耳。至于林籁结响[⑥]，调如竽瑟[⑦]；泉石激韵，和若球锽[⑧]。故形立则章成矣，声发则文生矣。夫以无识之物，郁然有彩[⑨]，有心之器，其无文欤[⑩]？

注释

①旁：广泛，普遍。万品：万类，万物。

②藻绘：华丽的色彩。藻，文采。绘，彩画。

③炳蔚：鲜明华美。炳，光亮。蔚，华美，有文采。

④贲bì华：开花。贲，文饰，装饰。华，花。

⑤锦匠：织锦工匠。

⑥籁：从孔穴里发出的声音。

⑦竽：竹制簧管乐器。与笙相似，三十六簧。瑟：拨弦乐器。形似古琴，有五十弦、二十五弦、十五弦等。

⑧球：玉磬，敲击乐器。锽huáng：象声词。钟磬之声。

⑨郁然：草木茂盛的样子，形容文采之盛。

⑩欤：句末语气词，表疑问。

译文

推广到万物，动物、植物都有文采：龙凤以五彩的颜色来显示它们的祥瑞，虎豹以斑斓的花纹来展示它们的雄姿；云霞构彩，胜过画工的妙笔；草木开花，不需织锦工匠神奇的手艺。这些难道都是外加的修饰吗？是它们本身自然形成的罢了。至于风吹山林发出的声响，有如吹竽鼓瑟的乐调；泉水岩石激击成韵，好像扣磬鸣钟的和声。所以形体确立，章采随之而成；声韵激发，文韵应之而生。无知的自然之物都有丰富的文采，有心智的人哪能没有文章呢？

人文之元[①]，肇自太极[②]，幽赞神明[③]，《易》象惟先[④]。庖牺画其始[⑤]，仲尼翼其终[⑥]。而《乾》《坤》两位[⑦]，独制《文言》[⑧]。言之文也，天地之心哉[⑨]！若乃《河图》孕乎八卦[⑩]，《洛书》韫乎九畴[⑪]，玉版金镂之实[⑫]，丹文绿牒之华[⑬]，谁其尸之[⑭]？亦神理而已[15]。

注释

①元：始。

②肇 zhào：开始。太极：天地未分之前的混沌之气。《易·系辞上》："易有太极，是生两仪，两仪生四象，四象生八卦。"孔颖达疏："太极谓天地未分之前，元气混而为一，即是太初、太一也。"

③幽赞神明：《易·说卦》："昔者圣人之作《易》也，幽赞于神明而生著。"幽，深。赞，明白，通晓。神明，神秘精微的道理。

④《易》象：《易经》的卦象。

⑤庖 páo 牺：即伏羲，传说中的"三皇"之一。《周易·系辞下》："古者包牺氏之王天下也，仰则观象于天，俯则观法于地，观鸟兽之文与地之宜，近取诸身，远取诸物，于是始作八卦，以通神明之德，以类万物之情。"

⑥仲尼：孔子的字。翼：辅佐。相传孔子为了阐明《易经》的道理，写了《上彖》《下彖》《上象》《下象》《上系》《下系》《文言》《说卦》《序卦》《杂卦》十篇，总称"十翼"。

⑦《乾》《坤》：《易经》的两卦名。

⑧独制《文言》：《乾》《坤》犹理解《易经》的门

户，学者必先精通，故孔子专门写了《文言》来解释《乾》卦和《坤》卦，且语言富有文采。

⑨天地之心：天地的本性、基本规律。《易经·复卦》："复，其见天地之心乎。"

⑩《河图》：相传伏羲时有龙马出于黄河，马背有旋毛如星点，称作龙图。伏羲取法以画八卦。

⑪《洛书》：相传夏禹治水时有神龟出于洛水，背上有裂纹，纹如文字，禹取法而作"九畴"。九畴：指传说中天帝赐给禹治理天下的九类大法。具体名目见《尚书·洪范》。畴，类。

⑫玉版：指刻有图形或文字，象征祥瑞、盛德或预示休咎的玉片。十六国前秦王嘉《拾遗记·唐尧》载："帝尧在位，盛德光洽，河洛之滨，得玉版方尺，图天地之形。"镂：刻。

⑬丹文绿牒：《尚书中候·握河纪》说，黄帝时黄河出图，洛水出书，是"赤文绿字"。牒，竹简。

⑭尸：主宰。

⑮神理：神妙的自然之理。

译文

人类文章的开端，起源于天地未分之前的混沌之气。深刻地说明这个神秘微妙道理的，以《易经》的卦象最早。伏羲首先画了八卦的图像，孔子最后写了辅助性解说的《十翼》。而对《乾》《坤》两卦，孔子特地用《文言》加以解释。可见语言须有文采，才算是顺乎天地自然的规律吧！至于说黄河里有龙献图，伏羲氏取象画出了八卦，洛水里有龟献书，夏禹效法琢磨出九类治国的大法，还有玉版上金字的内容，绿简上红字的文采，这些又是谁主宰的呢？是神妙的自然之道罢了。

自鸟迹代绳[①]，文字始炳[②]。炎皞遗事[③]，纪在《三坟》[④]，而年世渺邈[⑤]，声采靡追[⑥]。唐虞文章[⑦]，则焕乎为盛。元首载歌[⑧]，既发吟咏之志；益稷陈谟[⑨]，亦垂敷奏之风[⑩]。夏后氏兴[⑪]，业峻鸿绩[⑫]，九序惟歌[⑬]，勋德弥缛[⑭]。逮及商周[⑮]，文胜其质[⑯]，《雅》《颂》所被[⑰]，英华日新[⑱]。文王患忧[⑲]，繇辞炳曜[⑳]，符采复隐[㉑]，精义坚深[㉒]。重以公旦多才[㉓]，振其徽烈[㉔]，制《诗》缉《颂》[㉕]，斧藻群言[㉖]。至夫子继圣[㉗]，独秀前哲[㉘]，镕钧六经[㉙]，必金声而玉振[㉚]；雕琢性情，组织辞令，木铎启而千里应[㉛]，席珍流而万世响[㉜]，写天地之辉光，晓生民之耳目矣。

注释

①自鸟迹代绳：相传太古时候，没有文字，大家结绳记事；后来仓颉看到鸟兽足迹，得到启发，发明了文字。见《周易·系辞下》和许慎《说文解

字序》。

②炳：明显。

③炎：传说中的古帝炎帝神农氏。皞hào：传说中的古帝太皞伏羲氏。

④《三坟》：相传记载三皇伏羲、神农、黄帝事迹的书。

⑤渺邈：久远。

⑥靡：没有，不能。

⑦唐虞：传说中的古帝唐尧、虞舜。

⑧元首：君主。此指舜。载歌：唱歌。据《尚书·益稷》载，舜曾作歌。

⑨益稷：伯益、后稷，均是舜的臣子。陈谟mó：陈述计谋。谟，计谋，谋略。

⑩垂：示。敷奏之风：臣下对君主的进言。

⑪夏后氏：指大禹。禹即天子位，国号夏后。

⑫业峻鸿绩：即“业峻绩鸿”，事业宏伟。业、绩，指事功。峻，高。鸿，大。

⑬九序：即九叙，指三事（正德、利用、厚生）、六府（水、火、金、木、土、谷）各顺其理，皆有次序。

⑭勋德：功德。弥缛：更加繁盛。

⑮逮：到。

⑯文胜其质：文采胜过前代的质朴，指文采有了发展。

⑰《雅》《颂》：《诗经》中的《雅》诗和《颂》诗。

雅，周国都附近的乐歌。颂，宗庙祭祀的乐歌。被：及。

⑱英华：指辞采。

⑲文王：周文王姬昌。患忧：周文王为西伯时，曾被商纣王囚于羑里（今河南汤阴县）。

⑳繇 zhòu 辞：指《易经》中的《卦辞》和《爻辞》。旧说文王遭囚系之患，演绎伏羲八卦为六十四卦，并作辞以释之。炳曜：发出光彩。

㉑符采：玉的横纹。此喻文采。复隐：内容丰富而表达含蓄。

㉒精义坚深：含义坚实而深刻。

㉓公旦：周公，姓姬名旦，周文王之子，武王之弟。

㉔振：发扬。徽：美。烈：功业。

㉕制《诗》：相传《诗经》中的《豳风·七月》《豳风·鸱鸮》《周颂·时迈》为周公所作。缉：辑录。《颂》：《周颂》之《时迈》。

㉖斧藻：修饰，加工。

㉗夫子：指孔子。

㉘前哲：前贤。

㉙镕钧：整理编订。镕，铸器的模子。钧，造瓦的转轮。六经：《诗》《书》《礼》《乐》《易》《春秋》六部儒家经典。

㉚金声而玉振：奏乐时先敲钟，结束时击磬，喻指集大成。《孟子·万章下》："孔子之谓集大成。集

大成也者，金声而玉振之也。金声也者，始条理也；玉振之也者，终条理也。始条理者，智之事也；终条理者，圣之事也。”金声，钟的声音。玉振，磬声振扬。

㉛木铎：木舌大铃，古代摇铎以召集听众，宣扬教化。《论语·八佾》有“天下之无道也久矣，天将以夫子为木铎”之语。

㉜席珍：坐席上的珍宝，比喻儒者有美善的道德学问。席，传教讲学的坐具。《礼记·儒行》：“儒有席上之珍以待聘。”

译文

自从文字代替了结绳记事，它的作用开始彰显。炎帝和太皞的事迹，记载在《三坟》这部古书上，可是年代久远，那些文章已无从追寻。尧舜时代的文章，文采开始焕发丰富起来。天子大舜唱和歌谣，已经吟咏情志；伯益和后稷进陈计谋，也开创了进言的风气。夏禹兴起，事业宏伟而功绩巨大，各项工作都井然有序而受到歌颂，赞美勋德的文章日益繁缛。到了商朝和周朝，文采胜过了前代的质朴。《雅》诗和《颂》诗，影响所及，使文章辞采显得愈发新颖。周文王被商纣王拘押在羑里受难而作《周易》，卜辞光彩照耀，文采像宝玉的花纹般含蓄丰富，义理精微深刻。加以周公旦多才多艺，发扬周文王美善的功业，制作诗歌，辑录《周颂》，修饰润色各种文辞。到了孔子，承继前圣，却又超过了他们。他编订“六经”，集经典之大成；他陶冶人的性情，修饰作品的文辞。孔子的教导像木铎一样，只要一摇动，千里响应；他的道德又如同席间的珍宝一般，万代流芳。他导泄出天地的辉光，启发了人们的聪明才智啊！

爰自风姓①，暨于孔氏②，玄圣创典③，素王述训④，莫不原道心以敷章⑤，研神理而设教⑥，取象乎《河》《洛》⑦，问数乎蓍龟⑧，观天文以极变⑨，察人文以成化；然后能经纬区宇⑩，弥纶彝宪⑪，发挥事业，彪炳辞义⑫。故知道沿圣以垂文，圣因文而明道，旁通而无涯⑬，日用而不匮⑭。《易》曰：“鼓天下之动者存乎辞⑮。”辞之所以能鼓天下者，乃道之文也。

注释

①爰 yuán：句首助词。风姓：伏羲以风为姓。

②暨 jì：及，到。孔氏：孔子。

③玄圣：远古的圣人。此指伏羲。玄，远。典：法则，此指八卦。

④素王：谓具有帝王之德而未居帝王之位者。此指孔子。

⑤道心：自然之道的基本精神。敷章：发布辞采，

即写文章。

⑥神理：神妙之道。

⑦取象：取法。

⑧问数：占卜。数，术数。蓍shi龟：蓍草和龟甲，古人以之占卜凶吉。

⑨极变：穷尽变化的道理。极，穷，尽，追究到底。

⑩经纬：织布时经线和纬线纵横交织，指治理。区宇：区域空间，指疆土、国家。

⑪弥纶：包举，综合。彝yi宪：常法。彝，常。宪，法。

⑫彪炳：文采焕发貌。彪，虎纹。

⑬旁通：遍通，广泛流通。涯：边际。

⑭匮：乏。

⑮辞：《易·系辞上》的原意指卦、爻辞，刘勰借指一般的文辞。

译文

从伏羲到孔子，前者创制典籍，后者阐述发挥，没有不是根据自然之道的精神来进行创作的，也没有不是钻研精深的道理来设置教化的。他们效法《河图》《洛书》，用蓍草和龟甲来占卜，观察天文以穷究各种变化，考察人文现象来完成教化；然后才能治理天下，制定出恒久的根本大法，发扬光大圣人的事业，使文辞义理焕发光彩。由此可知，自然之道是依靠圣人来表现在文章里面，圣人通过文章来阐明自然之道，普及天下而通行无阻，天天运用而永不匮乏。《周易·系辞上》说：“鼓动天下的力量，存在于文辞中。”文辞之所以能够鼓动天下，就是因为它是阐明自然之道的。

赞曰[①]：道心惟微[②]，神理设教。光采玄圣[③]，炳耀仁孝。龙图献体，龟书呈貌。天文斯观，民胥以效[④]。

注释

①赞：置于篇末的评论性文字。《文心雕龙》每篇结尾都有赞，用以总括说明全篇大意。

②微：精妙。

③玄圣：圣人。

④胥xū：全，都。

译文

结语：自然之道精深微妙，圣人依照这神妙的道理来施行教化。它既使圣人显得光彩，又使仁义忠孝的道德得以宣扬。黄河里龙马负图献出八卦的形体，洛水中神龟负书呈上九畴的状貌。天地自然的文采得以观览，人们全都应该仿效。

征圣

题解

《征圣》是《文心雕龙》的第二篇，属总论。“征圣”就是作文、论文要以儒家圣人为验证标准。全篇可分三个部分：第一部分论圣人著作的内容；第二部分论圣人著作的写作特点；第三部分阐述如何“征圣”，强调“衔华佩实”，华实并重。

夫作者曰圣，述者曰明①。陶铸性情②，功在上哲③，夫子文章，可得而闻④，则圣人之情，见乎辞矣。先王声教⑤，布在方册⑥；夫子风采，溢于格言⑦。是以远称唐世⑧，则焕乎为盛⑨；近褒周代，则郁哉可从⑩：此政化贵文之征也。郑伯入陈，以立辞为功⑪；宋置折俎，以多文举礼⑫：此事绩贵文之征也⑬。褒美子产，则云“言以足志，文以足言”⑭；泛论君子，则云“情欲信，辞欲巧”⑮：此修身贵文之征也。然则志足以言文，情信而辞巧，乃含章之玉牒⑯，秉文之金科矣⑰。

注释

①“夫作者”二句：《礼记·乐记》：“故知礼乐

之情者能作，识礼乐之文者能述。作者之谓圣，述者之谓明。明圣者，述作之谓也。”本义是指能够制作礼乐的人是圣人，能够阐述制作之意的人是贤人。作者，创始之人。述者，继承阐述者。

②陶铸：比喻造就、培育。陶，制造瓦器。铸，镕炼金属。

③上哲：古代圣贤。

④“夫子”二句：《论语·公冶长》：“子贡曰：‘夫子之文章，可得而闻也；夫子之言性与天道，不可得而闻也。’”夫子，孔子学生对老师的称呼。

⑤声教：声威教化。

⑥方册：指书籍。方，木板。册，联在一起的竹简。古代书籍多刻写在木牍竹简上。

⑦格言：可为法则的言语。

⑧唐世：唐尧时代。

⑨则焕乎为盛：《论语·泰伯》载孔子赞美尧说：“大哉尧之为君也！……巍巍乎其有成功也，焕乎其有文章！”焕乎，光彩貌。

⑩“近褒”二句：《论语·八佾》载孔子赞美周代说：“周监于二代，郁郁乎文哉！吾从周。”郁，文采丰富。

⑪“郑伯”二句：《左传·襄公二十五年》载：郑简公攻打陈国后，派子产向当时盟主晋国报告，

子产充分说明了攻陈的理由。

⑫“宋置”二句：《左传·襄公二十七年》载：宋平公招待晋国的赵文子，在宴会上宾主的发言都很有文采，孔子特地让学生记下这次宴会的礼仪。折俎zǔ：古代祭祀、宴会时，杀牲肢解而后置于俎上。俎，盛牺牲的礼器。

⑬事绩：事功。

⑭“褒美”二句：《左传·襄公二十五年》载：子产使晋，陈述攻陈的理由，孔子赞美说：“《志》有之：‘言以足志，文以足言。’不言，谁知其志？言之无文，行而不远。晋为伯，郑入陈，非文辞不为功。慎辞也！”足，成。

⑮“则云”句：《礼记·表记》载：“子曰：情欲信，辞欲巧。”

⑯含章：蕴藏文采。指写作。玉牒：重要文书。

⑰秉文：写作。秉，操持。科：法规。

译文

所谓“圣”，就是文明的创造者；所谓“明”，就是经典的阐述者。用著作陶冶人的性情，是先哲的功劳。孔子的学生子贡说：“老师的文章是可以看得到的。”就是说圣人的思想情感，就表现在这些文章中。古代圣王的声威教化，在古籍上面记载着；孔夫子的风度文采，充溢在那些格言里面。所以孔子曾称赞过远古的唐尧之世，说那时文化“多么兴盛焕发啊”！他也褒扬过近世周代的文章，说“多么富有文采啊，十分值得师从”！这是政令教化方面重视文章的明证。春秋时郑国攻入陈国，子产因善于言辞而立了功劳。宋国用最隆重的礼仪来接待晋国的赵文子，宾主言辞都很有文采，孔子特地让弟子记录下来。这些是事功方面重视文章的明证。孔子褒扬赞美子产说：“语言能完全表达自己的思想，文采又能将语言修饰得很漂亮。”孔子泛论有才德的人就说：“情感要真实可信，文辞要巧妙精美。”这些是个人修养方面重视文章的明证。由此可见，思想内容充实而言辞富有文采，感情真诚而文辞巧妙精美，这是写作的基本法则，著述的金科玉律。

夫鉴周日月[①]，妙极机神[②]；文成规矩[③]，思合符契[④]；或简言以达旨，或博文以该情[⑤]，或明理以立体[⑥]，或隐义以藏用[⑦]。故《春秋》一字以褒贬[⑧]，丧服举轻以包重[⑨]，此简言以达旨也。《邠诗》联章以积句[⑩]，《儒行》缛说以繁辞[⑪]，此博文以该情也。书契断决以象《夬》[⑫]，文章昭晰以效《离》[⑬]，此明理以立体也。四象精义以曲隐[⑭]，五例微辞以婉晦[⑮]，此隐义以藏用也。故知繁略殊制，隐显异术，抑引随时[⑯]，变通适会[⑰]，征之周、孔[⑱]，则文有师矣。

注释

①鉴：观察。周：普遍。日月：泛指自然界。

②极：尽。机神：机微玄妙。机，先兆，征兆。

③规矩：法度，规则。规，画圆形的工具。矩，画方形或直角的工具。

④符契：符券契约。符，古代凭证，符券、符节、符传等信物，分为二，以二者相合为凭。契，约券。

⑤该：兼备。

⑥体：主体，重要部分。

⑦用：功用。

⑧“故《春秋》”句：《春秋》往往用一个字表示赞美或贬斥。《春秋》，编年体史书。相传孔子据鲁史修订而成。叙事极简，用字寓褒贬。

⑨“丧服”句：古代丧礼，根据与死者关系的亲疏而穿轻重不同的丧服。《礼记》中的《曾子问》和《檀弓》两篇，都讲到以轻的丧服概括重的丧服的用法。如《礼记·曾子问》里说“缌不祭”，穿“缌”这种轻丧服的都不能参加祭祀，那么穿重孝服的不能参加祭祀就不言而喻了。

⑩《邠bin诗》：指《诗经·豳风·七月》。全诗分八章，每章十一句，是《诗经》中较长的一篇。邠，同“豳”，古代诸侯国名。在今陕西省彬县。

⑪《儒行》：《礼记》篇目，其中记载鲁哀公向孔

子问儒者的德行，孔子指陈了十六种，辞说颇为繁盛。

⑫书契：文字。断决：决断，裁决。《夬guài》：《易》卦名，六十四卦之一。《易·夬》："泽上于天，夬。"王弼注："夬者，明法而决断之象也。"

⑬昭晣zhé：光亮。引申为清楚，明显。效：仿效。《离》：《易》卦名。六十四卦之一，《离》上《离》下，为"重明"之象。

⑭四象：《易经》中的六十四卦的卦象有实象、假象、义象、用象四种，含义曲折隐晦。

⑮五例：晋杜预《春秋经传集解序》说《春秋》在行文上有五种体例，即微而显，志而晦，婉而成章，尽而不污，惩恶而劝善。晦，隐晦，不明显。

⑯抑引：抑制压缩和引申扩展。

⑰适会：适应各种情况。会，时机。

⑱周、孔：周公、孔子。

译文

圣人全面地考察自然万物，深入探究各种精深奥妙的变化，文章才能成为楷模，思想内容才会与客观事物相符。圣人的著作或者用简练的语言来表达旨意，或者用丰富的文辞来备述情理，或者用明快的说理来形成文体，或者用含蓄的思想来隐喻文章的功用。如《春秋》常用极少的字来表达赞扬或贬斥，《礼记》里用穿轻丧服的礼仪规则来概括重丧服的礼仪规则，这就是用简练的语言来表达旨意的例子。又如《诗经·豳风·七月》积句成章，联章成篇，《礼记·儒行》叙述复杂，文辞繁复，这就是用广博的文辞来备述情理的例子。文字干脆，像《夬卦》那样果断，文章清楚，像《离卦》那样明显，这就是用明快的说理来建立文体的例子。《易经》的四种卦象，道理精深，意义曲折隐晦，《春秋》的五种纪事体例，文辞委婉隐约，这就是用含蓄的语义来隐藏文章用意的例子。因此可知，繁缛和简略是不同的体例，隐晦和明显是不同的手法，或繁或简，或隐或显，随时而定；要变化通融，适应具体的情况。如果以周公、孔子的文章作为标准，那写作上就有老师了。

是以论文必征于圣，窥圣必宗于经。《易》称“辨物正言，断辞则备”[①]；《书》云“辞尚体要，不惟好异”[②]。故知正言所以立辨[③]，体要所以成辞[④]，辞成无好异之尤[⑤]，辨立有断辞之美。虽精义曲隐，无伤其正言；微辞婉晦，不害其体要。体要与微辞偕通[⑥]，正言共精义并用；圣人之文章，亦可见也。颜阖以为[⑦]：“仲尼饰羽而画，从事华辞[⑧]。”虽欲訾圣[⑨]，弗可得也。然则圣文之雅丽，固衔华而佩实者也。天道难闻，犹或钻仰[⑩]；文章可见，胡宁勿思[⑪]？若征圣立言，则文其庶矣[⑫]。

注释

①“《易》称”句：语见《周易·系辞》。辨物，辨明事物。正言，正确地说话。断辞，明确的辞句。断，决断。

②“《书》云”句：语见《尚书·毕命》。体要，切实精要。

③辨：辨理，通过辨析事物而得出论点。

④成辞：结构文辞。

⑤尤：过失。

⑥偕：俱，同。

⑦颜阖hé：战国时鲁国人。

⑧“仲尼”二句：《庄子·列御寇》载：鲁哀公问颜阖：“我想任命孔子为大臣，国家有希望了吧？”颜阖说：“危险了，实在是危险啊！孔子饰羽而画，从事华辞，……你的考虑错误无疑。”

⑨訾zǐ：诋毁，指责。

⑩钻仰：深入研求。《论语·子罕》：“仰之弥高，钻之弥坚。”刑昺疏：“言夫子之道高坚，不可穷尽……故仰而求之则益高，钻研求之则益坚。”

⑪胡宁：何乃，为何。

⑫庶：庶几，近乎。

译文

所以谈论文章，一定要以圣人为标准来检验；探究圣人，一定要以经典为根据。《周易》里说："辨别事物，立言正确，有明确的语辞就够了。"《尚书》说："文辞要切实精要，不应一味追求奇异。"因此可知，立言正确才能使文章辨理成立，切实精要才能安排好词句，这样写成的文辞便避免了爱好奇异的过失，辨理成立就有文辞明确的优点。这样，即使精深的义理曲折含蓄，也不影响表达的正确；即使微妙的文辞委婉隐晦，也不妨害切实简要。切实简要与微妙的语辞是可以相通的，正确的表达同精深的义理是可以并用的。这些在圣人的文章中也可以看到。颜阖以为："孔子在五彩的羽毛上再加装饰，徒然追求华丽的辞藻。"他虽然妄想指责圣人，但是办不到啊。圣人的文章既雅正又华丽，确实兼有美丽的文辞和充实的内容。自然之道那么难以领悟，有的人尚且要钻研；圣人的文章是可以看见的，为什么不去考究呢？如果以圣人的著作为验证标准来写作，那文章就接近于成功了。

赞曰：妙极生知[①]，睿哲惟宰[②]。精理为文，秀气成采。鉴悬日月，辞富山海。百龄影徂[③]，千载心在。

注释

①生知：生而知之之人，即圣人。

②睿哲：智慧的圣人。睿，智慧。宰：主宰。引申为掌握、具有。

③百龄：百岁，指终生。影徂cú：形体消逝。徂，往。

译文

结语：神妙之极是生而知之的圣人，因为他们具有特出的聪明才智。他们将精微的义理写成文章，用灵秀的才气构成辞采。他们的见识如日月之明，言辞如山海之富。百年之后虽然形体逝去，千载之下精神永存。

宗　经

题解

《宗经》是《文心雕龙》的第三篇，属总论。本文强调写作要宗法经书，这是刘勰的基本文学观点之一。全篇可分三个部分：第一部分总论经书的基本情况，强调其教育意义；第二部分详论五经的主要写作特点及其成就；第三部分阐明宗经的理由。

三极彝训[1]，其书曰经。经也者，恒久之至道，不刊之鸿教也[2]。故象天地，效鬼神[3]，参物序[4]，制人纪，洞性灵之奥区[5]，极文章之骨髓者也[6]。皇世《三坟》[7]，帝代《五典》[8]，重以《八索》[9]，申以《九丘》[10]，岁历绵暧[11]，条流纷糅[12]。自夫子删述[13]，而大宝启耀[14]。于是《易》张《十翼》[15]，《书》标七观[16]，《诗》列四始[17]，《礼》正五经[18]，《春秋》五例[19]，义既埏乎性情[20]，辞亦匠于文理[21]，故能开学养正，昭明有融[22]。然而道心惟微，圣谟卓绝[23]，墙宇重峻[24]，吐纳自深[25]。譬万钧之洪钟[26]，无铮铮之细响矣[27]。

注释

①三极：三才，天、地、人。彝yí训：常道。彝，常。

②不刊：不可磨灭。刊，削去。鸿教：伟大的说教。

③效：校验。

④参：参究，深研。物序：事物的秩序。

⑤洞：洞察。奥区：深奥隐秘的地方。

⑥极：追究到底。骨髓：核心，精华。

⑦皇世：三皇之世。《三坟》：古书名。坟，大道。

⑧帝代：五帝的时代。《五典》：古书名。典，常道。

⑨重以：重之以，即加上。《八索》：相传是讲八卦的书。

⑩申以：申之以，义同“重以”。《九丘》：相传是讲九州的书。

⑪岁历：年代。绵暧ài：久远。暧，不明。

⑫条流：条理。纷糅：杂乱。

⑬删述：删改整理。相传孔子删《诗》《书》，订《礼》《乐》，作《春秋》《十翼》。

⑭启耀：显露。

⑮张：展开，发挥。《十翼》：《易》的《上彖》《下彖》《上象》《下象》《上系》《下系》《文言》《说卦》《序卦》《杂卦》十篇，相传为孔子所作，总称“十翼”。翼，辅助。

⑯标：显示。七观：儒家称《尚书》可供借鉴的七

个方面。《尚书大传》卷五载：孔子认为从《尚书》篇章可以看到七个方面的内容："六《誓》可以观义，五《诰》可以观仁，《甫刑》可以观诫，《洪范》可以观度，《禹贡》可以观事，《皋陶谟》可以观治，《尧典》可以观美。"

⑰列：分布，陈列。四始：《〈诗〉大序》以"风""小雅""大雅""颂"四部分为《诗经》四始。

⑱《礼》：《礼记》。正：明确。五经：五种礼制，即吉礼、凶礼、宾礼、军礼、嘉礼。

⑲《春秋》五例：见晋杜预《春秋经传集解序》。例，文章体例。

⑳埏shān：和泥做瓦。比喻文章的教化作用。

㉑匠：谓着意经营。文理：写文章的道理。

㉒昭：明。有：又。融：长。

㉓谟：谋议。

㉔墙宇重峻：《论语·子张》载：子贡说："夫子之墙数仞，不得其门而入，不见宗庙之美，百官之富。"重峻，重叠高峻。

㉕吐纳：吐出与吞进。语带双关，指言谈，谈吐。

㉖钧：古代重量单位，合三十斤。

㉗铮铮：象声词。常形容金、玉等物的撞击声。

译文

讲天、地、人三才恒常道理的书籍叫“经”。所谓“经”，就是永恒的、绝对的道理，不可改易的伟大教导。经书取法于天地，征验于鬼神，参究事物的秩序，制定出人伦纲纪。它们洞察性灵隐秘的深处，穷究文章的根本。三皇之时的《三坟》，五帝之世的《五典》，加上《八索》《九丘》，因为时代绵延久远，条理纷糅杂乱。自从经过孔子的删削整理，这些经典才像巨大的珍宝一样放射出光辉。从此《周易》的意义由《十翼》来发挥，《尚书》中标立了“七观”，《诗经》分列为四部分，《礼记》明确了五种主要的礼仪，《春秋》提出了五种记事条例。这些经书，在内容上能陶冶人的性情，在用词上也能熔铸义理。因此，它能启发人，教育人，作用分明而长久。然而自然之道非常微妙，圣人的见解极为高超，正如高墙深宅，所容纳的自然极为深广丰富。这就像千万斤重的大钟，绝不会发出细微的响声一样。

夫《易》惟谈天[①]，入神致用[②]。故《系》称旨远辞文[③]，言中事隐[④]；韦编三绝[⑤]，固哲人之骊渊也[⑥]。《书》实记言，而诂训茫昧[⑦]，通乎尔雅[⑧]，则文意晓然。故子夏叹《书》[⑨]，“昭昭若日月之代明，离离如星辰之错行”[⑩]，言照灼也[⑪]。《诗》主言志，诂训同《书》，摛风裁兴[12]，藻辞谲喻[13]，温柔在诵[14]，最附深衷矣[15]。《礼》以立体[16]，据事制范，章条纤曲，执而后显，采掇片言，莫非宝也。《春秋》辨理，一字见义，五石六鹢[17]，以详备成文；雉门两观[18]，以先后显旨；其婉章志晦[19]，谅已邃矣[20]。《尚书》则览文如诡[21]，而寻理即畅；《春秋》则观辞立晓，而访义方隐[22]。此圣文之殊致[23]，表里之异体者也[24]。

注释

①天：天道。

②神：精妙。

③《系》：《周易·系辞》："其旨远，其辞文，其言曲而中，其事肆而隐。"

④中：中肯。隐：深奥。

⑤韦编三绝：《史记·孔子世家》载：孔子晚年喜好《周易》，"读易，韦编三绝"。古代书籍写在竹简上，再用熟牛皮做成的绳串联在一起。韦，熟牛皮。绝，断。

⑥骊渊：藏有骊珠的深渊。喻指宝库。骊，骊龙，黑龙。

⑦诂训：对古书字句的解释。茫昧：模糊不清。

⑧尔雅：古代通行语言。尔，近。雅，正。

⑨子夏：孔子的学生。

⑩"昭昭"二句：子夏此语见《尚书大传》。昭

昭，明亮貌。离离，分明貌。

⑪照灼：显著。灼，明亮。

⑫摛风：写作《风》《雅》等诗篇。摛，写作。裁兴：运用赋、比、兴等艺术手法。裁，取。

⑬藻辞：华丽的辞藻。谲喻：婉曲的比喻。

⑭温柔：温柔敦厚。儒家认为这是《诗经》中作品体现出来的诗教特点。

⑮附：接近。

⑯《礼》：《周礼》《仪礼》《礼记》均可称《礼》。体：体制，指儒家礼制。

⑰五石六鹢yì：见《春秋·僖公十六年》。《公羊传》解释说："五石六鹢何以书？记异也。"

⑱雉门两观：《春秋·定公二年》载："春，王正月。夏五月壬辰，雉门及两观灾。"雉门，鲁宫的南门。两观，宫门前两边的望楼。灾，火灾。失火的主要是两观，但两观附属于雉门，故先言雉门再说两观，以示主从关系。

⑲婉章志晦："婉而成章""志而晦"，是《春秋》记事五种条例中的两条。

⑳谅：确实。邃suì：深远。

㉑诡：反常，怪异。

㉒隐：隐晦。

㉓圣文：儒家经典。殊致：不同的情致。

㉔表：外表，指形式。里：指内容。

译文

《周易》是专门谈论自然道理的，它精深细微，并且能在实践中运用。所以《系辞》说："《周易》的旨意深远，言辞有文采，语言中肯，事理含蓄隐晦。"孔子喜好《周易》，多次翻断穿订竹简的牛皮条，这部经书确实是圣哲探索学问的宝库。《尚书》实际是记录言论的，可不容易解释明白，如果懂得那时的流行语，那它的文意就很清楚了。所以子夏赞叹《尚书》说："它论事，像日月那样明亮，像星辰那样清晰。"这是说《尚书》记事清楚明白。《诗经》主要是抒发作者的情志，同《尚书》一样不易理解，里面有《风》《雅》等不同类型的诗篇，又采用了比、兴、赋等写作手法，文辞华美，比喻巧妙，讽诵起来，就会感受到温柔敦厚的特点，所以最切合读者内心深处的思想感情。《礼经》建立体制，根据事务的不同制定规范，条款周密详细，务必执行之后功效明显，从中取出只言片语，没有不是十分珍贵的。《春秋》辨析事理，往往用一个字表现褒贬之义。例如"五石""六鹢"的记载，就以简略的文字写出了详备的含义；又如"雉门""两观"的记载，就用先后顺序的排列来显示作者区分主次的旨意。《春秋》委婉曲折、用意隐晦的记事体例，确实有很深刻的含义。《尚书》读起来深奥，但探究它的道理，却明白易懂；《春秋》的文辞一看就懂，探究它的意义却深奥难懂。这是经典各有特色，形式和内容都不尽相同啊！

至于根柢槃固[①]，枝叶峻茂，辞约而旨丰，事近而喻远。是以往者虽旧，余味日新，后进追取而非晚[②]，前修久用而未先[③]，可谓泰山遍雨[④]，河润千里者也。故论说辞序[⑤]，则《易》统其首[⑥]；诏策章奏[⑦]，则《书》发其源；赋颂歌赞[⑧]，则《诗》立其本；铭诔箴祝[⑨]，则《礼》总其端；记传盟檄[⑩]，则《春秋》为根：并穷高以树表[⑪]，极远以启疆[⑫]，所以百家腾跃[⑬]，终入环内者也[⑭]。

注释

①根柢dǐ：根基，基础。柢，根。槃：同“蟠”，弯曲。

②后进：后来的学者。

③前修：前贤。

④泰山遍雨：《春秋公羊传·僖公三十一年》：“不崇朝而遍雨乎天下者，唯泰山尔。”

⑤论说辞序：四种文体。论，议论事理的文体。说，解说事理的文体。辞，韵文名。序，叙述事理次第的文体。《周易》中，《系辞》如论，《说卦》如说，多用韵语的《文言》如辞，《序卦》如序，故刘勰以为论说辞序源于《周易》。《文心雕龙》有《论说》篇专论论和说。

⑥统：总。

⑦诏策章奏：四种文体。诏，帝王训告臣下的文书。策，策问，天子向臣下提问的文书。臣子向帝王陈述政事用章，谢恩用奏。《文心雕龙》有《诏策》《章表》《奏启》专论这些文体。

⑧赋颂歌赞：四种文体。赋，一种铺叙的韵文。颂，宗庙祭祀，褒扬祖先功德的文书。歌，一种能唱的诗体。赞，赞美的韵文。《文心雕龙》有《乐府》《诠赋》《颂赞》专论这些文体。

⑨铭诔箴祝：四种文体。铭，刻在金石上的文体。诔，哀辞。箴，警诫过失的文体。祝，祝告的文体。四种文体都和礼有关。《文心雕龙》有《铭箴》《诔碑》《祝盟》专论这些文体。

⑩记传盟檄：四种文体。记，大事记。传，传记。盟，诸侯国结盟时所立的文书。檄，用以征召、晓谕、声讨的文书。《文心雕龙》有《史传》《祝盟》《檄移》专论这些文体。

⑪穷：极，尽。表：标准。

⑫“极远”句：开拓疆域。这里指扩大文章的范围。

⑬腾跃：飞腾跳跃。

⑭环内：圈内，范围之内。

译文

经书中的文章根柢盘结深固，枝大叶茂，言辞简约而意义丰富，取事浅近而喻义深远。所以这些著作虽然历时久远，但留下的意味却天天新颖，后世学者去追求探取并不迟晚，前代先贤常用也不算占先。它们的作用可以说像泰山的云气能使雨水洒遍天下，像黄河的河水能灌溉千里沃野一样啊！因此，论、说、辞、序等体裁是从《周易》开始的；诏、策、章、奏等体裁由《尚书》发源；赋、颂、歌、赞等体裁在《诗经》中就立下了根本；铭、诔、箴、祝等体裁从《礼记》开端；纪、传、盟、檄等体裁在《春秋》中可以找到根源。它们都为文体树立了很高的标准，开辟了无限广阔的领域。所以任凭诸多作家驰骋踊跃，终于还是超不出五经的范围。

若禀经以制式[①]，酌雅以富言[②]，是即山而铸铜[③]，煮海而为盐者也。故文能宗经，体有六义[④]：一则情深而不诡[⑤]，二则风清而不杂[⑥]，三则事信而不诞[⑦]，四则义贞而不回[⑧]，五则体约而不芜[⑨]，六则文丽而不淫[⑩]。杨子比雕玉以作器[⑪]，谓五经之含文也。夫文以行立[⑫]，行以文传，四教所先[⑬]，符采相济[⑭]。迈德树声[⑮]，莫不师圣，而建言修辞，鲜克宗经[⑯]。是以楚艳汉侈[⑰]，流弊不还，正末归本，不其懿欤[⑱]！

注释

①禀：根据。

②酌：拾取。雅：指经书雅正的语言。

③即：就，靠近。铸铜：熔炼铜而铸钱。

④体：主体，指文章的基本方面。义：宜，优点。

⑤诡：诡诈，虚假。

⑥风：风格。不杂：纯正。

⑦信：真实。诞：荒诞，虚妄。

⑧贞：正。回：邪曲，邪僻。

⑨体：文体，体制。约：简约，精要。芜：繁杂。

⑩淫：过度。

⑪杨子：扬雄，西汉末年哲学家、文学家、语言学家。扬雄《法言·寡见》载："或曰：'良玉不雕，美言不文，何谓也？'曰：'玉不雕，玙璠不作器。言不文，《典》《谟》不作经。'"扬雄的意思是《典》《谟》的语言没有文采，就不能成为经书，就好像不经过雕琢，玙璠等玉石就不能做成器皿一样。

⑫文：文辞。行：德行。

⑬四教：《论语·述而》："子以四教：文，行，忠，信。"即孔子以文辞、德行、忠诚、信义为教人的四要目。

⑭符采：玉石的横纹。济：帮助。此以玉的质地和

纹理的关系来比喻德行、忠诚、信义和文辞的关系，两方面相辅相成。

⑮迈：勉，行。声：声名。

⑯鲜：很少。克：能。

⑰楚：《楚辞》。艳：华艳。《文心雕龙》全书对屈原评价很高，此批评《楚辞》，主要是针对宋玉等人的作品。汉：汉赋。侈：侈华，指文采藻饰过多。

⑱懿yì：美好。

译文

如能根据经书来制定文章的体式，参照其雅正的言辞来丰富语言，那就像在矿山下炼铜铸钱，在海边熬煮海水制盐一样啊！所以，如果做文章能够效法“五经”，这样的文章就能具备六种优点：一是思想感情深挚而不虚假；二是文风纯正而不杂乱；三是叙事真实而不虚诞；四是义理正确而不邪僻；五是文体简练而不繁杂；六是文辞华丽而不过分。扬雄用玉石雕琢才能制成器皿作比方，说明“五经”富于文采。文辞因为人的德行才得以树立，而德行又是通过文辞才得以传播，孔子文辞、德行、忠诚、信义“四教”中，文辞居于首位，正如玉石必须有花纹相得益彰一样，文辞必须与其他三者互相配合。人们力行道德，树立声名，没有谁不向圣人学习；但在立言修辞方面却很少效法经书。因此，楚辞艳冶，汉赋铺张，它们的流弊积重难返。纠正这些错误，回归经书的正路，岂不是很好吗？

赞曰：三极彝道，训深稽古①。致化惟一②，分教斯五③。性灵镕匠，文章奥府。渊哉铄乎④，群言之祖。

注释

①训：道。稽：考究。

②致化：施展教化。

③斯：则，就。五：五经。

④渊：深。铄 shuò：美。

译文

结语：天、地、人三才的常道，深奥隐晦，但可从古代的经书上去稽考。教化民众是它们共同的目的，分类教导即分为五经。它们是陶冶性灵的熔炉，是学习文章的宝库。多么精深，多么美好，经书是一切文章的宗祖啊！

辨　骚

题解

《辨骚》是《文心雕龙》的第五篇，属总论。本文评判《楚辞》的艺术价值和文学史地位，指出文可新变以及如何变。全篇三个部分：第一部分列举汉代各家对《离骚》的评论；第二部分比较《楚辞》和儒家经书的异同，肯定《楚辞》的巨大成就；第三部分论述《楚辞》的影响，总结骚体写作的基本原则。

自《风》《雅》寝声[1]，莫或抽绪[2]，奇文郁起[3]，其《离骚》哉！固已轩翥诗人之后[4]，奋飞辞家之前[5]，岂去圣之未远[6]，而楚人之多才乎！昔汉武爱《骚》[7]，而淮南作《传》[8]，以为："《国风》好色而不淫[9]，《小雅》怨诽而不乱[10]，若《离骚》者，可谓兼之。蝉蜕秽浊之中[11]，浮游尘埃之外[12]，皭然涅而不缁[13]，虽与日月争光可也。"班固以为[14]：露才扬己，忿怼沉江[15]；羿浇二姚[16]，与左氏不合[17]；昆仑悬圃[18]，非经义所载；然其文丽雅，为词赋之宗，虽非明哲，可谓妙才。王逸以为[19]：诗人提耳[20]，屈原婉顺[21]，《离骚》之文，依经立义；驷虬乘鹥[22]，则时乘六龙[23]；昆仑流沙[24]，则《禹贡》敷土[25]。名儒辞赋，莫不拟其仪表，所谓“金相玉质，百世无匹”者也[26]。及汉宣嗟叹[27]，以为皆合经传；杨雄讽味[28]，亦言体同《诗·雅》[29]。四家举以方经[30]，而孟坚谓不合传[31]，褒贬任声，抑扬过实，可谓鉴而弗精，玩而未核者也[32]。

注释

①寝：止息。

②抽绪：抽引丝头。喻指继承。

③郁：繁盛。

④固：确。轩翥zhù：高飞貌。诗人：指《诗经》的作者。

⑤辞家：辞赋作家。

⑥圣：指孔子。未远：从孔子逝世至屈原出生，只有一个多世纪。

⑦汉武：汉武帝刘彻。

⑧淮南：淮南王刘安，汉高祖之孙，汉武帝的叔父。王逸此节对《离骚》的评价保存在班固的《离骚序》中。《汉书·淮南王传》载：汉武帝使刘安为《离骚传》，“旦受诏，日食时上”。《传》：《离骚传》，即对《离骚》的解说之文。

⑨淫：过度，无节制。

⑩诽：讽刺。乱：紊乱，失了秩序。

⑪蜕tuì：脱皮。

⑫尘埃：喻现实社会。

⑬皭jiào：光亮洁白。涅：染黑，染污。缁zī：黑色。

⑭班固：字孟坚，东汉历史学家、辞赋家，著有《汉书》。他对《离骚》的评价见《离骚序》。

⑮怼duì：怨恨。

⑯羿yì：传说中夏有穷氏之国君，因夏民以代夏政，善射，不修民事，为家臣寒浞所杀。《离骚》："羿淫游以佚田兮，又好射夫封狐。固乱流其鲜终兮，浞又贪夫厥家。"。浇ào：人名。即过浇。传说为夏代寒浞之子。《离骚》："浇身被服强圉兮，纵欲而不忍。日康娱而自忘兮，厥首用夫颠陨。"二姚：指夏代有虞国君的两个女儿。有虞氏为姚姓，故称。过浇灭相后，相的儿子少康逃到有虞国，有虞国君将两个女儿嫁给少康。《离骚》说："及少康之未家兮，留有虞之二姚。"

⑰左氏：指《左传》，又称《左氏春秋》。不合：记载不一致。《离骚》所描述的和《左传》载基本一致，谓其"不合"，此或为班固苛责。

⑱昆仑：昆仑山。《离骚》："邅吾道夫昆仑兮，路修远以周流。"悬圃：昆仑山巅。《离骚》："朝发轫于苍梧兮，夕余至乎悬圃。"

⑲王逸：字叔师，东汉学者，著有《楚辞章句》，下面的话见其序。

⑳提耳：恳切教导。《诗·大雅·抑》："言示之事，匪面命之，言提其耳。"孔颖达《疏》："我又亲

提撕其耳，庶其志而不忘。”

㉑婉顺：温顺。《楚辞章句序》："屈原之词，优游婉顺，宁以其君不知之故，欲提携其耳乎？”

㉒驷虬乘鹥yì：《离骚》："驷玉虬以乘鹥兮。”驷，四马驾车。虬，无角的龙。鹥，凤凰的别名。

㉓时乘六龙：《周易·乾卦》："时乘六龙以御天。”意谓按时驾驭六条龙拉的车运行在天空中。王逸认为《离骚》中的“驷虬乘鹥”是根据《周易·乾卦》“时乘六龙”写的。

㉔流沙：沙漠。《离骚》："忽吾行此流沙兮。”

㉕《禹贡》：《尚书》篇名。敷土：治理水土。

㉖金相玉质：质地如金玉，极言其珍贵。相，质地。

㉗汉宣：西汉宣帝刘询。《汉书·王褒传》载：宣帝喜好辞赋，并说：“辞赋大者与古诗同义，小者辩丽可喜。辟如女工有绮縠，音乐有郑、卫，今世俗犹皆以此虞说耳目，辞武比之，尚有仁义风谕，鸟兽草木多闻之观。”嗟叹：赞叹。

㉘杨雄：即扬雄，字子云。东汉学者和辞赋作家。讽味：讽诵玩味。

㉙体：风貌。

㉚方：比。

㉛孟坚：班固的字。

㉜玩：玩味，赏鉴。核：考查，核实。

译文

自从《国风》《大雅》《小雅》的歌声停息，再没有人继续这种写法了。后来奇妙的文辞蓬勃兴起，那就是《离骚》啊！它确实高翔在周代《诗经》的后面，奋飞在汉代辞赋家之前。难道是离圣人孔子的时代还不太远，而楚国人又多有才华的缘故吗？从前汉武帝喜好《离骚》，命令淮南王刘安作《离骚传》，刘安认为："《诗经·国风》描写爱情但并不过分，《诗经·小雅》怨恨、讽刺但并未失了上下次序，而《离骚》可以说是兼有二者的长处。屈原好似金蝉从污浊处蜕变出来，逍遥于尘俗之外，洁白光亮，染也染不黑，即使与日月比光辉也是可以的啊！"班固却认为：屈原显露才华，夸耀自己，愤懑怨恨，投江而死；《离骚》中讲到后羿、过浇和有虞国君两个女儿二姚的故事，都和《左传》中的有关记载不相符；写到的昆仑、悬圃，不是儒家经典所记载的；然而他的文辞瑰丽雅正，为辞赋家所效法，屈原虽然算不上贤明之士，但也称得上有才华的人。王逸以为《诗经》的作者"拉扯着耳朵"讽谏其上，屈原却比较委婉和顺。《离骚》的文辞，是依据经典来立论的：说驾龙乘凤，来源于《易经·乾卦》里所谓的按时乘着六条龙；讲到登上昆仑，到达流沙，见于《尚书·禹贡》里大禹治理九州水土，经过昆仑、流沙的记载。后世名家写作辞赋，没有不模拟效法它的，《离骚》可以说是像金玉一样珍贵，百代都没有和它匹敌的。到汉宣帝，他也赞叹《楚辞》，认为它完全符合儒家学说；扬雄吟诵品味《离骚》，说它的风貌和《诗经》相同。刘安、王逸、汉宣帝、扬雄四家都拿《离骚》来比经书，只有班固说它与《左传》不合。他们的赞誉与贬责都随心所欲，常常不符合实际，可以说是鉴别得不够精当，品评得不够确切。

将核其论，必征言焉。故其陈尧舜之耿介[①]，称禹汤之祗敬[②]，典诰之体也[③]；讥桀纣之猖披[④]，伤羿浇之颠陨[⑤]，规讽之旨也[⑥]；虬龙以喻君子[⑦]，云霓以譬谗邪[⑧]，比兴之义也[⑨]；每一顾而掩涕[⑩]，叹君门之九重[⑪]，忠怨之辞也：观兹四事，同于《风》《雅》者也。至于托云龙[⑫]，说迂怪[⑬]，驾丰隆，求宓妃[⑭]，凭鸩鸟[⑮]，媒娀女[⑯]，诡异之辞也；康回倾地[⑰]，夷羿弹日[⑱]，木夫九首[⑲]，土伯三目[⑳]，谲怪之谈也[㉑]；依彭咸之遗则[㉒]，从子胥以自适[㉓]，狷狭之志也[㉔]；士女杂坐，乱而不分[㉕]，指以为乐，娱酒不废，沉湎日夜[㉖]，举以为欢，荒淫之意也：摘此四事，异乎经典者也。

注释

①“故其”句：《离骚》：“彼尧舜之耿介兮，既

遵道而得路。”耿介，光大圣明。耿，光也。介，大也。

②“称禹”句：《楚辞·离骚》：“汤禹俨而祗敬兮，周论道而莫差。”祗敬，恭敬。

③典诰：《尚书》中《尧典》《汤诰》等篇。体：风貌。

④“讥桀”句：《离骚》：“何桀纣之猖披兮，夫唯捷径以窘步。”桀纣，夏桀商纣，均是残暴荒淫之君王。猖披，衣不系带，散乱不整貌。谓狂妄偏邪。

⑤“伤羿”句：见《离骚》。颠陨，坠落。

⑥规讽：规劝，讽喻。

⑦“虬龙”句：《楚辞·涉江》：“驾青虬兮骖白螭。”王逸《章句》：“虬、螭，神兽，宜于驾乘，以喻贤人清白宜可信任也。”

⑧“云霓”句：《离骚》：“帅云霓而来御。”王逸《楚辞章句》：“云霓，恶气也。以喻佞人。御，迎也。”

⑨比兴：《诗经》中两种表现手法。比，以彼物比此物。兴，先言他物，以引起所咏之辞。

⑩“每一”句：《楚辞·哀郢》：“望长楸而太息兮，涕淫淫其若霰。过夏首而西浮兮，顾龙门而不见。”顾，回头望。掩涕，掩面流泪。《离骚》：“长太息以掩涕兮，哀民生之多艰。”

⑪“叹君”句：《楚辞·九辩》：“岂不郁陶而思君兮，君之门以九重。”九重，多层。

⑫云龙：《离骚》：“驾八龙之婉婉兮，载云旗之委移。”

⑬迂怪：指神怪。迂，不切事理。

⑭“驾丰”二句：《离骚》：“吾令丰隆乘云兮，求宓妃之所在。”丰隆，云师。宓妃，洛水之神。

⑮鸩zhèn鸟：《离骚》：“望瑶台之偃蹇兮，见有娀之佚女。吾令鸩为媒兮，鸩告余以不好。”鸩，羽毛有毒的鸟。

⑯娀女：有娀之女。有娀，古国名，在今山西省境内。

⑰康回倾地：《楚辞·天问》：“康回凭怒，地何故以东南倾？”王逸《楚辞章句》：“康回，共工名也。《淮南子》言共工与颛顼争为帝，不得，怒而触不周之山，天维绝，地柱折，故东南倾也。”

⑱夷羿弹bì日：《楚辞·天问》：“羿焉弹日？乌焉解羽？”王逸《楚辞章句》：“《淮南》言尧时十日并出，草木焦枯，尧命羿仰射十日，中其九日，日中九乌皆死，堕其羽翼，故留其一日也。”夷羿，古代神话传说中善射的人，和有穷国国君羿不是同一人。夷，羿的姓。弹，射。

⑲木夫九首：《楚辞·招魂》：“一夫九首，拔木九千些。”王逸《章句》：“言有丈夫一身九头，强梁多力，从朝至暮，拔大木九千枚也。”

⑳土伯三目：《楚辞·招魂》："土伯九约，其角觺觺些。参目虎首，其身若牛些。"王逸《章句》："土伯，后土之侯伯也。……言土伯之头，其貌如虎，而有三目，身又肥大，状如牛也。参，一作三。"土伯，土地神。

㉑谲 jué 怪：奇异怪诞。

㉒"依彭"句：《离骚》："虽不周于今之人兮，愿依彭咸之遗则。"彭咸，殷贤大夫，谏其君不听，自投水而死。遗则，指前代留传下来的法则。此指投水自尽。

㉓"从子"句：《楚辞·九章·悲回风》："浮江湘而入海兮，从子胥而自适。"子胥，伍子胥，春秋时楚国人，帮助吴王夫差打败越国，越王勾践请和，伍子胥反对，夫差逼他自杀，投尸江中。自适，顺从自己的心意。

㉔狷 juàn 狭：狷急，狭隘。狷，狷急，指性情急躁。

㉕"士女"二句：《楚辞·招魂》："士女杂坐，乱而不分些。"王逸《章句》："言醉饱酣乐，合尊促席，男女杂坐，比肩齐膝，恣意调戏，乱而不分别也。"

㉖"娱酒"二句：《楚辞·招魂》："娱酒不废，沈日夜些。"王逸《章句》："娱，乐。言虽以酒相娱乐，不废政事，昼夜沉湎，以忘忧也。或曰：娱酒不发，发，旦也。"

译文

要检验他们的评述，必须核对《楚辞》中的言辞。《离骚》中陈述唐尧、虞舜的伟大圣明，称颂商汤、夏禹的严谨恭敬，有《尚书》中《典》《诰》的风貌。讥讽夏桀、殷纣的狂妄偏狭，感伤后羿、过浇的灭亡，有规劝讽喻的意旨。用虬龙来比喻君子，用云霓来譬比小人，这就是《诗经》中“比”“兴”的表现方法。《哀郢》中说回望祖国掩面流涕，《九辩》中叹息君门多层难进，这些都是忠诚怨愤的言词。考察这四方面的事例，是《楚辞》同《诗经》中“风”“雅”相同的地方。至于托言驾八龙、载云旗，谈说迂怪，请云师丰隆驾着云彩去寻求神女宓妃，让鸩鸟去向有娀氏美女说媒，这些都是荒诞怪异的言辞。讲共工使地向东南倾斜，羿射下了九个太阳，拔木的大力士有九个脑袋，地神有三只眼睛，这些都是神奇古怪的传说。说要依照殷大夫彭咸遗留下的法则，投水自尽，又说愿随伍子胥浮尸于江来顺适自己的心意，这是急躁狭隘的胸襟。男女杂坐，乱得没有分别，引为乐事，饮酒沉醉，日夜不止，认为可喜，这些是荒乱淫邪的意趣。摘取的这四方面的事例，是《楚辞》不同于经书的地方。

故论其典诰则如彼[①]，语其夸诞则如此。固知

《楚辞》者，体宪于三代[2]，而风杂于战国，乃《雅》《颂》之博徒[3]，而词赋之英杰也。观其骨鲠所树[4]，肌肤所附[5]，虽取镕经意，亦自铸伟辞。故《骚经》《九章》[6]，朗丽以哀志；《九歌》《九辩》[7]，绮靡以伤情[8]；《远游》《天问》[9]，瑰诡而慧巧[10]；《招魂》《大招》[11]，耀艳而深华；《卜居》标放言之致[12]，《渔父》寄独往之才[13]。故能气往轹古[14]，辞来切今[15]，惊采绝艳，难与并能矣。

注释

①典诰：《尚书》中有《尧典》《汤诰》等篇。泛指经书典籍。

②宪：效法。三代：夏、商、周。

③博徒：学识广博通达之士。

④骨鲠gěng：骨干，骨骼。喻指文章的主要内容。

⑤肌肤：肌肉与皮肤。喻指文章的辞采。

⑥《骚经》：即《离骚》。王逸曾尊《离骚》为《离骚经》。《九章》：屈原所作的一组叙述身世和遭遇的抒情诗。

⑦《九歌》：楚国民间祭神曲，可能经过屈原加工改写。《九辩》：宋玉所作的长篇抒情诗。

⑧绮qǐ靡：指言辞华美精妙。

⑨《远游》：旧传为屈原所作，近人怀疑是汉代作品，主要写想象中的天上远游。《天问》：屈原

所作，全文以问句构成，对天、地、自然、社会、历史、人生提出了一百七十多个问题。

⑩瑰诡：瑰丽奇伟。瑰，奇伟。诡，怪奇。

⑪《招魂》：作者是屈原还是宋玉，存在争议。《大招》：相传为屈原所作，或说是景差所作。

⑫《卜居》：相传为屈原所作，实际上是楚人哀悼屈原的作品。标：显出。放言：放纵不羁的言辞。

⑬《渔父》：传为屈原所作，主要内容写渔父劝屈原随俗浮沉，屈原表示不愿同流合污。独往：孤往独来，不顾世人。

⑭轹lì：超过。

⑮切今：有“空前绝后”的“绝后”之义。切，切断，绝。

译文

所以，《楚辞》一方面同儒家经典一样雅正，另一方面又是如此夸张荒诞。因此，可知《楚辞》的内容效法夏商周的著作，但里面已经掺杂了战国时代的风气。他们是博通《诗经》的继承者，也是后代辞赋的英杰。看它像骨架一样树立的思想内容，像肌肤一样附着的文辞，虽然是熔化提炼自经书，但也有自己独特的创造。所以《离骚》《九章》明朗婉丽，表现了哀怨之情；《九歌》《九辩》言辞精妙，表达了感伤之意；《远游》《天问》瑰丽奇伟，文思巧妙；《招魂》《大招》光彩照耀，含蕴深沉；《卜居》显示了旷达的意趣；《渔父》寄托了孤高的才情。所以《楚辞》能够在气概上压倒古人，在文辞上横绝后世，文采艳丽，让人惊叹，别的作品很难和它媲美了。

自《九怀》以下[①]，遽蹑其迹[②]，而屈、宋逸步[③]，莫之能追。故其叙情怨，则郁伊而易感[④]；述离居，则怆怏而难怀[⑤]；论山水，则循声而得貌[⑥]；言节候，则披文而见时[⑦]。是以枚、贾追风以入丽[⑧]，马、杨沿波而得奇[⑨]，其衣被词人[⑩]，非一代也。故才高者菀其鸿裁[⑪]，中巧者猎其艳辞[⑫]，吟讽者衔其山川[⑬]，童蒙者拾其香草[⑭]。若能凭轼以倚《雅》《颂》[⑮]，悬辔以驭楚篇[⑯]，酌奇而不失其贞[⑰]，玩华而不坠其实[⑱]，则顾盼可以驱辞力[⑲]，欬唾可以穷文致[⑳]，亦不复乞灵于长卿[㉑]，假宠于子渊矣[㉒]。

注释

①《九怀》：一组代屈原立言的作品，由九篇诗歌组成。作者是西汉王褒。《楚辞》自《九怀》以下，均是汉代人作品。

②遽jù：疾速。蹑：踩，追随。

③屈、宋：屈原、宋玉。逸步：快步。

④郁伊：忧愤郁结貌。

⑤怆怏：悲伤失意。

⑥声：语言。

⑦披文：披阅文章。批，展开，指翻阅。

⑧枚、贾：枚乘、贾谊，西汉辞赋家。

⑨马、杨：司马相如、扬雄，西汉辞赋家。

⑩衣被：以衣被人，即加惠于人。此指给人以影响。

⑪菀wǎn：通“搲”，取，挖取。鸿裁：巨大的剪裁，喻指高明的艺术技巧。

⑫中巧：心巧。艳辞：美丽的文辞。

⑬吟讽：吟诵。衔：用嘴含，此喻指吸取。

⑭童蒙：幼稚愚昧。

⑮凭轼：倚在车前横木上，以示恭敬于人。此喻尊敬。

⑯悬辔pèi：给马加上辔头。喻指控制。辔，指套在骡、马等头上的笼头。

⑰酌：取。贞：正，正确。

⑱玩：玩味，欣赏。华：花。喻指作品的形式。实：果实。喻指作品的内容。

⑲顾眄miǎn：回头看。喻指时间短暂。

⑳欬kài唾：咳嗽，吐唾液。喻指时间短暂。欬，咳嗽。

㉑乞灵：求助于神灵或某种权威。长卿：司马相如的字。

㉒假宠：借重宠爱。假，借。子渊：王褒的字。

译文

从《楚辞》中王褒的《九怀》以下各篇，都紧紧追随着屈原的脚步，但是屈原、宋玉卓越的步调，是没有人能追得上的。所以屈原、宋玉叙述怨恨的感情，使人忧愤郁结而容易感动；诉说离情别绪，使人悲伤痛苦而难以忍受；描绘山水，使人闻其声就能知道其形貌；叙述季节，使人阅其文辞就看到其变化。所以枚乘、贾谊追随《楚辞》的文风学到了雅丽的特色，司马相如、扬雄沿着《楚辞》的余波而使作品具有奇伟的特点。《楚辞》影响辞赋作家，不仅仅是一代啊！所以文才高的从中学习它高超的艺术技巧，心灵慧巧的猎取它艳丽的文辞，喜爱吟咏的反复咏诵它描绘山水的诗句，比较幼稚愚钝的便只记得其中的香草。倘能遵循《雅》《颂》的写作准则，学习《楚辞》的写作要领，斟酌吸取它雄奇的方面而又不至失其雅正，玩味鉴赏它的形式而又不抛开它的内容，那在一回头间就可以驱遣文辞，一开口间就可以穷尽文理，就再也不用求助于司马相如，借光于王褒了。

赞曰：不有屈平①，岂见《离骚》？惊才风逸，壮采烟高。山川无极②，情理实劳③。金相玉式④，艳溢锱毫⑤。

注释

①屈平：屈原。屈原字平。

②无极：无穷。

③劳：通“辽”，辽阔，遥远。

④金相玉式：即“金相玉质”。

⑤锱zī毫：细微。锱，锱铢，古代重量单位，二十四铢为一两。毫，丝毫，古代度量单位，百毫为一厘。

译文

结语：没有屈原，怎会出现《离骚》？惊人的才华像长风般飘逸，豪壮的志气如云霞般崇高。楚国的山河无限广阔，诗人的情思确实遥远。《离骚》的内容像金玉般美好，艳丽的文采在细微处也闪耀。

明　诗

题解

《明诗》是《文心雕龙》的第六篇，属文体论，主要论述四言诗和五言诗的发展历史及其写作特点。全篇可分三个部分：第一部分讲诗的含义及其教育作用；第二部分论述诗歌从先秦到晋宋的发展演变情况；第三部分分析四言诗和五言诗的风格特色，附论其他的诗歌样式。

大舜云："诗言志，歌永言①。"圣谟所析②，义已明矣。是以"在心为志，发言为诗"③；舒文载实④，其在兹乎？故诗者，持也⑤，持人情性。三百之蔽，义归"无邪"⑥；持之为训，有符焉尔。

注释

①"诗言志"二句：见《尚书·舜典》。永言，长言，吟咏。永，长，延长。

②圣谟：圣训，圣人的教导。谟，谋议。

③"在心为志，发言为诗"：《毛诗序》："诗者，志之所之也，在心为志，发言为诗。"志，情志。

④舒文：展布文采。舒，布。载实：载其情志。实，情志。

⑤持：扶持。引申为培养教育。

⑥“三百之蔽”二句：《论语·为政》：“《诗》三百，一言以蔽之，曰思无邪。”蔽，概括，总结。

译文

伟大的舜曾说：“诗是表达思想情感的，歌是将语言音节延长来咏唱的。”圣人的议论分析，含义已经很清楚了。所以，《毛诗序》说：“在作者内心时是情志，用语言表达出来就是诗。”通过文辞来表达情志，诗歌的作用就在这里。“诗”就是扶持，就是用来培养人的情性的。孔子说，《诗经》三百篇用一句话来概括，就是“没有偏邪”。用扶持解释诗，是符合孔子的话的。

人禀七情[1]，应物斯感；感物吟志，莫非自然。昔葛天乐辞[2]，《玄鸟》在曲[3]；黄帝《云门》[4]，理不空弦[5]。至尧有《大唐》之歌[6]，舜造《南风》之诗[7]；观其二文，辞达而已。及大禹成功，九序惟歌[8]；太康败德[9]，五子咸讽[10]：顺美匡恶[11]，其来久矣。自商暨周[12]，《雅》《颂》圆备[13]；四始彪炳[14]，六义环深[15]。子夏鉴“绚素”之章[16]，子贡悟“琢磨”之句[17]；故商、赐二子[18]，可与言《诗》。自王泽殄竭[19]，风人辍采[20]。春秋观志[21]，讽诵旧章[22]；酬酢以为宾荣[23]，吐纳而成身文[24]。逮楚国讽怨[25]，则《离骚》

为刺[26]。秦皇灭典[27]，亦造《仙诗》[28]。

注释

①禀：接受。引申为赋性，天赋。七情：人的七种感情或情绪，即喜、怒、哀、惧、爱、恶、欲。

②葛天：传说中的远古帝名。

③《玄鸟》：相传古代葛天氏乐八篇之一。《吕氏春秋·仲夏》："昔葛天氏之乐，三人操牛尾投足以歌八阕，一曰《载民》，二曰《玄鸟》……八曰《总万物之极》。"高诱注："上皆乐之八篇名也。"玄鸟，燕子。

④《云门》：周六乐舞之一。用于祭祀天神。相传为黄帝时所作。

⑤空弦：光弹弦，即光有曲调，没有歌词。

⑥《大唐》：相传为对尧禅让的颂歌，载《尚书大传》，诗曰："舟张辟雍，鸧鸧相从。八风回回，凤皇喈喈。"

⑦《南风》：相传是虞舜所作，载《孔子家语·辩乐解》，诗曰："南风之薰兮，可以解吾民之愠兮；南风之时兮，可以阜吾民之财兮。"

⑧九序惟歌：《尚书·大禹谟》载，大禹说："九功惟叙，九叙惟歌。"九序，即九叙。

⑨太康：夏启的儿子、大禹的孙子。败德：败坏德义。

⑩五子咸讽：太康因失于德政，有穷氏后羿趁其到

洛水边打猎时夺取夏都安邑，太康不得返国。其母与弟弟都怨恨他，并作歌述大禹戒荒淫之教以讽喻之。五子，一说为太康昆弟五人。一说为太康弟五观。

⑪匡：正。

⑫暨：到。

⑬《雅》《颂》：《风》《雅》《颂》，代指《诗经》。圆：全。

⑭四始：指《诗经》中“风”“小雅”“大雅”“颂”四部分诗作。彪炳：文采焕发貌。

⑮六义：亦称“六诗”。《〈诗〉大序》：“诗有六义焉：一曰风；二曰赋；三曰比；四曰兴；五曰雅；六曰颂。”环深：周密而深邃。

⑯子夏：姓卜名商，孔子弟子。鉴：明白。“绚素”之章：见《论语·八佾》。子夏向孔子请教“巧笑倩兮，美目盼兮，素以为绚兮”这几句诗是什么意思，孔子回答说是指绘画要打素白的底色，然后再绘彩色。子夏于是领悟到做人要以礼为本。

⑰子贡：姓端木名赐，孔子学生。“琢磨”之句：见《诗经·卫风·淇澳》。子贡从《淇澳》的诗句“如切如磋，如琢如磨”中领悟到要精益求精的道理。

⑱商、赐：子夏、子贡。

⑲王泽：君王的德泽。殄tiǎn：灭绝，绝尽。

⑳风人：指古代采集民歌、风俗等以观民风的官员。辍：停止，中断。

㉑观志：观察其心志。春秋以来外交集会，诗不自作，而是讽诵古诗，择其章句，以示其志，此即“赋诗断章”。

㉒讽诵：背诵。旧章：旧的篇章。

㉓酬酢zuò：主客相互敬酒，主敬客称酬，客还敬称酢。宾荣：宾客的荣宠。

㉔吐纳：言谈，谈吐。此指诵诗。身文：身之文饰。

㉕逮：到。

㉖刺：讽刺。

㉗秦皇灭典：指秦始皇焚书。

㉘《仙诗》：据《史记·秦始皇本纪》载，秦始皇曾让博士为《仙真人诗》。诗今失传。

译文

人天生具有各种各样的情感，受到外物的刺激，便有所感应。心有所感，而用诗歌来吟咏情志，这是很自然的。从前，葛天氏时，将《玄鸟歌》谱入歌曲；黄帝时的《云门舞》，按理是不会只有曲调而无歌词的。到尧时有《大唐歌》，舜时有《南风诗》，看这两首歌谣的歌词，仅仅能做到达意的程度。到了夏禹治水成功，各项工作有了次序，因而受到歌颂。夏帝太康道德败坏，他的五个兄弟都怨恨他，便作《五子之歌》讽喻他。用诗歌来歌颂功德和讽刺过失，这种做法由来已久。从商朝到周朝，《诗经》的《风》《雅》《颂》各体已经齐全完备；“四始”之“风”“小雅”“大雅”“颂”光辉灿烂，“六义”之赋、比、兴、风、雅、颂周密精深。子夏明白了“素以为绚兮”等诗句的深意，子贡领会到“如琢如磨”等诗句的道理，所以孔子认为可以和子夏、子贡谈论《诗经》了。后来周朝的王泽衰竭，采诗官停止采诗；但春秋时人们为了观察各人的情志，就朗诵古诗，征引得体既可以作为来宾的光荣，吟咏恰当又显示了自身的才华。到楚国人怀怨讽谏，于是作《离骚》等来讽刺。秦始皇焚书，但也让博士们作了《仙真人诗》。

汉初四言，韦孟首唱①；匡谏之义，继轨周人②。孝武爱文③，柏梁列韵④。严、马之徒⑤，属辞无方⑥。至成帝品录⑦，三百余篇⑧；朝章国采⑨，亦云周备。而辞人遗翰⑩，莫见五言；所以李陵、班婕妤见疑于后代也⑪。按《召南·行露》，始肇半章⑫；孺子《沧浪》⑬，亦有全曲；《暇豫》优歌⑭，远见春秋；《邪径》童谣⑮，近在成世⑯。阅时取征⑰，则五言久矣。又《古诗》佳丽⑱，或称枚叔⑲；其《孤竹》一篇⑳，则傅毅之词㉑。比采而推㉒，固两汉之作乎？观其结体散文㉓，直而不野㉔；婉转附物，怊怅切情㉕：实五言之冠冕也㉖。至于张衡《怨篇》㉗，清典可味㉘；《仙诗》《缓歌》[29]，雅有新声[30]。

注释

①韦孟：西汉初年诗人。今存《讽谏诗》《在邹诗》两首四言长诗。

②继轨：继承。轨，轨道，法则。

③孝武：汉武帝刘彻。死后谥号孝武皇帝。

④柏梁：汉代台名。故址在今陕西省西安市长安区西北长安故城内。汉武帝元鼎二年筑。相传汉武帝在柏梁台上和群臣共赋七言诗，人各一句，每句用韵，此即《柏梁诗》。

⑤严、马：严助、司马相如，均是西汉文学家。严助，本名庄助，《汉书》为避东汉明帝刘庄的讳，改称严助。

⑥属辞：写作。属，连缀。方：常。

⑦成帝：西汉成帝刘骜。品录：评论辑录。

⑧三百余篇：《汉书·艺文志》称西汉成帝命刘向辑录歌诗，共二十八家，三百一十四篇。

⑨朝章：朝廷的篇章。国采：国风，各地的文章。

⑩遗翰：遗留下来的作品。翰，笔，这里指篇章。

⑪李陵：字少卿，西汉名将李广之孙。曾率军与匈奴作战，战败投降匈奴。《文选》卷二九载李少卿《与苏武》诗三首。班婕妤jiéyú：西汉成帝妃子。《文选》卷二七载班婕妤《怨歌行》一首。

婕妤，宫中女官名。汉武帝时始置，位视上卿，秩比列侯。

⑫始肇半章：《诗经·召南·行露》共三章，每章六句，第二章前四句五言，后二句四言，第三章如之，故曰五言居半。肇，开始，创始。

⑬孺子：儿童。《沧浪》：即《沧浪歌》。《孟子·离娄上》："有孺子歌曰：'沧浪之水清兮，可以濯我缨；沧浪之水浊兮，可以濯我足。'"

⑭《暇豫》优歌：《国语·晋语》载：春秋时晋献公宠妻骊姬欲杀太子申生而立己子奚齐，担心大臣里克反对，乃使优施饮里克酒。酒宴中，优施作歌暗讽里克，歌曰："暇豫之吾吾，不如鸟乌。人皆集于苑，己独集于枯。"暇豫，悠闲逸乐。优，倡优。古代表演乐舞、杂戏的艺人。此指优施。

⑮《邪径》童谣：《汉书·五行志》载："成帝时歌谣又曰：'邪径败良田，谗口乱善人。桂树华不实，黄爵巢其颠。故为人所羡，今为人所怜。'"

⑯成世：汉成帝之世。

⑰阅：经历。取征：验证。

⑱《古诗》：指《古诗十九首》，载《文选》卷二九。

⑲或称枚叔：有人说《古诗十九首》是枚乘的作品。稍后于刘勰的《玉台新咏》也将《古诗十九首》中的《西北有高楼》等九首列为枚乘作品，

这可能是齐梁以来的流行看法。枚叔，西汉初年辞赋作家枚乘，字叔。

⑳《孤竹》：《古诗十九首》之一《冉冉孤生竹》。

㉑傅毅：字武仲，东汉辞赋家。

㉒比：比较，比照。采：文采。

㉓体：风格。散：抒写。

㉔直：质朴。野：粗鄙。

㉕怊chāo怅：惆怅。切：切合。

㉖冠冕：帽子。喻指首位。

㉗张衡：字平子，东汉天文学家、文学家、学者。《怨篇》：指张衡《怨诗》。《太平御览》卷九百八十三引张衡《怨诗》："秋兰，嘉美人也。嘉而不获用，故作是诗也。猗猗秋兰，植彼中阿。有馥其芳，有黄其葩。虽曰幽深，厥美弥嘉。之子之远，我劳如何？"

㉘清典：清丽典雅。

㉙《仙诗》《缓歌》：张衡作品，今无考。

㉚雅：很。

译文

汉朝初年的四言诗，韦孟是最先创作的；诗里匡正规讽的含义，继承了周代作家的传统。汉武帝爱好文学，与群臣在柏梁台上按韵联句。严助、司马相如等人，写诗还没有一定的程式。成帝时，对歌诗进行了一番评论辑录，共得三百多首，朝野的作品，也算是相当齐备了。但这些作家所遗留下来的作品中，没有见到五言诗；所以，李陵的《与苏武诗》和班婕妤的《怨诗》，就不免被后人怀疑。考查《诗经》的《召南·行露》，五言居全篇之半；到《孟子·离娄》所载小孩唱的《沧浪歌》，就全是五言了；晋国优施所唱的《暇豫歌》，早见于春秋时代；而童谣《邪径谣》，稍后见于汉成帝时代。经历了各个时代，从中取证，说明五言诗很早就有了。另外，《古诗十九首》写得很好，有人说是枚乘的作品，而《冉冉孤生竹》一首，有人说是傅毅所作。比照这些诗的辞采来推测，大概是两汉的作品吧？从风格和行文看，《古诗十九首》朴质而不粗鄙，描写婉转贴切，抒情哀感深切，确实可算是五言诗中的一流作品。至于张衡的《怨诗》，清丽典雅，值得玩味。《仙诗》《缓歌》，则颇有新颖的韵味。

暨建安之初[①]，五言腾跃。文帝、陈思[②]，纵辔以骋节[③]；王、徐、应、刘[④]，望路而争驱。并怜风月[⑤]，狎池苑[⑥]，述恩荣[⑦]，叙酣宴；慷慨以任气[⑧]，磊落以使才[⑨]。造怀指事，不求纤密之巧；驱辞逐貌[⑩]，唯取昭晰之能。此其所同也。及正始明道[⑪]，诗杂仙心[⑫]；何晏之徒[⑬]，率多浮浅[⑭]。唯嵇志清峻[⑮]，阮旨遥深[⑯]，故能标焉[⑰]。若乃应璩《百一》[⑱]，独立不惧；

辞谲义贞[19]，亦魏之遗直也[20]。

注释

①暨jì：至，到。建安：汉献帝年号，公元196—220年。

②文帝：魏文帝曹丕。陈思：陈思王曹植，曹丕弟。曾封于陈地为陈王，死后谥号思，故称陈思王。

③纵辔pèi：谓放开马缰，纵马奔驰。辔，马缰绳。骋节：任意驰骋。节，节制，指挥。

④王、徐、应、刘：王粲、徐幹、应玚、刘桢，均名列“建安七子”，为当时著名文学家。

⑤怜：爱。风月：清风明月。泛指美好的景色。

⑥狎xiá：遨游。

⑦恩荣：恩宠荣耀。

⑧任气：纵任意气，不加约束。

⑨磊落：胸怀坦荡。使才：施展才情。

⑩逐：追逐，此指描摹。貌：形貌。

⑪正始：魏齐王年号，公元240—249年。

⑫仙心：指老庄思想。

⑬何晏：字平叔，三国时玄学家，是最早写玄言诗的人。

⑭率：大多。

⑮嵇：嵇康，字叔夜，三国魏末文学家，“竹林七贤”之一。清峻：清高峻拔。

⑯阮：阮籍，字嗣宗，三国魏末与嵇康齐名的文学

家，“竹林七贤”之一。

⑰标：显著，突出。

⑱应璩qú：字休琏，应玚的弟弟。《百一》：诗篇名。为汉应璩讥切时事之作。

⑲辞谲jué：奇异。贞：正。

⑳遗直：指直道而行、有古人遗风的人。

译文

到建安初年，五言诗的创作空前活跃。魏文帝曹丕、陈思王曹植驰骋于文坛；王粲、徐幹、应玚、刘桢等人，也在文学的大道上争相驱驰。他们爱好风月美景，遨游于池塘园林，在诗歌中叙述恩宠荣耀，描绘宴集酣乐；激昂慷慨地任意抒发意气，直率坦白地施展才情。述怀叙事，不追求细密的技巧；驱遣文辞，描写形貌，只求清楚明白。这些是他们共有的特点。到了正始年间，道家思想流行，诗歌里也夹杂着老庄思想。何晏等人，作品大都浮泛浅薄。只有嵇康情志清高峻拔，阮籍命意遥远深邃，因此他们的诗歌能够出人头地。至如像应璩的《百一诗》，独立直言，无所畏惧，文辞奇异而寓意端直，他真是魏代有古人遗风的人。

晋世群才，稍入轻绮①。张、左、潘、陆②，比肩诗衢③。采缛于正始④，力柔于建安⑤；或析文以为妙[6]，或流靡以自妍[7]：此其大略也。江左篇制[8]，溺乎玄风[9]；嗤笑徇务之志[10]，崇盛忘机之谈[11]。袁、孙已下[12]，虽各有雕采，而辞趣一揆[13]，莫与争雄[14]。所以景纯《仙篇》[15]，挺拔而为俊矣[16]。宋初文咏，体有因革[17]；庄、老告退，而山水方滋[18]。俪采百字之偶[19]，争价一句之奇；情必极貌以写物[20]，辞必穷力而追新[21]。此近世之所竞也。

注释

①稍：渐。轻绮：轻靡绮丽。

②张：指张载、张协、张亢三兄弟。左：左思。潘：潘岳、潘尼叔侄。陆：陆机、陆云兄弟。他们都是西晋太康前后的文学家。

③比肩：并肩。诗衢qú：诗坛。衢，大路。

④采缛rù：文采繁盛。

⑤力：风力，指文辞的风骨笔力。

⑥析文：指对字句的讲究雕琢。

⑦流靡：谓过分华美，委靡不振。妍：美。

⑧江左：江东。指长江下游以东地区。东晋及南朝宋、齐、梁、陈的基业都在江左，故当时人又称这五朝及其统治下的全部地区为江左，南朝人则专称东晋为江左。

⑨玄风：玄谈的风尚。指汉魏以来以老庄之道和《周易》为依据而辨析名理的谈论之风。

⑩嗤chī笑：讥笑。徇务：致力于政务。

⑪忘机：忘却机巧之心。此指忘情俗务。

⑫袁、孙：袁宏、孙绰，均东晋玄言诗人。已：同“以”。

⑬趣：趋向。一揆kuí：一致。揆，道理。

⑭与：与之，指与玄言诗。

⑮景纯：郭璞，字景纯，东晋学者兼诗人。《仙篇》：指郭璞的《游仙诗》。

⑯挺拔：特出。

⑰体：风格。因革：继承与革新。

⑱方：正。滋：增多。

⑲俪：对偶。百字：五言诗二十句一百字，此指诗的全篇。

⑳情：指作品的内容。极：穷。物：自然景物。

㉑穷力：竭力。

译文

晋代的许多作家，渐渐走上了轻靡绮丽的创作道路。张载、张协、张亢、潘岳、潘尼、左思、陆机、陆云等人，在诗坛上并驾齐驱。文采比正始时期更加繁富，但风骨笔力却比建安时期柔弱。有的以修饰文辞为高妙，有的以语言华丽而自美：这就是西晋诗坛的大概情况。东晋的诗歌创作，陷入了玄学的风气之中。这些玄言诗人讥笑治国安民的壮志，推崇忘却世情的空谈。自袁宏、孙绰以下，作品虽然各有文采雕饰，但内容上却一致趋向于玄学，当时没有谁可以和他们争雄。因此，郭璞的《游仙诗》，算是挺拔突出的优秀之作了。南朝刘宋初年的诗歌，对于前代的诗风有所继承和革新；宣扬庄周和老子思想的诗歌渐渐减少，而描绘山水的作品却日益兴盛。诗人们用全篇对偶来显示文采，在每一句的新奇上竞逞才华；内容上一定要极尽形貌来描绘景物，文辞上一定要竭尽全力追求新异。这就是近代诗人们竞相追逐的诗风。

故铺观列代[①]，而情变之数可鉴[②]；撮举同异[③]，而纲领之要可明矣[④]。若夫四言正体，则雅润为本；五言流调，则清丽居宗。华实异用，惟才所安。故平子得其雅[⑤]，叔夜含其润[⑥]，茂先凝其清[⑦]，景阳振其丽[⑧]。兼善则子建、仲宣[⑨]，偏美则太冲、公干[⑩]。然诗有恒裁[⑪]，思无定位[⑫]；随性适分[⑬]，鲜能圆通[⑭]。若妙识所难，其易也将至；忽以为易[⑮]，其难也方来。至于三六杂言[⑯]，则出自篇什[⑰]；离合之发[⑱]，则萌于图谶[⑲]；回文所兴[⑳]，则道原为始[㉑]；联句共韵[㉒]，则柏梁余制[㉓]。巨细或殊，情理同致；总归诗囿[㉔]，故不繁云。

注释

①铺观：纵观，遍观。列代：历代。

②情变：情势变化。数：规律。鉴：察看。

③撮举：撮要举出。

④纲领之要：指各种诗歌的写作要领。

⑤平子：张衡的字。

⑥叔夜：嵇康的字。

⑦茂先：张华的字。张华，西晋作家。

⑧景阳：张协的字。

⑨子建：曹植的字。仲宣：王粲的字。

⑩太冲：左思的字。公幹：刘桢的字。

⑪裁：体裁。

⑫思：思想。

⑬性：性情。分：本分，此指诗人的个性特点。

⑭鲜：少。圆通：佛教术语。此指全面精通各种诗体。圆，性体周遍；通，妙用无碍。

⑮忽：忽视。

⑯三六杂言：三言、六言和杂言诗。杂言，每句字数不等、长短句间杂的诗歌。

⑰篇什：《诗经》的“雅”和“颂”以十篇为一什，此指《诗经》。

⑱离合：离合诗，即拆字诗。

⑲图谶chèn：古代方士或儒生编造的关于帝王受命征验一类的书，多为隐语、预言。

⑳回文：回文诗，字句回环往复读之均能成诵的诗。著名的如前秦窦滔之妻苏蕙的《回文璇玑图》。

㉑道原：未详。一说为南朝宋的贺道庆。

㉒联句共韵：几人联句作诗，押共同的韵。

㉓柏梁：柏梁诗，汉武帝与其大臣在柏梁台联句共作之诗。

㉔囿yòu：园林。

译文

所以，遍观历代的诗歌，便可以看出其发展变化的规律。撮要举出它们相同和相异之处，诗歌创作的要点就很清楚了。譬如四言诗的正宗体制，就是以雅正温润为根本；五言诗的常见格调，则以清新华丽为主。华丽、朴实各有所用，具体选择随作者的才华而定。因此张衡具有雅正的诗风，嵇康具有温润诗风；张华凝聚了清新的风格，张协发挥了华丽的特点。各方面都兼备的是曹植和王粲，只偏长于一方面的是左思和刘桢。然而诗歌的体裁是一定的，而文思却没有固定的规矩；作者按照性情个性来创作，很少能兼擅各体。如果深知创作中的难处，那么下笔将会很容易；如果轻率地认为写诗很简单，那么困难随之而来。至于三言、六言、杂言诗，它们都起源于《诗经》；"离合诗"，则是萌芽于汉代的图谶；"回文诗"的兴起，则是道原首先创作的；而"联句诗"，那是继承《柏梁诗》而来的。这些作品，篇幅大小或许不同，表达情理却是一样的。它们都属于诗的范围，因此不详细论述了。

赞曰：民生而志[1]，咏歌所含。兴发皇世[2]，风流二《南》[3]。神理共契[4]，政序相参[5]。英华弥缛，万代永耽[6]。

注释

①民：人。

②皇世：上古三皇之世。

③二《南》：《诗经》的《周南》和《召南》，此代指《诗经》。

④神理：神妙的自然之道。契：契合。

⑤政序：政治秩序。

⑥耽dān：喜爱。

译文

结语：人生来就有情志，诗歌就是情志的表达。它产生于上古时期，风行在《诗经》的时代。诗歌符合自然之道，并和政教息息相关。优秀的诗歌会越来越多，千秋万世为人所喜爱。

诠 赋

题解

《诠赋》是《文心雕龙》的第八篇，属文体论，是对赋这种文体及历代创作情况的阐释解说。全篇可分四个部分：第一部分解释“赋”的含义，阐明赋的特点；第二部分论述汉赋的创作情况；第三部分评论先秦、两汉和魏晋时期十八家有代表性的作家作品；第四部分总结赋的创作原则。

《诗》有六义①，其二曰“赋”②。“赋”者，铺也；铺采摛文③，体物写志也。昔邵公称④：“公卿献诗⑤，师箴瞽赋⑥。”《传》云⑦：“登高能赋，可为大夫⑧。”《诗序》则同义⑨，“传”说则异体⑩。总其归涂⑪，实相枝干⑫。故刘向明“不歌而颂”⑬，班固称“古诗之流也”⑭。

注释

①六义：《〈诗〉大序》：“诗有六义焉：一曰风，二曰赋，三曰比，四曰兴，五曰雅，六曰颂。”赋、比、兴是三种表现手法，风、雅、颂是内容分类。

②其二曰“赋”：《〈诗〉大序》中“赋”排在第二位。

③摛chī：布。

④邵公：邵康公的孙子，为西周卿士。《国语·周语》载：邵公向周厉王进谏说：“故天子听政，使公卿至于列士献诗，瞽献曲，史献书，师箴，瞍赋，蒙诵，百工谏，庶人传语，近臣尽规，亲戚补察，瞽、史教诲，耆、艾修之，而后王斟酌焉，是以事行而不悖。”

⑤公卿：泛指高官。

⑥师：少师，乐官名。箴zhēn：规谏；告诫。瞽：盲人。此指乐官。古代以瞽者为之，故称。赋：朗诵。

⑦《传》云：指《毛诗故训传》，简称《毛传》，是现存最早的完整的《诗经》注本。传是对经义的解释。

⑧“登高”二句：《诗经·邶风·定之方中》之《毛传》说：“升高能赋，可以为大夫。”《汉书·艺文志》：“《传》曰：‘不歌而诵谓之赋，登高能赋可以为大夫。’言感物造端，材知深美，可与图事，故可以为列大夫也。”

⑨《诗序》则同义：《诗序》中“六义”之一“赋”，虽是表现手法，但和作为文体的“辞赋”一样，二者都有“铺陈”的意思，故曰“同义”。

⑩“传”说则异体：《毛传》和《国语·周语》邵公的说辞中的“赋”，一指作诗，一指诵诗，与辞赋

不同，故曰“异体”。异体，不同的文体、体裁。

⑪归涂：趋向，最终的归路。涂，同“途”。

⑫枝干：树枝和树干。喻指诗和赋的衍生关系。

⑬刘向：字子政，西汉著名学者，文学家。

⑭班固：字孟坚，东汉著名史学家、辞赋家。“古诗之流也”：《文选》班固《两都赋序》：“或曰：赋者，古诗之流也。”李善注：“《毛诗序》曰：诗有六义焉，二曰赋，故赋为古诗之流也。”古诗，指《诗经》。流，支流。

译文

《诗经》有“六义”，第二种就是“赋”。“赋”，就是铺陈；铺陈文采，舒布辞藻，为的是描绘形貌，抒发情志。从前周代的邵公曾说：“公卿献诗，乐师进箴，盲人诵诗。”《毛传》说：“登高能够作诗的人，可以当大夫。”《诗序》与辞赋均有铺陈之义，而《毛传》和《国语》中的“赋”则与辞赋不相同。但是总观赋的发展趋向，它是由诗衍生发展来的。所以刘向说，“不唱只诵的诗就叫赋”，班固称，“赋是《诗经》的支流”。

至如郑庄之赋“大隧”①，士芍之赋“狐裘”②，结言短韵③，词自己作，虽合赋体，明而未融④。及灵均唱《骚》⑤，始广声貌。然则赋也者，受命于诗人[⑥]，而拓宇于《楚辞》也[⑦]。于是荀况《礼》《智》[⑧]，宋玉《风》《钓》[⑨]，爰锡名号[⑩]，与诗画境[⑪]，“六义”附庸[⑫]，蔚成大国[⑬]。述客主以首引[⑭]，极声貌以穷文[⑮]，斯盖别诗之原始，命赋之厥初也[⑯]。

注释

①郑庄之赋“大隧”：见《左传·隐公元年》郑庄公母子和好如初的记载。

②士蒍wěi之赋“狐裘”：《左传·僖公五年》：晋献公让士蒍为二公子夷吾、重耳筑蒲城与屈城，士蒍在城墙中杂入薪草，晋献公使人责让他。士蒍回答说如果将城墙筑得结实，当对国君不利。临走时还赋诗曰：“狐裘龙茸，一国三公，吾谁适从？”士蒍，春秋时晋国人，曾为士师、大司空。

③短韵：篇幅短小。

④明而未融：日初出，尚未普照。比喻赋刚产生，还未成熟。融，大明，大亮。

⑤灵均：屈原的字。

⑥受命：获得生命。此指起源。

⑦拓宇：开辟疆域。喻开拓新的境界。

⑧荀况：战国时荀卿，名况，字卿，著有《荀子》。《礼》《智》：今存《荀子·赋篇》中《礼》《智》二赋。

⑨宋玉：战国末楚国辞赋家。《风》《钓》：均是宋

玉的赋篇。

⑩爰：于是。锡：同“赐”，赐予。名号：名称，名目。

⑪画境：划界。

⑫“六义”：指《诗经》。附庸：附属于诸侯大国的小国。喻指尚未独立的事物。

⑬蔚：繁盛貌。

⑭客主：客人与主人。辞赋中多采用主客问答的形式展开篇章。首引：发端。

⑮极：穷尽。

⑯厥jué初：发端。厥，语助词。

译文

至于像郑庄公之赋“大隧”，晋国士芄之赋“狐裘”，篇幅短小，且都是自己作的；虽然符合赋的体裁，但还没有成熟。等到屈原创作了《离骚》，才拓展了对声音形貌的描绘。所以，赋起源于《诗经》，而发展于《楚辞》。于是荀况的《礼赋》《智赋》，宋玉的《风赋》《钓赋》，正式给予这种作品“赋”的称号，和诗区别开来。这样，赋本来只是“六义”的附庸，却蔚然发展成为文体中的一个大类。作者常常以主客问答的形式来开篇，极力描写事物的声音形貌来追求文采。这就是赋和诗区别的起始，赋得以命名的开端。

秦世不文，颇有杂赋[1]。汉初词人，循流而作：陆贾扣其端[2]，贾谊振其绪[3]，枚、马播其风[4]，王、扬骋其势[5]，皋、朔已下[6]，品物毕图[7]。繁积于宣时[8]，校阅于成世[9]，进御之赋，千有余首[10]，讨其源流，信兴楚而盛汉矣[11]。

注释

①颇：少。杂赋：《汉书·艺文志》著录秦代杂赋九篇。

②陆贾：汉初政治家、思想家。《汉书·艺文志》著录其赋三篇。扣：打开。

③贾谊：汉初政治家、文学家。《汉书·艺文志》著录其赋七篇。振：发扬。绪：端绪。

④枚：枚乘，西汉中期辞赋家。《汉书·艺文志》著录其赋九篇。马：司马相如，西汉中期辞赋家。《汉书·艺文志》著录其赋二十九篇。播：扬。

⑤王：王褒，西汉末辞赋家。《汉书·艺文志》著录其赋十六篇。扬：扬雄，西汉末辞赋家。《汉书·艺文志》著录其赋十二篇。

⑥皋 gāo：枚皋，西汉中期辞赋家。《汉书·艺文志》著录其赋一百二十篇。朔，东方朔，西汉中期辞赋家。已：同“以”。

⑦品物：万物。图：描绘。

⑧宣：汉宣帝。

⑨校阅：校订整理。汉成帝时刘向搜集整理图书，撰《别录》，其子刘歆据此撰《七略》，《汉书》据《七略》撰《艺文志》，中有“诗赋略”一类，收诗赋一百零六家，一千三百一十八篇。成：汉成帝。

⑩千有余首：班固《两都赋序》说：“故孝成之世，论而录之，盖奏御者千有余篇。”

⑪信：的确。

译文

秦代不崇尚文学，仅有少量杂赋。汉初的辞赋作家，继前代而起：陆贾开汉赋创作之端，贾谊承其后，枚乘、司马相如扩展了这个风气，王褒、扬雄发扬了这个势头。枚皋、东方朔以后，各种事物都可以用赋来描绘。到西汉宣帝时赋作已经积累了很多，汉成帝时校订整理，进呈给皇帝的赋就有一千余首。探讨赋的源流，可以看到它的确是兴起于战国末期的楚国而盛行于汉代的。

若夫京殿苑猎[①]，述行叙志[②]，并体国经野[③]，义尚光大。既履端于唱序[④]，亦归余于总乱[⑤]。序以建言，首引情本[⑥]；乱以理篇[⑦]，写送文势[⑧]。按

《那》之卒章[9]，闵马称乱[10]，故知殷人缉《颂》[11]，楚人理赋，斯并鸿裁之寰域[12]，雅文之枢辖也[13]。至于草区禽族[14]，庶品杂类[15]，则触兴致情[16]，因变取会[17]，拟诸形容[18]，则言务纤密[19]；象其物宜[20]，则理贵侧附[21]；斯又小制之区畛[22]，奇巧之机要也[23]。

注释

①京殿苑猎：京都、宫殿、苑囿、畋猎，均是汉代大赋描写的主要内容。

②述行：叙述行程的赋，如班彪《北征赋》。叙志：叙述情志的赋。如张衡《思玄赋》。

③体国经野：分划国都，丈量田野。此指写赋要考察国都体制，观看田野规划。体，划分。经，丈量。

④履端：推算历法的开端。此指开端。唱序：指赋开头的序。唱，同“倡”，先导。

⑤归余：推算历法时将每年积余的时日归总起来以置闰月。此指结尾。总乱：音乐的尾曲。此指赋结尾的总结。乱，乐曲的最后一章。

⑥情本：指作赋的情事根由。

⑦理：整理，总结。

⑧写送：使充足。

⑨《那》：《诗经·商颂》中的一篇。卒章：最后一章。

⑩闵马称乱：闵马，闵马父。春秋时鲁国大夫。

《国语·鲁语》载：闵马父评论《商颂》说："昔正考父校商之名颂十二篇于周太师，以《那》为首，其辑之乱曰：'自古在昔，先民有作。温恭朝夕，执事有恪。'"

⑪殷人缉《颂》：《商颂》是殷商的后裔宋国人所辑。

⑫鸿裁：指大赋，篇幅宏大，内容丰富。寰huán域：领域、范围。

⑬枢辖：关键。

⑭区：类。

⑮庶品：犹众物，万物。

⑯兴：兴致。致：引起。

⑰会：合。此指情与物的会合。

⑱拟：模拟。诸：之于。形容：外貌，模样。

⑲纤：细小。

⑳象：效法。此处指摹写。物宜：物理。宜，义，理。

㉑侧附：从旁附会，有所寄托。

㉒小制：即小赋，篇幅短小，内容狭窄。区畛zhěn：区域界限。畛，田间分界的小路。

㉓机要：关键。

译文

赋描写京都、宫殿、园林、狩猎，叙述旅行，抒写情志，都要考察国都体制，观察田野规划，推崇光明正大的主旨。这些作品，以"序言"开头，以"乱辞"结尾。设置“序言”，首先说明写作的情事根由，“乱辞”结篇，进一步增强文章的气势。按《诗经·商颂·那》最后的一章，闵马父称之为“乱”，可见殷人辑录的《商颂》和楚人作赋，都有“乱”辞。这些是属于大赋的领域，是写得文辞典雅的关键。至于描写各种草木禽兽以及各种器物的赋，则是触物起兴，因兴致情，在变化中讲求物象和感情的结合。模拟事物的形貌，语言务必周密细致；描述事物的情理，贵在侧面写意。这些是属于小赋的范围，是写得新奇精巧的关键。

观夫荀结隐语①，事数自环②；宋发夸谈③，实始淫丽④；枚乘《菟园》⑤，举要以会新；相如《上林》⑥，繁类以成艳；贾谊《鹏鸟》⑦，致辨于情理；子渊《洞箫》⑧，穷变于声貌；孟坚《两都》⑨，明绚以雅赡⑩；张衡《二京》⑪，迅拔以宏富⑫；子云《甘泉》⑬，构深玮之风⑭；延寿《灵光》⑮，含飞动之势：凡此十家，并辞赋之英杰也。及仲宣靡密⑯，发篇必遒⑰；伟长博通⑱，时逢壮采；太冲、安仁⑲，策勋于鸿规⑳；士衡、子安㉑，底绩于流制㉒；景纯绮巧㉓，缛理有余㉔；彦伯梗概㉕，情韵不匮㉖：亦魏、晋之赋首也。

注释

①荀：荀况。著有《荀子》，其中有《礼》《智》

《云》《蚕》《箴》五篇小赋，都是谜语形式。结：组织。隐语：指不直说本意而借别的词语来暗示的话。类似今之谜语。

②自环：《荀子》中有《礼》《智》等五篇小赋，自设谜面，自揭谜底，所以是“自环”。

③宋：宋玉。夸谈：大言，夸夸其谈。宋玉的赋如《神女赋》《高唐赋》《风赋》常写和楚王的谈话，多夸张。

④淫丽：过分华丽。

⑤《菟园》：即《梁王菟园赋》。

⑥《上林》：即司马相如《上林赋》。

⑦《鹏fú鸟》：即《鹏鸟赋》。鹏鸟，猫头鹰。

⑧子渊：西汉辞赋家王褒的字。

⑨孟坚：班固的字。

⑩明绚：明丽绚烂。雅赡：典雅富丽。赡，富足。

⑪《二京》：《西京赋》和《东京赋》的合称。

⑫迅拔：刚健有力。

⑬子云：扬雄的字。

⑭玮：美好。

⑮延寿：王延寿，东汉中期文学家。《灵光》：《灵光殿赋》。

⑯仲宣：三国魏时作家王粲的字。王粲代表作有《登楼赋》等。靡密：绵密。

⑰遒qiú：劲健，强劲。

⑱伟长：三国魏时文学家徐幹的字。徐幹代表作有《齐都赋》等。

⑲太冲：西晋文学家左思的字。左思代表作有《三都赋》等。安仁：西晋文学家潘岳的字。潘岳代表作有《西征赋》《藉田赋》等。

⑳策勋：立功。鸿规：指大赋。

㉑士衡：西晋文学家陆机的字。陆机代表作有《文赋》等。子安：西晋文学家成公绥的字。成功绥代表作有《啸赋》等。

㉒底dǐ绩：致功，取得功绩。流制：流品体制。疑指对文学的分类品评，如陆机《文赋》。范文澜《文心雕龙注》以为："陆机《文赋》言文之流品制作，成公绥《啸赋》言因形创声，随事造曲，殆彦和所谓底绩流制者欤？"

㉓景纯：郭璞的字。郭璞的代表作有《江赋》等。

㉔缛：繁盛。

㉕彦伯：东晋作家袁宏的字。袁宏代表作有《北征赋》。梗概：慷慨。

㉖匮：穷尽，空乏。

译文

试看荀子的《赋篇》，都是由谜语组成，叙述事物常常自问自答；宋玉的赋多夸张铺饰对话，实际上开始走向了淫靡艳丽。枚乘的《菟园赋》，描写扼要又新颖；

司马相如的《上林赋》，描写的物类众多，形成了艳丽的特点；贾谊的《鹏鸟赋》，对情理的辨析非常深刻；王褒的《洞箫赋》，穷尽了声音状貌的变化；班固的《两都赋》，文辞明朗绚丽而内容雅正充实；张衡的《二京赋》，文笔刚健而体制宏大富丽；扬雄的《甘泉赋》，具有构思深邃、瑰丽奇特的风格；王延寿的《灵光殿赋》，具有飞扬生动的气势。上述十家，都是辞赋创作的杰出英才。到了王粲，他的赋文辞细密，篇章遒劲；徐幹渊博通达，他的赋时时可见壮丽的文采；左思和潘岳，在写作大赋方面很有成就；陆机和成公绥的赋，在品评文章方面做出了成绩；郭璞的赋绮丽巧妙，富有文采和条理；袁宏的赋慷慨激昂，情韵无穷。他们都是魏晋时期辞赋的领军人物。

原夫登高之旨，盖睹物兴情[①]。情以物兴，故义必明雅；物以情睹，故词必巧丽。丽词雅义，符采相胜[②]，如组织之品朱紫[③]，画绘之著玄黄[④]，文虽杂而有质[⑤]，色虽糅而有仪[⑥]，此立赋之大体也[⑦]。然逐末之俦[⑧]，蔑弃其本[⑨]，虽读千赋[⑩]，愈惑体要；遂使繁华损枝，膏腴害骨[⑪]，无实风轨[⑫]，莫益劝戒，此杨子所以追悔于雕虫[⑬]，贻诮于雾縠者也[⑭]。

注释

①兴：引起。

②符采：美玉的横纹。相胜：相称。

③组织：用丝或麻织成的东西。品：按一定的标准、等第安排调配。朱：红色，古代视为正色。紫：紫色，古代视为间色。

④著：附着，涂抹。玄：黑赤色。

⑤杂：五色相间。

⑥糅róu：混杂。仪：准则。

⑦大体：大要，纲领。

⑧俦chóu：辈，同类。

⑨蔑弃：轻视，鄙弃。

⑩虽读千赋：汉桓谭《新论·道赋》载扬雄的话说："能读千赋，则善赋。"

⑪膏腴yú：肥肉。喻指过分华美的文辞。

⑫风轨：教化法度。

⑬"此杨"句：扬雄《法言·吾子》载："或问：'吾子少而好赋？'曰：'然。童子雕虫篆刻。'俄而曰：'壮夫不为也。'"按，"虫"指虫书，"刻"指刻符，各为一种字体。后以"雕虫篆刻"喻辞章小技。

⑭"贻诮"句：《法言》载："或曰：'雾縠之组丽。'曰：'女工之蠹矣。'"意谓作赋好比女工织雾縠，只是浪费时间，而没有实际用处，如同蠹虫。贻，给予。

诮，嘲笑，讥刺。雾縠hú，薄雾般的轻纱。

译文

推究登高能赋的用意，是看到外界的景物引发了内心的情感。情感因外物触动而兴起，那么作品内容务必明白雅正；景物因作者带着情感来观看，所以使用的词语必须精巧华丽。华丽的文辞表现雅正的内容，就像是玉石的纹彩和质地一样相配，好比织锦时红色和紫色搭配，绘画时黑色和黄色调和一样，锦面虽五彩缤纷，但依然显得质朴，画面虽色彩糅杂相混，却有它的主色。这就是写赋的要点。可是，有些只知追求细枝末节的人，轻易抛弃了写赋的根本，他们读赋千篇反而对作赋的要义更加迷惑。他们的赋，就像繁盛的花叶损伤了枝干，太多的肥肉损害了骨骼一样，既对教化法度没有什么帮助，又对劝诫世人没有什么益处。这就是扬雄之所以后悔作赋不过是雕虫小技，并且嘲笑作赋就像女工织纱绉一样无用的原因。

赞曰：赋自《诗》出，分歧异派[①]。写物图貌，蔚似雕画[②]。抑滞必扬，言旷无隘[③]。风归丽则[④]，辞剪荑稗[⑤]。

注释

①分歧异派：指赋有“鸿裁”（大赋）、“小制”（小赋）等不同的体制。

②蔚：文采丰盛。

③旷：宽广。

④丽则：美丽典雅而合乎法则。《法言·吾子》：“诗人之赋丽以则，辞人之赋丽以淫。”

⑤荑稗yíbài：稗草。指浮华而无用的文辞。

译文

结语：赋从《诗经》发展而来，本身又分成不同的流派。它描写事物的形貌，文采丰富如同雕刻绘画。抑滞不前的讽谏作用必须发扬，内容要宽广而不狭隘。文风要雅丽又有法度，则需裁剪浮华的文辞。

诸　子

题解

《诸子》是《文心雕龙》的第十七篇，属文体论。本文以先秦诸子散文为重点，兼及汉魏以后的发展变化情况，并对其写作特点作了总结。全篇可分三个部分：第一部分叙述子书的性质、起源以及子书和经书的区别；第二部分评论先秦诸子内容的特点，刘勰将其区分为“纯粹”和“踳驳”两类；第三部分从写作特点上总结了诸子百家的风格和成就。

诸子者，入道见志之书[①]。太上立德，其次立言[②]。百姓之群居，苦纷杂而莫显[③]；君子之处世[④]，疾名德之不章[⑤]。唯英才特达[⑥]，则炳曜垂文[⑦]，腾其姓氏[⑧]，悬诸日月焉。昔《风后》《力牧》《伊尹》[⑨]，咸其流也。篇述者，盖上古遗语，而战代所记者也[⑩]。至鬻熊知道[⑪]，而文王咨询[⑫]，余文遗事，录为《鬻子》[⑬]。子目肇始[⑭]，莫先于兹。及伯阳识礼[⑮]，而仲尼访问[⑯]，爰序《道德》[⑰]，以冠百氏[⑱]。然则鬻惟文友[⑲]，李实孔师[⑳]，圣贤并世[㉑]，而经子异流矣[㉒]。

注释

①入道：通道，对道有所认识。入，通。见：同“现”。

②“太上”二句：《左传·襄公二十四年》载：鲁国大夫叔孙豹说：“太上有立德，其次有立功，其次有立言。虽久不废，此之谓不朽。”太上，最上。

③显：明，著。

④君子：对统治者和贵族男子的通称。常与“小人”或“野人”对举。

⑤疾：憎恶。章：明，显。

⑥特达：特出，突出。

⑦炳曜yào：昭著，昭彰，昭扬。

⑧腾：跃起，这里指传布声名。

⑨《风后》：《汉书·艺文志》著录有《风后》十三篇，属阴阳家。风后，相传为黄帝的臣子。《力牧》：《汉书·艺文志》著录有《力牧》二十二篇，属道家。力牧，相传为黄帝的臣子。《伊尹》：《汉书·艺文志》著录有《伊尹》五十一篇，属道家；又著录《伊尹说》二十六篇，属小说家。伊尹，商汤的臣子。

⑩战代：战国时期。

⑪鬻yù熊：周文王时人，楚国的祖先。知道：谓通晓

天地之道，深明人世之理。

⑫咨：询问。

⑬《鬻子》：《汉书·艺文志·道家》载："《鬻子》二十二篇。名熊，为周师，自文王以下问焉，周封为楚祖。"又有《鬻子说》十九篇，著录在小说家中。

⑭子目：子的名称。肇：开始。

⑮伯阳：相传为老子的字。老子，传即李耳，字聃，一字或曰谥伯阳。著有《老子》。

⑯仲尼：孔子的字。《史记》载："孔子适周，将问礼于老子。"

⑰爰yuán：于是。《道德》：指《道德经》。

⑱百氏：指诸子百家。

⑲文：指周文王。

⑳李：指老子，姓李。

㉑圣贤：圣，圣人，指周文王和孔子。贤，贤人，指鬻熊和老子。

㉒经子：刘勰称圣人的著作为"经"，贤人的著作为"子"。

译文

诸子是阐述自己对道的认识，表现自己志趣的书。古人认为的"不朽"，首先是树立德行，其次就是著书立说。一般民众群集生活，苦于事务纷繁杂乱而才智无由伸展。贵族君子立身处世，害怕的是声名德行不能彰著。只有才华出众之人，才能留下光辉照耀的文章，使其声名传布，如同悬挂在天上的太阳月亮。从前《风后》《力牧》《伊尹》，都是这一类的作品。大概是上古时代遗留下来的言论，战国时代的人记录成篇的。到了后来鬻熊通晓大道，于是周文王向他请教，留下的言论事迹，被记录成为《鬻子》。子的名称就是从它开始的，没有比这更早的了。到了春秋时老子精通礼仪，孔子曾去访问请教，于是老子作了《道德经》，成为百家的开端。鬻熊是周文王的朋友，老子是孔子的老师，在圣人和贤者同时代的时候，经书和子书就分流了。

逮及七国力政①，俊乂蜂起②。孟轲膺儒以磬折③，庄周述道以翱翔④；墨翟执俭确之教⑤，尹文课名实之符⑥；野老治国于地利⑦，驺子养政于天文⑧；申、商刀锯以制理⑨，鬼谷唇吻以策勋⑩；尸佼兼总于杂术⑪，青史曲缀以街谈⑫。承流而枝附者⑬，不可胜算⑭，并飞辩以驰术，餍禄而余荣矣⑮。

注释

①逮dài：及，到。七国：指战国时秦、楚、燕、齐、韩、赵、魏七强国。力政：力征，用武力征伐。《汉书·游侠传序》颜师古注："力政者，

弃背礼义，专任威力也。”王先谦《补注》：“政，读曰征。”

②俊乂yì：才德出众的人。乂，才德过人。蜂起：大量出现。

③孟轲：即孟子，战国时鲁国思想家。膺yīng：胸，这里引申为恭敬接受。磬折：屈身如磬状，表示谦恭。磬，古代乐器，弓曲形。折，曲。

④庄周：即庄子，战国时楚国思想家。翱翔：鸟飞。此指《庄子》的论述自由奔放，想象丰富。

⑤墨翟dí：即墨子，战国时鲁国思想家。俭确：节俭。

⑥尹文：战国时齐国学者。课：考核。名实：名称和实际。

⑦野老：战国时的隐者。《汉书·艺文志》列有《野老》十七篇，属农家。

⑧驺zōu子：即邹衍，战国时齐国学者，好谈天说地及论阴阳五行等问题。扬雄《解嘲》：“是故邹衍以颉颃而取世资。”李善注：“应劭曰：齐人，著书所言多大事，故齐人号谈天邹衍，仕齐至卿。”《汉书·艺文志》著录有《邹子》四十九篇，属阴阳家。养政：治理政事。

⑨申：指申不害，战国时韩昭侯的相。商：指商鞅，战国时秦孝公的相。《汉书·艺文志》著录《申子》六篇、《商君》二十九篇，都属法家。刀锯：刑具。制理：犹立制，治理。

⑩鬼谷：鬼谷子，因隐居于鬼谷而得名。《隋书·经籍志》著录《鬼谷子》三卷，属纵横家。唇吻：嘴唇，指口才。策：计谋。

⑪尸佼 jiǎo：相传为商鞅的老师。《汉书·艺文志》著录《尸子》二十篇，属杂家。

⑫青史：相传是晋国史官董狐的后裔。《汉书·艺文志》著录《青史子》五十七篇，属小说家。曲缀：详细记录。

⑬承流：谓接受和继承风尚传统。枝附：依附。

⑭胜：尽。

⑮餍 yàn：足够。

译文

到了战国，七雄凭借武力征伐，杰出的人才纷纷涌现。孟轲信奉儒家学说，对它极为尊崇；庄周阐述道家学说，想象奇特丰富；墨翟坚持勤俭刻苦的教义，尹文子考核名称和实际是否相符合；农家主张在耕种中治理国家，驺子结合自然变化来谈国政；申不害、商鞅主张用严刑峻法来治理国家，鬼谷子主张以口舌辩论、出谋划策来建立勋业；尸佼总括诸家学说，青史子详细记载街谈巷议。后世继承他们的流派，依附他们思想的人，多得数不清。都是用敏捷的辩说宣扬学术，既饱食俸禄而又留下光荣的名声。

暨于暴秦烈火[1]，势炎昆冈[2]，而烟燎之毒[3]，不及诸子。逮汉成留思[4]，子政雠校[5]，于是《七略》芬菲[6]，九流鳞萃[7]，杀青所编[8]，百有八十余家矣[9]。迄至魏、晋，作者间出[10]，谰言兼存[11]，琐语必录[12]，类聚而求，亦充箱照轸矣[13]。然繁辞虽积，而本体易总，述道言治，枝条五经[14]。其纯粹者入矩[15]，踳驳者出规[16]。《礼记·月令》[17]，取乎《吕氏》之纪[18]；《三年问》丧[19]，写乎《荀子》之书[20]：此纯粹之类也。若乃汤之问棘[21]，云蚊睫有雷霆之声[22]；惠施对梁王[23]，云蜗角有伏尸之战[24]；《列子》有移山跨海之谈[25]，《淮南》有倾天折地之说[26]：此踳驳之类也。是以世疾诸子，混洞虚诞[27]。按《归藏》之经[28]，大明迂怪[29]，乃称羿弹十日[30]，常娥奔月[31]。汤《易》如兹[32]，况诸子乎？

注释

①暨jì：及。暴秦烈火：指秦始皇焚书。

②势炎昆冈：《尚书·胤征》：“火炎昆冈，玉石俱焚。”意谓火势很大，昆仑山的石头和玉一起遭殃，无一例外。

③燎liǎo：烧，延烧。

④汉成：汉成帝刘骜。留思：留心，留意。

⑤子政：刘向，原名更生，字子政。西汉经学家、目

录学家、文学家。雠chóu校：校勘。

⑥《七略》：刘向和其子刘歆编撰的一部书目，其中有《诸子略》。《汉书·艺文志》即依据《七略》编写而成。芬菲：香气。这里指作品美好。

⑦九流：先秦的九个学术流派。《汉书·叙传下》："刘向司籍，九流以别。"颜师古注引应劭曰："儒、道、阴阳、法、名、墨、纵横、杂、农，凡九家。"亦泛指各学术流派。鳞萃：像鱼鳞一样密集。萃，聚集。

⑧杀青：古代制竹简程序之一。将竹火炙去汗后，刮去青色表皮，以便书写和防蠹。又，古人校书，初书于竹简上，改定后再书于绢帛。后因泛称缮成定本或校刻付印为"杀青"。此指写定。

⑨百有八十余家：《汉书·艺文志》著录："诸子百八十九家，四千三百二十四篇。"其中儒家五十三、道家三十七、阴阳家二十一、法家十、名家七、墨家六、纵横家十二、杂家二十、农家九、小说家十五，共一百九十家。

⑩间出：迭出，不断出现。

⑪谰lán言：没有根据的话。

⑫琐语：琐碎的言谈。

⑬充箱：充满车厢。箱，车厢。照轸zhěn：照耀车辆。轸，车后横木。

⑭枝条：刘勰以为经书是主干，诸子是枝条。

⑮纯粹：道理纯正。矩：画方形的器具，这里引申为法则。

⑯踳chǔn驳：杂乱不正。

⑰《礼记·月令》：《礼记》篇名，主要记述十二月政府的祭祀礼仪、职务、法令、禁令，并把它们与阴阳五行相配。

⑱《吕氏》：指《吕氏春秋》，中有按四季十二月写的《纪》，首段和《礼记·月令》相同。

⑲《三年问》：《礼记》篇名。

⑳“写乎”句：《荀子·礼论》后半篇“三年之丧”一段，和《礼记·三年问》相同。《荀子》，战国时荀况所作。

㉑汤：商汤王，商朝的创建者。棘：亦名夏革，传为商汤时的贤人。《庄子·逍遥游》载“汤之问棘”，《列子·汤问》载“殷汤问于夏革”。

㉒蚊睫jié有雷霆之声：《列子·汤问》载：夏革回答殷汤说：“江浦之间生么虫，其名曰焦螟，群飞而集于蚊睫，弗相触也。栖宿去来，蚊弗觉也。离朱子羽方昼拭眦扬眉而望之，弗见其形；觥俞师旷方夜擿耳俯首而听之，弗闻其声。唯黄帝与容成子居空峒之上，同斋三月，心死形废；徐以神视，块然见之，若嵩山之阿；徐以气听，砰然闻之，若雷霆之声。”

㉓惠施：战国时梁国的相。梁王：即战国时魏惠王，

因魏迁都大梁，故称梁惠王。

㉔蜗角有伏尸之战：《庄子·则阳》载：惠子向梁惠王推荐戴晋人，“戴晋人曰：‘有所谓蜗者，君知之乎？’曰：‘然。’‘有国于蜗之左角者曰触氏，有国于蜗之右角者曰蛮氏，时相与争地而战，伏尸数万，逐北旬有五日而后反。’”

㉕《列子》：传为战国时列御寇撰。今本可能是魏晋间人所伪托。《汉书·艺文志》列为道家。移山跨海：《列子·汤问》中有“愚公移山”的故事。又说，渤海东面“不知几亿万里”远的地方，有五座大山，“山之中间相去七万里”，“而龙伯之国有大人，举足不盈数步而暨五山之所”。

㉖《淮南》：指《淮南子》，西汉淮南王刘安和他的门客集体编成。《汉书·艺文志》列为杂家。倾天折地：见《淮南子·天文训》载共工故事。

㉗混洞：混杂空洞。虚诞：虚假怪诞。

㉘《归藏》：三《易》之一。夏代的叫《连山》，商代的叫《归藏》，周代的叫《周易》。

㉙迂怪：神怪。

㉚羿：传为古代善射者，传说他曾经射落太阳。弹bì：射。

㉛常娥：传为羿妻。传说羿从西王母那里求得不死之药，嫦娥偷吃后，飞入月中。

㉜汤《易》：商代之《易》，即《归藏》。

译文

到了暴虐的秦始皇焚书，火势像要焚毁昆仑山，可是烟熏火燎的毒害并没有殃及诸子著作。到了西汉，成帝关心古籍，令刘向整理校勘，于是写出了美好的《七略》，十家九流的著作像鱼鳞一样汇集在一起，编定的书目共有一百八十余家。到了魏晋时代，作者不断出现，虚妄不实的文辞被保存，琐碎的语言也被记录，如果把这类书籍分类聚集起来，可以装满几辆车了。虽然著作积累得很多，但是它们的根本却容易把握；它们阐述道理，议论国政，都是“五经”的枝条。其中有的内容纯正，符合“五经”的规范，有的内容错杂，违背“五经”的法度。《礼记·月令》篇，是从《吕氏春秋·十二月纪》的首章里摘取来的；《礼记·三年问》，也写在《荀子·礼论》的后半篇“三年之丧”中：这些就是合乎“五经”的“纯粹”的作品。至于殷汤问夏革，夏革说蚊虫睫毛上的小虫飞鸣之声如同雷霆；惠施推荐的戴晋人对梁惠王说，蜗牛触角上有两个国家交战，死亡几万；《列子·汤问》篇中有愚公移山和巨人跨越大海的奇谈；《淮南子·天文训》里有共工怒触不周山，使天倾地折的怪说：这些就是违背“五经”的“踳驳”的作品。所以世人批评诸子，认为它们内容混杂空洞、虚假荒诞。考查《归藏经》，大谈荒诞神怪的事，像后羿射下十个太阳、嫦娥奔月等，殷商时的《归藏经》都如此记载，何况是诸子呢！

至如商、韩[①]，“六虱”“五蠹”[②]，弃孝废仁；辗药之祸[③]，非虚至也。公孙之“白马”“孤犊”[④]，辞巧理拙；魏牟比之鸮鸣[⑤]，非妄贬也。昔东平求诸子、《史记》，而汉朝不与[⑥]；盖以《史记》多兵谋，而诸子杂诡术也。然洽闻之士[⑦]，宜撮纲要，览华而食实[⑧]，弃邪而采正。极睇参差[⑨]，亦学家之壮观也。

注释

①商：指战国时商鞅，著有《商君书》。韩：指战国时韩非，著有《韩非子》。二书《汉书·艺文志》均著录为法家。

②六虱：六种害虫。《商君书·靳令》以礼乐、诗书、修善孝弟、诚信贞廉、仁义、非兵羞战为“六虱”。五蠹dù：五种蛀虫。《韩非子·五蠹》篇，指斥学者(儒家)、言谈者(纵横家)、带剑者(游侠)、患御者(逃避公役的人)、商工之民为危害国家的五种蠹民。蠹，蛀虫。

③辗huàn药之祸：指商鞅被秦惠王车裂处死，韩非被逼吞毒药自杀。辗，用车分裂人体的酷刑。

④公孙：指公孙龙，战国时赵国人，著《公孙龙子》。《汉书·艺文志》列为名家。《列子·仲尼》载公孙龙的诡辩，说“白马非马，孤犊未尝

有母”。犊，小牛。

⑤魏牟：战国时魏国的公子牟。鸮xiāo：鸟名。又称猫头鹰。古人认为是恶声之鸟、祸鸟。

⑥“东平”二句：《汉书·宣元六王传》载：东平王来朝，“上疏求诸子及《太史公书》，上以问大将军王凤，对曰：‘臣闻诸侯朝聘，考文章，正法度，非礼不言。今东平王幸得来朝，不思制节谨度，以防危失，而求诸书，非朝聘之义也。诸子书或反经术，非圣人；或明鬼神，信物怪；《太史公书》有战国纵横权谲之谋，汉兴之初谋臣奇策，天官灾异，地形厄塞：皆不宜在诸侯王。不可予。”东平，汉宣帝四子刘宇，封东平王。

⑦洽闻：见闻广博。洽，周遍。

⑧览：即“揽”，取。

⑨睇dì：看。参差：不齐貌。此指各派学说的观点不同。

译文

至于像商鞅、韩非，提出社会有“六种虱子”“五种蛀虫”，他们抛弃了孝悌，废除了仁义，可见商鞅被车裂而死，韩非被赐药而亡，并不是凭空而来的。公孙龙的“白马非马”“孤犊未曾有母”的辩说，文辞虽然巧妙，但论理却很拙劣。所以魏公子牟将他比为猫头鹰的鸣声，并不是随便贬斥的。从前东平王刘宇向汉成帝求取诸子之书和《史记》，但是汉朝没给。大概是以为《史记》载了很多用兵的谋略，而诸子中又夹杂了很多诡谲的手段吧。然而见识广博的人，应当抓住诸子学说的纲领，像欣赏花朵、嚼食果实一样，抛弃诸子中的邪说，采纳其正确的言论。细看这些不同的学派争奇斗胜，也是学术上壮丽的景象啊。

研夫孟、荀所述①，理懿而辞雅②；管、晏属篇③，事核而言练；列御寇之书④，气伟而采奇；邹子之说⑤，心奢而辞壮⑥；墨翟、随巢⑦，意显而语质；尸佼、尉缭⑧，术通而文钝；《鹖冠》绵绵⑨，亟发深言⑩；《鬼谷》眇眇⑪，每环奥义⑫；情辨以泽⑬，《文子》擅其能⑭；辞约而精⑮，《尹文》得其要；《慎到》析密理之巧⑯，《韩非》著博喻之富⑰；《吕氏》鉴远而体周⑱，《淮南子》泛采而文丽⑲：斯则得百氏之华采，而辞气之大略也⑳。

注释

①孟：孟子，名轲。荀：荀子，名况。均为儒家学者。

②懿yì：美。

③管：管仲，春秋时齐国人。晏：晏婴，春秋时齐国人。《汉书·艺文志》著录《管子》八十六篇，属道家；又著录《晏子》八篇，属儒家。属

篇：布局谋篇。此指著述。

④列御寇之书：指《列子》。列御寇，相传是战国前期的人。其学本于黄帝、老子，主张清静无为。班固《汉书·艺文志》“道家”部分著录《列子》八卷，说：“《列子》八篇。名圄寇，先庄子，庄子称之。”但早已散失。今本学界一般认为是魏晋人的伪作。

⑤邹子：邹衍。

⑥心：指作者的内心思考，此指内容。奢：奢夸。

⑦墨翟：即墨子，名翟。随巢：墨子的弟子。《汉书·艺文志》著录《随巢子》六篇，属墨家。

⑧尉缭：战国时尉氏人。《汉书·艺文志》著录《尉缭子》二十九篇，属杂家。

⑨《鹖hé冠》：《汉书·艺文志·道家》著录：“《鹖冠子》一篇。楚人，居深山，以鹖为冠。”鹖冠，周代楚人，姓氏不传，因他以鹖鸟的羽毛为冠，故名鹖冠子。绵绵：远貌。

⑩亟qì：屡次。

⑪眇miǎo眇：高远貌。

⑫环：围绕。奥：深奥。

⑬辨：不惑。泽：润泽。

⑭《文子》：《汉书·艺文志·道家》著录：“《文子》九篇。老子弟子，与孔子并时，而称周平王问，似依托者也。”文子，老子的弟子。擅：占有，据有。

⑮约：简约。

⑯《慎到》：《汉书·艺文志·法家》著录："《慎子》四十二篇。名到，先申、韩，申、韩称之。"慎到，战国时赵国人。

⑰博喻：广泛地运用比喻。《韩非子》中《说林》等篇常用譬喻以说明事理。

⑱鉴：见识。周：备。

⑲泛采：博取。

⑳辞气：文辞风格。

译文

考究孟子、荀子的著述，思想纯正而文辞雅丽；管子、晏子的著述，事实可靠，语言精到；列子的书，气魄宏伟而辞采奇丽；邹子的书想象开阔而文辞壮大；《墨子》和《随巢子》，意义明确而语言朴质；《尸子》和《尉缭子》，道理通达但文辞拙钝；《鹖冠子》思虑深远，屡屡发出深刻的言论；《鬼谷子》见解高远，含义深奥；情理明辨而文辞润泽，是《文子》的特长；文辞简约而说理精当，《尹文子》掌握了这一要领；《慎子》有分析细密理论的巧妙；《韩非子》有丰富广博的譬喻；《吕氏春秋》鉴识深远而体例周密；《淮南子》广采众家而文辞瑰丽。诵读这些，就能得到诸子百家的精华，了解它们文辞风格大略的特点。

若夫陆贾《新语》[1],贾谊《新书》[2],扬雄《法言》[3],刘向《说苑》[4],王符《潜夫》[5],崔寔《政论》[6],仲长《昌言》[7],杜夷《幽求》[8],或叙经典,或明政术,虽标论名,归乎诸子。何者?博明万事为子,适辨一理为论[9],彼皆蔓延杂说[10],故入诸子之流。夫自六国以前[11],去圣未远[12],故能越世高谈[13],自开户牖[14]。两汉以后,体势浸弱[15],虽明乎坦途[16],而类多依采[17]:此远近之渐变也。嗟夫!身与时舛[18],志共道申。标心于万古之上[19],而送怀于千载之下,金石靡矣[20],声其销乎[21]!

注释

①陆贾:西汉初年人。《史记·陆贾传》载:"陆生时时前说称诗书。高帝骂之曰:'乃公居马上而得之,安事诗书!'陆生曰:'居马上得之,宁可以马上治之乎?且汤武逆取而以顺守之,文武并用,长久之术也。昔者吴王夫差、智伯极武而亡;秦任刑法不变,卒灭赵氏。乡使秦已并天下,行仁义,法先圣,陛下安得而有之?'高帝不怿而有惭色,乃谓陆生曰:'试为我著秦所以失天下,吾所以得之者何,及古成败之国。'陆生乃粗述存亡之征,凡著十二篇。每奏一篇,高帝未尝不称善,左右呼

万岁，号其书曰‘新语’。”

②贾谊：西汉初年人，著《新书》五十八篇，《汉书·艺文志》著录为儒家。

③扬雄：西汉后期人，著《法言》十三篇，《汉书·艺文志》著录为儒家。

④刘向：西汉学者，著《说苑》《新序》等，《汉书·艺文志》著录为儒家。

⑤王符：东汉中期学者。《潜夫》：即《潜夫论》，属儒家。潜夫，隐者。

⑥崔寔：东汉末年学者，著《政论》。

⑦仲长：即仲长统，东汉末年学者，著《昌言》。

⑧杜夷：东晋初年学者。《幽求》：即《幽求子》。

⑨适dí：主。

⑩蔓延：如蔓草滋生，连绵不断。引申为延伸，扩展。

⑪六国以前：指战国及以前的时代。下文“两汉以后”亦是指两汉及以后。六国，指战国时位于函谷关以东的齐、楚、燕、韩、赵、魏六国。

⑫去圣未远：古代儒家认为尧、舜、禹、汤、周文王、周武王、周公、孔子是圣人，以后便没有圣人了。战国时代和后代相比，离圣人的时代特别是孔子的时代不远。

⑬越世：超脱世俗。

⑭牖yǒu：窗。

⑮浸：渐渐。

⑯坦途：平坦的路途，指儒家学说。

⑰依采：依傍采取，意为拾人牙慧。

⑱舛chuǎn：违反，不合。

⑲标：显出。

⑳靡mí：糜烂，腐烂。

㉑销：同“消”，消亡。

译文

至于像陆贾的《新语》，贾谊的《新书》，扬雄的《法言》，刘向的《说苑》，王符的《潜夫论》，崔寔的《政论》，仲长统的《昌言》，杜夷的《幽求子》，有的阐述先圣的经典，有的说明政见治术。虽然其中许多书名标明了“论”字，但也属于诸子。为什么呢？广泛阐明各种事物道理的就是子书，只辨析某一种道理的是论，而上述著作都牵涉到各种内容，所以归入了诸子的范围。在战国及以前的时代，诸子们距离圣人还不远，所以能够超脱世俗，高谈阔论，自成一家。两汉及以后，诸子文风渐渐散漫衰弱，作者虽然认准了儒家的大道，但大多依傍采摘于前人著述：这就是诸子从古代到现在的渐变趋势。唉！诸子自身与所处的时代不合，但志向和思想却在著作中得到了申述。他们的胸襟高标于万古之上，而其著述却流传于千载之后。金石会糜烂消亡，难道他们的声名也会消逝吗？

赞曰：丈夫处世，怀宝挺秀[1]。辩雕万物[2]，智周宇宙。立德何隐[3]，含道必授。条流殊述[4]，若有区囿[5]。

注释

①宝：指才德。

②辩雕：以华美的辞藻雕琢、修饰。

③立德：概指立德、立功、立言，古人谓之“三不朽”。

④条流：流派。

⑤区囿yòu：区分。囿，园林。

译文

结语：大丈夫立身处世，有美好的才德就会挺然秀出。诸子用华美的辞藻雕琢修饰万物，他们的智慧可以深究整个世界。立德、立功、立言何必隐藏？掌握了大道就一定要传授。诸子百家各有流派，论述也各不相同，好像有着区域范围一般。

论　说

题解

《论说》是《文心雕龙》的第十八篇，属文体论。“论”“说”是两种文体，“论”是论理，重在用严密的理论来判断是非，“说”重在使人悦服。全篇可分两部分：第一部分讲“论”的含义、类别、发展概况，最后总结“论”的基本特点；第二部分讲“说”的含义、发展概况及其基本要求。

圣哲彝训曰经[①]，述经叙理曰论。论者，伦也[②]；伦理无爽[③]，则圣意不坠[④]。昔仲尼微言[⑤]，门人追记，故抑其经目[⑥]，称为《论语》[⑦]。盖群论立名，始于兹矣。自《论语》以前，经无“论”字;《六韬》二论[⑧]，后人追题乎？

注释

①彝yí：恒常。

②伦：理。

③爽：差错。

④坠：失。

⑤仲尼：孔子的字。微言：精深微妙的言辞。

⑥抑其经目：指谦虚而不称“经”。抑，降低。因为谦虚，所以降低不称“经”。

⑦《论语》：《汉书·艺文志》著录：“《论语》者，孔子应答弟子时人及弟子相与言而接闻于夫子之语也。当时弟子各有所记。夫子既卒，门人相与辑而论纂，故谓之《论语》。”

⑧《六韬》二论：指《六韬》中的《霸典文论》《文师武论》。《六韬》，兵书名，传为周代吕望著。

译文

圣人先哲阐述恒常不变的道的著述叫作经，解释经典、说明道理的著作叫作论。论，就是有条理的意思；道理讲得有条理而没有差错，那圣人的本意就不会坠落丧失。从前孔子讲的精妙的言辞，学生把它们追记编纂起来，因谦虚而不称经，称为《论语》。大概以“论”为名的各种著作，就是从此开始的。在《论语》以前，经没有用“论”字作为书名、篇名的。《六韬》中有两篇论，题目是后人追加的吧？

详观论体，条流多品：陈政，则与议说合契[①]；释经，则与传注参体[②]；辨史，则与赞评齐行[③]；诠文[④]，则与叙引共纪[⑤]。故议者宜言，说者说语[⑥]，传者转师⑦，注者主解，赞者明意，评者平理，序者次事，引者胤辞⑧：八名区分，一揆宗论⑨。论也者，弥纶群言⑩，而研精一理者也⑪。

注释

①合契：相符合；相一致。契，约券。

②传：指解释经书的著作，如《左氏春秋传》。参体：体例相近。

③齐行：同类。

④诠：诠评。

⑤叙：即序，文体名，如《毛诗序》。引：文体名。明代徐师曾《文体明辨序说》中说引“大略如序而稍为短简”。纪：纲目。

⑥说语：令人喜悦之语，动听之语。说，同“悦”。

⑦转师：转相传授。

⑧胤yìn辞：就原作加以引申的文辞。胤，继承，延续。

⑨一揆kuí：即一律，同样的。揆，道理。

⑩弥纶：综括、贯通。群言：各种言论主张。

⑪研精：深入研究。

译文

仔细观察论的体裁，它的流派品种很多：用来陈述政事的，则与议、说一致；用来解释经书的，则与传、注的体例相近；用来辨析历史的，则与赞、评同类；用来诠评文章的，则与序、引相同。所以，议，就是要讲得合宜得当；说，就是说话动听使人愉悦；传，就是转相传授经书的内容；注，就是着重解释经书的字词；赞，就是表明意见；评，就是评断道理；序，就是按次第顺序叙述事物；引，就是文辞意义的引申发挥。上面所讲的八种文体虽然名称不同，但同样都是以论述为主。论，就是综合各种言论，经过深入研究，从中得出某种道理。

是以庄周《齐物》①，以“论”为名；不韦《春秋》②，六论昭列③；至石渠论艺④，白虎讲聚⑤，述圣通经⑥，论家之正体也。及班彪《王命》⑦，严尤《三将》⑧，敷述昭情⑨，善入史体⑩。魏之初霸⑪，术兼名法，傅嘏、王粲⑫，校练名理⑬。迄至正始⑭，务欲守文⑮，何晏之徒⑯，始盛玄论⑰。于是聃周当路⑱，与尼父争途矣⑲。详观兰石之《才性》⑳，仲宣之《去伐》㉑，叔夜之《辨声》㉒，太初之《本无》㉓，辅嗣之两《例》㉔，平叔之《二论》㉕，并师心独见㉖，锋颖精密㉗，盖论之英也。至如李康《运命》㉘，同《论衡》而过之㉙；陆机《辨亡》㉚，效《过秦》而不及㉛，然亦其美矣。

注释

①庄周：即庄子，战国时思想家。《齐物》：《齐

物论》，《庄子》中的篇名。

②不韦：吕不韦，战国时秦国相。《春秋》：指《吕氏春秋》，由吕不韦的门客编撰而成。

③六论：《吕氏春秋》中有《开春论》《慎行论》《贵直论》《不苟论》《似顺论》《士容论》，合称“六论”。昭列：显著地排列。

④石渠：石渠阁。阁名。西汉皇室藏书之处，在长安未央宫殿北。论艺：《汉书·宣帝纪》载：西汉甘露三年（公元前51年），宣帝“诏诸儒讲《五经》同异”于石渠阁。艺，六艺，指《诗》《书》《易》《礼》《乐》《春秋》六经，因《乐经》失传，所以只“讲五经”。

⑤白虎：即白虎观。汉宫观名，在未央宫中，故址在今陕西省西安市。讲聚：《后汉书·章帝纪》载：东汉建初四年（公元79年），“太常，将、大夫、博士、议郎、郎官及诸生、诸儒会白虎观，讲议《五经》同异，使五官中郎将魏应承制问，侍中淳于恭奏，帝亲称制临决，如孝宣甘露石渠故事，作《白虎议奏》。”

⑥述圣：阐述圣人之道。通经：疏通经典。

⑦班彪：字叔皮，东汉初年史学家、文学家，班固的父亲。《王命》：班彪《王命论》，载《汉书·叙传》。

⑧严尤：字伯石，汉代王莽时将领。本姓庄，避明

帝刘庄讳改。《三将》：严尤的《三将军论》，已佚，《全汉文》卷六十一辑得残文两条。

⑨敷述：铺叙，陈述。

⑩史体：史书的编写体裁。班彪的《王命论》，严尤的《三将军论》，都是通过对历史人物或历史事件的论述，来阐明当时的问题，故称。

⑪初霸：王霸之业初建，指汉末建安（196—220）后期。

⑫傅嘏gǔ：字兰石，三国时魏国人。有《难刘劭考课法论》，载《三国志·魏志·傅嘏传》。王粲：字仲宣，汉末文学家，“建安七子”之一。有《儒吏论》《务本论》等，见《全后汉文》卷九十一。

⑬校练：考核。名理：指名称与道理的是非同异。

⑭迄：到。正始：三国魏齐王曹芳的年号（240—248）。

⑮守文：本谓遵循周文王法度。后泛指遵循先王法度。此借指在论文写作上继承前人。

⑯何晏：字平叔，三国时魏国玄学家。

⑰玄论：关于《老子》《庄子》和《周易》学说的谈论。

⑱聃dān：老子，名聃。周：庄子名周。老子、庄子是先秦老庄学派的创始者。魏晋时，玄学盛行，《老子》《庄子》是主要的谈论对象。

⑲尼父：指孔子，字仲尼。争途：争路。此指争夺思

想领域的地位。

⑳《才性》：指傅嘏的《才性论》，今不存。

㉑《去伐》：指王粲的《去伐论》，今不存。

㉒叔夜：三国时魏国思想家、文学家嵇康的字。《辨声》：指嵇康的《声无哀乐论》。

㉓太初：三国时魏国文人夏侯玄的字。《本无》：今不存。

㉔辅嗣：三国时魏国学者王弼的字。《两例》：指王弼的《易略例》，分上、下两篇。

㉕《二论》：指何晏的《道德论》。《世说新语·文学》载："何平叔注《老子》始成，诣王辅嗣，见王注精奇，……因以所注为《道德二论》。"

㉖师心：以心为师，不拘泥于成法。犹言独出心裁。

㉗锋颖：喻指立论。颖，尖端。

㉘李康：字萧远，三国时魏国文人。《运命》：指李康的《运命论》，载《文选》卷五十三。主要讲国家的治乱、人的穷达、地位的贵贱是运气、天命、时机等因素决定的。

㉙《论衡》：东汉学者王充著。《论衡》中有《逢遇》《累害》等篇论述命运。

㉚陆机：字士衡，西晋文学家。《辨亡》：陆机有《辨亡论》，载《文选》卷五十三。主要论东吴为何灭亡。

㉛《过秦》：指西汉作家贾谊的《过秦论》，载《史

记·秦始皇本纪》。主要是论秦灭亡的原因。

译文

所以庄周的《齐物论》，用“论”作为篇名；吕不韦的《吕氏春秋》，显著地排列着《开春论》《慎行论》等“六论”。到汉代，汉宣帝在石渠阁议论六经；汉章帝在白虎观里讲论五经，都是在阐述圣人之道，疏通经典，这是论的正体。到班彪的《王命论》，严尤的《三将军论》，用铺叙的笔法表明情理，很善于运用史传体例。当曹魏开始建立霸业时，在政治法术上兼用名家和法家。所以当时傅嘏、王粲的论文，也考核名称与道理的是非同异。到了正始年间，政治上继承前代的做法，在何晏等人的倡导下，谈玄之风盛行，于是老子、庄子得势当路，与孔子争夺地位。仔细观阅傅嘏的《才性论》，王粲的《去伐论》，嵇康的《声无哀乐论》，夏侯玄的《本无论》，王弼的《易略例》，何晏的《道德论》等，都是别出心裁，具有独创见解，立论精密，是论中的杰作。至于李康的《运命论》，内容与王充的《论衡》相同，但文采却超过了它；陆机的《辨亡论》，虽然模仿贾谊的《过秦论》，却远远赶不上。不过它们都各有其优点。

次及宋岱、郭象①，锐思于机神之区②；夷甫、裴頠③，交辨于有无之域④：并独步当时，流声后代。

然滞有者全系于形用[⑤]，贵无者专守于寂寥[⑥]，徒锐偏解，莫诣正理[⑦]；动极神源[⑧]，其般若之绝境乎[⑨]？逮江左群谈[⑩]，惟玄是务[⑪]；虽有日新，而多抽前绪矣[⑫]。至如张衡《讥世》[⑬]，颇似俳说[⑭]；孔融《孝廉》[⑮]，但谈嘲戏；曹植《辨道》[⑯]，体同书抄；才不持正，宁如其已[⑰]。

注释

①次及：再到。宋岱dài：晋人，曾任荆州刺史。《隋书·经籍志》载，他有《周易论》一卷，今不存。郭象：字子玄，西晋学者。有《庄子注》，今存。

②机神：机微玄妙。

③夷甫：王衍的字，西晋文人。裴頠wěi：字逸民，西晋思想家。著有《崇有论》，主张一切皆生于有。《晋书·王衍传》载："魏正始中，何晏、王弼等祖述《老》《庄》，立论以为：'天地万物皆以无为本。无也者，开物成务，无往不存者也。阴阳恃以化生，万物恃以成形，贤者恃以成德，不肖恃以免身。故无之为用，无爵而贵矣。'衍甚重之。惟裴頠以为非，著论以讥之，而衍处之自若。"

④有无：古代哲学范畴。有，指事物的存在，有"有形、有名、实有"等义；无，指事物的不存

在，有“无形、无名、虚无”等义。

⑤滞：凝滞。形用：形体实用。

⑥寂寥：空虚，无声无形。《老子》：“寂兮寥兮。”

⑦诣yì：到达。

⑧动极：探究到底。神源，神理的源头。指最高最深的理论。

⑨般若bō rě：佛教语。梵语的译音。或译为“波若”，意译“智慧”。佛教用以指如实理解一切事物的智慧，为表示有别于一般所指的智慧，故用音译。

⑩逮dài：到，及。江左：江东。此即指东晋。

⑪玄：玄学。

⑫前绪：前代余绪。绪，端绪。

⑬张衡：字平子，东汉学者、文学家。《讥世》：张衡的《讥世论》，今不存。

⑭俳pái说：俳优戏说。指诙谐、滑稽之论。

⑮孔融：字文举，汉末文学家。《孝廉》：孔融的《孝廉论》今不存。

⑯曹植：字子建，三国时魏国人。《辨道》：曹植《辨道论》。

⑰已：止。

译文

再到晋代的宋岱、郭象，他们在精微玄妙的领域里深入思考；王衍和裴頠，在“尚无”和“崇有”的问题上展开了辩论。他们在当时是独一无二的，其名声流传于后世。然而拘滞于“有”的人，完全束缚在形体和实用上了；而看重于“无”的人，又死守着无声无形的虚无之说。他们都是徒然地用力于片面理解，没有求得正确的道理。要用尽心思探究神妙之道的本源，才算达到了佛法智慧的境界吧！到东晋时代，众多文人的谈说，只在追逐玄虚，虽然常常有新的变化，不过大多是继续前人的话题罢了。至于张衡的《讥世论》，很像俳优的诙谐滑稽之说；孔融的《孝廉论》，只说些嘲笑的话；曹植的《辨道论》，体例像抄书；言论不能保持正道，这种文章不如不写。

原夫论之为体，所以辨正然否，穷于有数[①]，追于无形[②]，钻坚求通，钩深取极[③]；乃百虑之筌蹄[④]，万事之权衡也[⑤]。故其义贵圆通，辞忌枝碎，必使心与理合，弥缝莫见其隙，辞共心密，敌人不知所乘，斯其要也。是以论如析薪[⑥]，贵能破理[⑦]。斤利者[⑧]，越理而横断；辞辨者，反义而取通：览文虽巧，而检迹知妄[⑨]。唯君子能通天下之志[⑩]，安可以曲论哉？

注释

①穷：尽。有数：指具体的、有形的。

②无形：指抽象的。

③钩深：探索深奥的意义。

④筌quán蹄：指工具。筌，捕鱼的竹笼。蹄，捕兔的器具。

⑤权衡：衡量。权，秤锤。衡，秤杆。

⑥析薪：劈柴。析，破木。薪，木柴。

⑦理：指木柴的纹理。

⑧斤：斧子。

⑨检迹：检查行迹。

⑩“唯君子”句：《周易·同人》彖辞：“唯君子为能通天下之志。”孔颖达疏：“唯君子之人于同人之时，能以正道能达天下之志。”此指论文应以正当的道理说服天下的人。

译文

考究论这种文体，是用来辨正是非的；它研究具体的事物，探讨抽象的问题，要将难点攻破钻透，要深入到问题的极致，因此论是表达各种思想的工具，是衡量评论万物的方法。所以论的义理贵在周全通达，言辞切忌支离破碎，要让内容与所说的道理完全一致，两者扣合没有一点缝隙；文辞要和所表达的思想紧密结合，使论敌无隙可乘：这是作论的基本原则。所以作论就像砍木柴一样，贵在顺着木柴的纹理把它劈开。自恃斧头锋利的人，不顾木柴的纹理而横加砍断；这好比善于辩说的人，违反了事理而自圆其说，文章看起来虽然巧妙，但只要考察实际情形，就会发现是虚妄的。君子应该以正当的道理说服天下的人，怎么可以随便讲歪理呢？

若夫注释为词，解散论体，杂文虽异[①]，总会是同[②]。若秦延君之注《尧典》[③]，十余万字，朱普之解《尚书》[④]，三十万言：所以通人恶烦[⑤]，羞学章句[⑥]。若毛公之训《诗》[⑦]，安国之传《书》[⑧]，郑君之释《礼》[⑨]，王弼之解《易》，要约明畅[⑩]，可为式矣[⑪]。

注释

①杂文虽异：注释文字夹杂分散在正文之下，零星散乱，不像论体，故称“杂文虽异”。杂，夹杂。

②总会：总合在一起。

③秦延君：名恭，西汉学者。《尧典》：《尚书》篇名。汉代桓谭《新论·正论》载：“秦近（疑为‘延’字之误）君能说《尧典》，篇目两字之说，至十余万言，但说‘曰若稽古’，三万言。”

④朱普：字公文，西汉学者。《后汉书·桓郁传》载：“初，（桓）荣（桓郁父）受朱普学章句四十万言，浮辞繁长，多过其实。”

⑤通人：学识渊博通达的人。

⑥章句：剖章析句。经学家解说经义的一种方式。亦泛指书籍注释。

⑦毛公：指汉初传授《诗》的学者大毛公、小毛公。三国吴陆玑以为即汉毛亨与毛苌。训：解释文字意义。《诗》：指《诗经》。

⑧安国：指孔安国，字子国，西汉学者。传zhuàn：解说，注释。《书》：指《尚书》。

⑨郑君：指郑玄，字康成，东汉经学家。《礼》：指《周礼》《仪礼》《礼记》。

⑩要约：简练。

⑪式：法式，模范。

译文

至于注释经书的文辞，其实是将论解散了，注释的文字夹杂在正文之间，看起来和论不相同，但总合起来和论是一样的。但像秦延君注解《尚书·尧典》的篇题，用了十余万字；朱普注解《尚书》，长达三十万言；所以通达事理的人都厌恶他们注释的烦琐冗长，以学这样的章句注释为耻。像大、小毛公训解《诗经》，孔安国给《尚书》作传解，郑玄注释《礼记》，王弼注解《易经》，都简洁扼要，明白晓畅，可以作为注释这类文体的范式。

说者，悦也；兑为口舌[1]，故言资悦怿[2]；过悦必伪，故舜惊谗说[3]。说之善者：伊尹以论味隆殷[4]，太公以辨钓兴周[5]；及烛武行而纾郑[6]，端木出而存鲁[7]，亦其美也。

注释

①兑duì：《周易》六十四卦之一。《周易·说卦》说："兑……为口舌。"意为"兑"象征口舌。

②言资悦怿yì：言语应令人喜悦。资，凭借。怿，喜悦。

③舜惊谗说：《尚书·舜典》载："帝曰：'龙，朕堲谗说殄行，震惊联师。命汝作纳言，夙夜出纳朕命，惟允！'"因为谗言太多，舜深感震惊，故命龙为纳言。

④伊尹：名挚，商初大臣。论味：《吕氏春秋·本味》载：伊尹"说汤以至味"，启发商汤治好国家。隆：兴盛。

⑤太公：即吕望，周代开国功臣。辨钓：《史记·齐太公世家》载："吕尚盖尝穷困，年老矣，以渔钓奸周西伯。"奸，通"干"，谒见。传为吕望所写《六韬·文师》篇也讲到，他曾用钓鱼的道理向周文王阐述治理国家的方法。

⑥烛武：即烛之武，春秋时郑国的大夫。《左传·僖公三十年》载，晋国和秦国围困郑国，郑文公派烛之武说服了秦穆公，解除了郑国的危难。纾shū：解除。

⑦端木：孔子的学生子贡，姓端木，名赐。《史记·仲尼弟子列传》载：春秋时齐国田常出兵攻打鲁国，子贡说服田常转攻吴国，保全了鲁国。

译文

说，就是喜悦的意思。说字从兑，《周易》中兑卦是口舌的象征。说话应令人喜悦；但过于讨好人的话必定虚伪，所以虞舜对谗言感到十分震惊。以下是些美好的说辞：伊尹谈论调味使殷代隆盛；吕望辩说渔钓使周朝兴旺；烛之武前往说服秦军，解除了郑国的危难；子贡出使说服齐国，保存了鲁国的社稷。这些都是好说辞的例子。

暨战国争雄，辨士云涌，从横参谋[①]，长短角势[②]，《转丸》骋其巧辞[③]，《飞钳》伏其精术[④]；一人之辨，重于九鼎之宝[⑤]，三寸之舌，强于百万之师，六印磊落以佩[⑥]，五都隐赈而封[⑦]。至汉定秦、楚[⑧]，辨士弭节[⑨]，郦君既毙于齐镬[⑩]，蒯子几入乎汉鼎[⑪]；虽复陆贾籍甚[⑫]，张释傅会[⑬]，杜钦文辨[⑭]，楼护唇舌[15]，颉颃万乘之阶[16]，抵巇公卿之席[17]，并顺风以托势，莫能逆波而溯洄矣[18]。

注释

①从zòng横：即合纵连横，战国时苏秦游说六国联合抗秦叫合纵，张仪游说六国共事秦国称连横。从，同“纵”。南北曰纵，东西曰横。

②长短：指长短术，纵横家的论辩术。角势：谓比较形势之优劣。角，竞争。

③《转丸》：《鬼谷子》篇名，已佚。

④《飞钳》：《鬼谷子》篇名，陶宏景注：“飞，谓作声誉以飞扬之；钳，谓牵持缄束令不得脱也。”

⑤九鼎：相传夏禹铸九鼎，象征九州，夏商周三代奉为象征国家政权的传国之宝。战国时，秦楚皆有兴师到周求鼎之事。周显王时，九鼎没于泗水彭城下。此喻分量重。

⑥六印：苏秦曾佩六国相印。磊落：众多委积貌。

⑦五都：《史记·张仪列传》载，“秦惠王封仪五邑”。隐赈：即殷轸，富足的意思。

⑧楚：楚霸王项羽。

⑨弭mǐ节：驻节，停车。此指停止游说。弭，止，息。节，车行的节度。

⑩郦lì君：指郦食其，汉初说客。《史记·郦食其列传》载：“郦生常为说客，驰使诸侯。”后来奉

刘邦之命至齐国，劝齐王田广归汉，广听之，而汉将韩信为争功而袭齐，田广以为郦食其出卖自己，遂烹杀郦食其。镬huò：锅，这里指镬烹，古代一种酷刑。

⑪蒯 kuǎi 子：指蒯通，汉初辩士。《史记·淮阴侯列传》载：蒯通曾劝韩信反汉，刘邦抓到蒯通时，想烹杀他，蒯通为自己开脱，于是刘邦放了他。

⑫陆贾：汉初辩士。籍甚：盛大，盛多。

⑬张释：即张释之，字季，西汉文帝时人。傅会：将古事和当前时事结合起来发议论。《史记·张释之传》载：张释之见汉文帝，“因前言便宜事。文帝曰：‘卑之，毋甚高论，令今可施行也。’于是释之言秦汉之间事，秦所以失，而汉所以兴者。久之，文帝称善，乃拜释之为谒者仆射”。

⑭杜钦：字子夏，西汉大将军王凤的幕僚。《汉书·杜钦传》载，钦为人深博有谋，屡言政事，王凤用其策谋，“补过将美”。

⑮楼护：字君卿，西汉末年辩士。《汉书·游侠传》载：“（楼护）为人短小精辩，论议常依名节，听之者皆竦。与谷永俱为五侯上客，长安号曰‘谷子云笔札，楼君卿唇舌’，言其见信用也。”

⑯颉颃 xié háng：鸟上下飞貌。指往来游说。万乘：指帝王。

⑰ 抵巇 xī：发现漏洞加以填补。指游说时查缺补漏，

献计献策。《鬼谷子·抵巇》："巇始有朕，可抵而塞，可抵而却，可抵而息，可抵而匿，可抵而得，此谓抵巇之理也。"陶弘景题注："抵，击实也；巇，衅隙也。墙崩因隙，器坏因衅，而系实之，则墙器不败。"后用"抵巇"指钻营。巇，罅隙。

⑱溯洄：逆流而上。

译文

到了战国时代，七国争雄，游说之士风起云涌。他们用合纵连横之术参与各国谋划，较量形势的优劣；《转丸》篇里记载着他们巧言善辩的辞令，《飞钳》篇里暗藏着他们纵横捭阖的精巧技术。一位辩士的话比九鼎国宝还要贵重，三寸之舌胜过了百万大军。苏秦佩带了六国相印，张仪被封了五个富饶的城池。到汉代平定秦、楚之后，辩士说客的活动就停止了；郦食其被烹杀在齐王田广的油锅里；蒯通也几乎被投入汉高祖的烹鼎中。虽然还有陆贾颇负盛誉，张释之傅会时事，杜钦善于文辞辩论，楼护以唇舌锋利著称：他们在帝王的殿阶前往来游说；在公卿的坐席上谈笑风生，献计献策。然而他们大多见风使舵，没有谁敢于逆流进言。

夫说贵抚会[①]，弛张相随，不专缓颊[②]，亦在刀笔[③]。范雎之言事[④]，李斯之止逐客[⑤]，并顺情入机，动言中务，虽批逆鳞[⑥]，而功成计合，此上书之善说也。至于邹阳之说吴梁[⑦]，喻巧而理至，故虽危而无咎矣[⑧]；敬通之说鲍、邓[⑨]，事缓而文繁，所以历骋而罕遇也。

注释

①抚会：顺着时机，顺势。抚，循。会，运会，际会。

②缓颊 jiá：婉言陈说。颊，脸的两旁。

③刀笔：古代书写工具。古时书写于竹简，有误则用刀削去重写。此指文章。

④范雎 jū：字叔，战国时辩士。《战国策·秦策三》载："范子因王稽入秦，献书昭王曰……书上，秦王说之，因谢王稽说，使人持车召之。"

⑤李斯：秦相。《史记·李斯传》载：有人向秦始皇建议驱逐客卿，李斯作《上秦始皇书》（即《谏逐客书》）谏阻。

⑥批：触。逆鳞：倒生的鳞片。相传龙的喉下有逆鳞，触动了它有杀身之祸。

⑦邹阳：西汉文学家。吴：指吴王刘濞。汉景帝时，邹阳仕吴，刘濞企图谋反，邹阳作《上吴王书》劝阻。梁：指梁孝王刘武。邹阳劝阻不成，便转仕刘武，遭其左右诬告而下狱。邹阳在狱中作《上梁王书》，梁王看后释放了他。

⑧咎：罪过。

⑨敬通：冯衍，字敬通，东汉初年文学家。鲍：鲍永，东汉初将军。冯衍有《计说鲍永》，载《后汉书·冯衍传》。邓：邓禹，东汉初将军。冯衍有《说邓禹书》，文残，见《全后汉文》卷二十。

译文

游说贵在抓准时机，有弛有张。不光要婉言陈说，有时还要写成文章。范雎就曾给秦昭王上书言事，李斯也曾给秦始皇上《谏逐客书》谏劝停止逐客，这都是顺着情理，投合时机，用动听的言辞切中时务；虽然冒着触犯君王的危险，却最终计谋合意而获得了成功，这是上书中善于劝说的例子。至于邹阳上书劝说吴王和梁王，比喻巧妙而说理周到，所以处境虽然危险而没有获罪。而冯衍言说鲍永和邓禹，所讲之事既不紧迫，文辞又繁冗，所以多次游说却不被重用。

凡说之枢要[①]，必使时利而义贞[②]，进有契于成务[③]，退无阻于荣身。自非谲敌[④]，则唯忠与信。披肝胆以献主，飞文敏以济辞，此说之本也。而陆氏直称“说炜晔以谲诳”[⑤]，何哉？

注释

①枢要：关键，纲领。枢，门窗的转轴。

②贞：正。

③契：合。

④谲：欺诈。

⑤陆氏：指西晋陆机。说炜晔 huī yè 以谲诳：陆机《文赋》："奏平彻以闲雅，说炜晔而谲诳。"炜晔，美盛貌。此指文辞明丽晓畅。诳，欺骗。

译文

大凡游说的关键，是必须对当下有利，而且道理正确；既要有助于事情的成功，又不妨碍自身的荣显。只要不是欺诈敌人，那就要讲忠诚与信实。将真诚的话语献给主上，用敏捷的文思来完成说辞，这就是说这种文体的根本原则。可是，陆机在《文赋》里却说："说就是用明丽晓畅的文辞进行欺骗。"这是什么话呀？

赞曰：理形于言，叙理成论。词深人天①，致远方寸②。阴阳莫忒③，鬼神靡遁④。说尔飞钳，呼吸沮劝⑤。

注释

①人天：社会和自然。

②致远方寸：即"方寸致远"。方寸，心。

③阴阳：天地间的阴阳之气，此指抽象的道理。

忒tè：差错。

④靡：无。遁：逃避。

⑤呼吸：一呼一吸之间，指时间短暂。沮：阻止。劝：劝勉。

译文

结语：道理要用语言来表现，叙说道理之文便是论。论深究自然与人事的奥秘，使人的思维到达深远的境地。哪怕变化不测的阴阳之理也论说得没有差错，神秘莫测的鬼神也探究得无处逃遁。运用飞钳等游说方法，呼吸之间就能产生阻止或劝勉的效用。

神 思

题解

《神思》是《文心雕龙》的第二十六篇，属创作论。本文从物与情、物与言和情与言三种关系的角度，探讨了艺术想象和构思问题，是创作论的总纲。全篇可分三部分：第一部分阐述艺术想象的特点和作用；第二部分说明艺术构思有“骏发”和“覃思”的不同类型；第三部分提出艺术加工的必要性。《神思》提出“神与物游”，比较完整地概括了形象思维的基本特征。

古人云：“形在江海之上，心存魏阙之下[①]。”神思之谓也。文之思也，其神远矣。故寂然凝虑，思接千载，悄焉动容[②]，视通万里；吟咏之间，吐纳珠玉之声[③]；眉睫之前[④]，卷舒风云之色：其思理之致乎[⑤]？故思理为妙，神与物游[⑥]，神居胸臆[⑦]，而志气统其关键[⑧]；物沿耳目，而辞令管其枢机[⑨]。枢机方通，则物无隐貌；关键将塞，则神有遁心[⑩]。

注释

①“形在”二句：《庄子·让王》：“中山公子牟谓瞻子曰：‘身在江海之上，心居乎魏阙之下，

奈何！'”魏阙què，古代宫门外两边高耸的楼观。楼观下常为布告法令之所，故亦借指朝廷。

②悄qiǎo：静寂。

③吐纳：发出。

④睫：眼睫毛。

⑤致：达到。

⑥神与物游：指作者的精神活动与外物的形象密切交织在一起。

⑦胸臆yì：指内心。臆，胸。

⑧志气：情志、性情。统：率领，管理。

⑨辞令：言语。枢机：喻指事物的关键部分。《周易·系辞上》：“言行，君子之枢机，枢机之发，荣辱之主也。”孔颖达疏：“枢，谓户枢；机，谓弩牙。言户枢之转，或明或暗；弩牙之发，或中或否，犹言行之动，从身而发，以及于物，或是或非也。”

⑩遁：逃跑。

译文

古人说：“身在江海之上，心里却念想着朝廷。”这就是在说想象啊！文学的构思，作家的想象可以飞得十分遥远。所以只要默默地凝神思考，思绪就可以连接千年之前；悄悄地触动心神改变容止，视线便好像可以看到万里之外。仿佛已听到吟诵作品时发出的珠玉般的悦耳声音；而在眼前已展现出风云变幻的景色。这些都是想象达到的效果啊！所以构思很奇妙，能使内心的想象与外物交织在一起。想象来自作者内心，而作者的情志和性情是支配想象活动的关键；外物由作者的耳目来接触，而语言是将它们表达出来的关键。如果语言能自由灵活表达时，那事物的形貌便可以完全描绘出来，没有遗漏了；如果心灵受到阻塞，那神奇的想象就会逃遁消失了。

是以陶钧文思[①]，贵在虚静[②]，疏瀹五藏[③]，澡雪精神[④]；积学以储宝[⑤]，酌理以富才[⑥]，研阅以穷照[⑦]，驯致以绎辞[⑧]，然后使玄解之宰[⑨]，寻声律而定墨[⑩]；独照之匠[⑪]，窥意象而运斤[⑫]：此盖驭文之首术[⑬]，谋篇之大端[⑭]。

注释

①陶钧：制作陶器所用的转轮。此指文思的酝酿、造就。陶，制瓦器。钧，造瓦器的转轮。

②虚静：指排除内心的杂念和欲求以及外界的一切干扰，进入清静无为的精神状态。《老子》："致虚极，守静笃。"《荀子·解蔽》："人何以知道？曰：心。心何以知？曰：虚壹而静。心未尝不臧也，然而有所谓虚；心未尝不满也，然

而有所谓壹；心未尝不动也，然而有所谓静。”

③疏瀹yuè：疏通。五藏：即五脏。指心、肝、脾、肺、肾。中医谓“五脏”有藏精气而不泻的功能，故名。

④澡雪：洗净。《庄子·知北游》：“老聃曰：‘汝齐戒疏瀹而心，澡雪而精神。’”

⑤宝：此指人的知识。

⑥酌：斟酌取舍。

⑦研阅：反复观察。穷照：彻底理解。

⑧驯致：逐渐达到。绎：抽绎，引出。

⑨玄解：指深奥难解的道理或事理。宰：主宰，这里指作家的心灵。

⑩声律：语言文字的声韵格律。此泛指写作技巧。定墨：木匠划定墨线，此指作家写作。

⑪独照之匠：有独特见解的工匠。

⑫窥：视。意象：指艺术构思过程中客观事物在作者头脑中形成的艺术形象。运斤：挥动斧头砍削。斤，斧。

⑬驭文：写作。驭，驾驭，控制。术：方法。

⑭大端：要点。

译文

所以酝酿文思时，重要的是虚静心志，涤除心中的杂念，使精神得到净化。要努力学习以储备知识，要斟酌辨析事理来丰富才学，要反复观察来获得彻底的了解，要从容不迫地去引出恰当的文辞。然后才能使懂得深奥道理的心灵寻找到写作技巧，落笔行文，就像有着独到见解的木匠，能根据头脑中想象好的形象去挥动斧头一样：这就是写作的首要方法，也是安排篇章的根本要点。

夫神思方运，万涂竞萌[①]，规矩虚位[②]，刻镂无形[③]。登山则情满于山，观海则意溢于海[④]，我才之多少，将与风云而并驱矣。方其搦翰[⑤]，气倍辞前[⑥]，暨乎成篇[⑦]，半折心始[⑧]。何则？意翻空而易奇[⑨]，言征实而难巧也[⑩]。是以意授于思，言授于意，密则无际[⑪]，疏则千里[⑫]。或理在方寸而求之域表[⑬]，或义在咫尺而思隔山河[⑭]。是以秉心养术[⑮]，无务苦虑[⑯]，含章司契[⑰]，不必劳情也。

注释

①万涂：即万途，指思绪众多。竞萌：纷纷产生。

②规矩：刻画，描绘。规，画圆形的器具。矩，画方形的器具。虚位：指抽象的东西。此指“意象”，因其为作家脑海中虚构的形象，故是虚有其位。

③镂：刻。无形：和上句“虚位”义同。

④“登山”二句：指作家脑中想到的“登山”“观

海”的情景。

⑤搦nuò翰：拿笔。搦，握，持。翰，笔。

⑥辞前：作品未写成之前，指构思时。辞，指作品。

⑦暨：及。

⑧半折：打了一半折扣。心始：心中开始艺术构思时的形象。

⑨翻空：凭空。形容作文时奇想联翩。

⑩征实：求实。指把作者的构思具体写出来。

⑪际：空隙。

⑫疏：疏远，指言不达意。

⑬方寸：作者语带双关，既指很近的地方，又指人心。域表：疆界之外，指很远的地方。

⑭咫尺：指距离很近。咫，八寸。

⑮秉：操持，掌握。术：写作技巧。

⑯务：求。

⑰含章：具有美好的文采。章，美。司契：掌握语言表达的规则。司，掌握。契，契约。引申为规矩。

译文

构思刚刚开始的时候，各种想法纷纷呈现，作家要将虚幻的想象具体化，将尚未定型的形象雕刻清晰。一想到登山，脑海中就充满着山间的景色；一想到观海，脑海中就洋溢着大海的风光。不论才能有多少，都将随风云一起奔驰变化了。刚拿起笔时，气势比起构思想象时还要倍增；可是等到写成后，构思时的东西已经打了对折。为什么呢？凭空想象，很容易奇特；语言实在，很难巧妙地表达作者所想。所以作者的思想化为艺术的想象，艺术的想象化为文章的言辞，如果三者贴切时就会天衣无缝，疏漏时就会相差千里。有的道理就在心里却要到很远的地方去搜求，有的意思就在眼前而思想上却像远隔高山大河似的。所以秉持虚静之心，锻炼写作方法，就无需苦思冥想；具有美好的文采，掌握了语言表达的规则，就不必劳心累情。

人之禀才[①]，迟速异分[②]，文之制体，大小殊功[③]。相如含笔而腐毫[④]，扬雄辍翰而惊梦[⑤]，桓谭疾感于苦思[⑥]，王充气竭于沉虑[⑦]，张衡研《京》以十年[⑧]，左思练《都》以一纪[⑨]。虽有巨文，亦思之缓也。淮南崇朝而赋《骚》[⑩]，枚皋应诏而成赋[⑪]，子建援牍如口诵[⑫]，仲宣举笔似宿构[⑬]，阮瑀据鞍而制书[⑭]，祢衡当食而草奏[⑮]。虽有短篇，亦思之速也。

注释

①禀 bǐng 才：天赋的才华。

②分 fèn：本分。

③殊：不同。功：功用。

④“相如”句：指司马相如行文迟缓。《西京杂

记》载："司马相如为《上林》《子虚赋》，意思萧散，不复与外相关，控引天地，错综古今，忽然如睡，焕然而兴，几百日而后成。"含笔，含笔于口中，指构思为文。腐毫，笔已腐烂，形容构思时间之长。毫，即毛，指毛笔。

⑤"扬雄"句：桓谭《新论·祛蔽》载："子云亦言，成帝时，赵昭仪方大幸，每上甘泉，诏使作赋，为之卒暴，思精苦，始成，遂因倦小卧，梦其五藏出在地，以手收而内之。及觉，病喘悸，大少气。病一岁。由此言之，尽思虑，伤精神也。"辍翰，停笔。

⑥"桓谭"句：《新论·祛蔽》载："余少时见扬子云之丽文高论，不自量年少新进，而猥欲逮及。尝激一事而作小赋，用精思太剧，而立感动发病，弥日瘳。"桓谭，字君山，东汉初年人。

⑦"王充"句：《后汉书·王充传》载：王充"著《论衡》八十五篇，二十余万言。……年渐七十，志力衰耗"。王充，字仲任，东汉人。

⑧"张衡"句：《后汉书·张衡传》载："时天下承平日久，自王侯以下，莫不逾侈。衡乃拟班固《两都》，作《二京赋》，因以讽谏；精思傅会，十年乃成。"张衡，字平子，东汉人。《京》，指《二京赋》，即《东京赋》和《西京赋》。

⑨"左思"句：《文选·三都赋序》李善注引臧荣

绪《晋书》说："左思……欲作《三都赋》，乃诣著作郎张华访岷邛之事。遂构思十稔，门庭藩溷，皆著纸笔，遇得一句，即疏之。……赋成，张华见而咨嗟，都邑豪贵，竞相传写。"左思，字太冲，西晋人。《都》，指《三都赋》。一纪，十二年。

⑩"淮南"句：高诱《淮南子叙》："（刘）安为辨达，善属文。皇帝为从父，数上书召见，孝文皇帝甚重之。诏使为《离骚赋》，自旦受诏，日早食已。上爱而秘之。"淮南，指淮南王刘安，西汉前期人。崇朝，终朝，从天亮到早饭时，犹言一个早晨。喻时间短暂。

⑪"枚皋gāo"句：《汉书·枚乘（附皋）传》载："上有所感，辄使赋之。为文疾，受诏辄成，故所赋者多。"枚皋，字少孺，西汉人。

⑫"子建"句：杨修《答临淄侯笺》说，曹植"握牍持笔，有所造作，若成诵在心"。子建，三国时魏国曹植的字。援，持。牍，木简。

⑬"仲宣"句：《三国志·魏书·王粲传》载：王粲作文，"举笔便成，无所改定，时人常以为宿构"。仲宣，"建安七子"之一王粲的字。宿构，预先构思、草拟。

⑭"阮瑀yǔ"句：《三国志·魏书·王粲传》裴松之注引《典略》说："太祖（曹操）尝使瑀作书与韩

遂，时太祖适近出，瑀随从，因于马上具草，书成呈之。太祖揽笔欲有所定，而竟不能增损。”阮瑀，字元瑜，“建安七子”之一。据鞍，据于马鞍上。

⑮“祢mí衡”句：《后汉书·祢衡传》载：“（黄）射时大会宾客，人有献鹦鹉者，射举卮于衡曰：‘愿先生赋之以娱嘉宾。衡览笔而作，文无加点，辞采甚丽。”又载：“（刘）表尝与诸文人共草章奏，并极其才思。时衡出，还见之，开省未周，因毁以抵地。表怃然为骇。衡乃从求笔札，须臾立成，辞义可观。”祢衡，字正平，汉魏间人。当食，当席，在宴席上。

译文

每个人的写作禀赋不同，文思存在着快慢的差异；文章的篇幅，有大有小，功用也不同。司马相如含笔构思，直到毛笔枯烂才写成；扬雄作赋太苦，刚停笔就睡着做怪梦；桓谭作文苦苦思索，结果生病；王充著述思虑过度，以致精力衰耗；张衡花了十年时间写作《二京赋》；左思花了十二年时间创作《三都赋》。这些人虽然写成长篇巨作，但文思是迟缓的。淮南王刘安一个早晨就写成了《离骚赋》；枚皋刚接到诏令就完成了赋作；曹植铺开纸作文就像背诵文章；王粲拿起笔创作好似文章预先写好；阮瑀在马鞍上也能写好书信；祢衡在宴席上便能起草奏书。他们虽说写的都是短篇，但也体现了文思的敏捷。

若夫骏发之士[①]，心总要术，敏在虑前，应机立断；覃思之人[②]，情饶歧路[③]，鉴在疑后[④]，研虑方定。机敏故造次而成功[⑤]，虑疑故愈久而致绩。难易虽殊，并资博练[⑥]。若学浅而空迟，才疏而徒速，以斯成器，未之前闻。是以临篇缀虑[⑦]，必有二患：理郁者苦贫[⑧]，辞溺者伤乱[⑨]。然则博见为馈贫之粮[⑩]，贯一为拯乱之药[⑪]，博而能一，亦有助乎心力矣。

注释

①骏发：指文思敏捷。

②覃tán思：深思。此指文思迟缓。

③饶：丰富，多。歧路：岔路。

④鉴：察看清楚。

⑤造次：仓促。

⑥博练：广泛的学习训练，兼指“积学”“酌理”“研阅”“驯致”四个方面。

⑦缀虑：即构思。缀，连结。

⑧理：思理。郁：塞而不通。

⑨溺：沉迷，过分。

⑩馈：周济。

⑪贯一：统贯于某一个基本观念或中心。《论语·里仁》：“吾道一以贯之。”拯：救助。

译文

至于文思敏捷的人，心中掌握着创作的方法要点，敏速得好像在深思熟虑之前就能够当机立断。文思迟缓的人，情思纷乱，有着各种思路，几经怀疑才明白事理，反复研究考虑才能做出决定。文思敏捷，所以虽快也能写成；文思迟缓，所以越久越有效果。快和慢虽然不同，但都要靠广泛的学习训练。如果学识浅薄而只是慢慢写，才学粗疏只是写得快，像这样能写出好的文章，从来没有听说过。所以作文构思时，必定有两个困难：思想阻塞的人苦于内容的贫乏，文辞泛滥的人苦于文采的繁乱，因此见闻广博是救济贫乏的粮食，贯通统一是拯救繁乱的药方，既广闻博见又贯通统一，对创作构思是很有帮助的啊！

若情数诡杂①，体变迁贸②，拙辞或孕于巧义③，庸事或萌于新意④，视布于麻，虽云未贵，杼轴献功⑤，焕然乃珍⑥。至于思表纤旨⑦，文外曲致⑧，言所不追，笔固知止。至精而后阐其妙，至变而后通其数⑨，伊挚不能言鼎⑩，轮扁不能语斤⑪，其微矣乎！

注释

①情数：情思，情感。诡杂：诡变而复杂。

②体：风格。迁贸：变迁，变革。贸，变化。

③孕：孕育。巧义：精巧的义理。

④庸事：平凡的事。萌：萌芽。

⑤杼zhù轴：织布机上的两个部件，即用来持纬(横线)的梭子和用来承经(直线)的筘，也指织布机。

⑥焕然：光彩貌。

⑦表：外。纤xiān：细。

⑧曲致：曲折的情致。

⑨数：规律。

⑩伊挚zhì：即伊尹，名挚，汤的臣子。言鼎：《吕氏春秋·本味》载：伊尹借烹饪的道理来说明治国的方法。他对商汤说："调和之事，必以甘酸苦辛咸，先后多少，其齐甚微，皆有自起。鼎中之变，精妙微纤，口弗能言，志不能喻。"鼎，古代烹煮用具。

⑪轮扁：古代善于制作车轮的工匠，名扁。语斤：《庄子·天道》载：轮扁向齐桓公讲自己运用斧子的体会，他说："斫轮徐则甘而不固，疾则苦而不入；不徐不疾，得之于手，而应于心，口不能言，有数存焉于其间。"斤，斧子。

译文

作品的情思是诡变复杂的，风格也变化多端。拙劣的文辞也可能蕴藏精巧的义理，平凡的事物也许能萌生出新颖的意思。看看布是麻织成的，麻虽然并不比布贵重，但经过织布机的加工，便焕发出光彩而成为珍贵之物。至于构思没想到的细微奥妙的旨意，文辞不能表达的隐幽委曲的情趣，这些都是语言所不能表达的，作者应该知道在此停笔。最精巧的文辞才能阐明作文的奥妙，最灵活多变的头脑才能精通作文的规律。从前伊挚说不出鼎中调味的精妙，轮扁不能说出运用斧头的技巧，因为这的确是很微妙啊！

赞曰：神用象通[①]，情变所孕。物以貌求，心以理应。刻镂声律，萌芽比兴[②]。结虑司契[③]，垂帷制胜[④]。

注释

①神用象通：即“神与物游”之义。象，指物象。用，因，以。

②比兴：《诗经》六义中“比”和“兴”的并称。比，以彼物比此物；兴，先言他物，以引起所咏之辞。

③结虑：构思。

④垂帷：放下室内悬挂的帷幕。借指专心读书或写作。

译文

结语：作者的精神活动与物象结合在一起，从而孕育了情理的变化。万物以它的形貌来打动作家，作家的内心以情理来作为回应。再推敲作品的声律，琢磨比兴等修辞方法。创作构思要掌握规律，垂下帷幕发愤努力才能成功。

体 性

题解

《体性》是《文心雕龙》的第二十七篇，属创作论。体就是作品的体貌、风格，性指作者的个性、性格。本文即论述文学作品的风格和作者气质性格的关系。全篇可分三个部分：第一部分论述作者的才、气、学、习和作品风格特征的关系，并概括地总结了八种风格的基本特点；第二部分以贾谊、司马相如等人的具体例子，阐明作者性格与作品的风格是“表里必符”，完全一致的；第三部分强调作家的成功不能完全依靠天资，还得靠长期的刻苦学习。

夫情动而言形①，理发而文见②；盖沿隐以至显③，因内而符外者也。然才有庸俊④，气有刚柔⑤，学有浅深，习有雅郑⑥；并情性所铄⑦，陶染所凝⑧，是以笔区云谲⑨，文苑波诡者矣⑩。故辞理庸俊，莫能翻其才⑪；风趣刚柔，宁或改其气⑫；事义浅深⑬，未闻乖其学⑭；体式雅郑⑮，鲜有反其习⑯：各师成心⑰，其异如面⑱。

注释

①情动而言形：《毛诗序》：“情动于中而形于言。”

形，表达。

②见xiàn：同“现”，显露，表达。

③隐：指上文所说的“情”和“理”。显：指上文所说的“言”和“文”。

④庸：平凡。俊：杰出。

⑤气：气质。刚柔：强弱。

⑥习：习染。雅郑：雅乐和郑声。古代儒家以郑声为淫邪之音，因以“雅郑”指正声和淫邪之音。引申为正与邪、高雅与低劣。

⑦情性：指先天的才气禀赋。铄shuò：熔化。引申为孕育。

⑧陶染：熏陶感染。此指后天的影响，如学习。

⑨笔区：即文苑，文坛。谲jué：变化。

⑩诡：奇异。

⑪翻：翻转，改变。

⑫宁：岂，难道。

⑬事义：事情和意义。

⑭乖：背离。

⑮体式：文体形式。

⑯鲜：少。

⑰各师成心：各以成心为师。《庄子·齐物论》：“夫随其成心而师之，谁独且无师乎。”成心，本心，个性。此指作者的才、气、学、习。

⑱其异如面：《左传·襄公三十一年》：“人心之

不同，如其面焉。”面，面貌。

译文

人有了感情，就通过语言来表现；而思想想要表达，便体现为文章。将隐藏在心中的思想情感表现为外在的语言文字，表里应该是一致的。但人的禀赋有平庸和杰出之分，气质有刚强和柔婉之别，学识有浅薄及渊深之异，习染有高雅和庸俗之差。这些都是由人的情性所孕育，并受后天的熏陶感染而形成的，所以文坛上才如此风云变幻，波涛翻滚。在创作中，文辞、思想的平庸或杰出，总是不能违背作者的才华天资；风格趣味的刚健或柔婉，难道会和作者的气质有差别？作品事实情理的浅薄或渊深，没有听说和作者的学识背离的；文体形式的雅正或邪僻，很少和作者的习染相反的。各人按照自己的本心个性来写作，作品就像人的面貌一样彼此不同。

若总其归涂①，则数穷八体②：一曰典雅③，二曰远奥④，三曰精约⑤，四曰显附⑥，五曰繁缛⑦，六曰壮丽⑧，七曰新奇⑨，八曰轻靡⑩。典雅者，镕式经诰⑪，方轨儒门者也⑫。远奥者，复采曲文⑬，经理玄宗者也⑭。精约者，核字省句⑮，剖析毫厘者也⑯。显附者，辞直义畅，切理厌心者也⑰。繁缛者，博喻酿采⑱，炜烨枝派者也⑲。壮丽者，高论宏裁⑳，卓烁异采者也[21]。新奇者，摈古竞今[22]，危侧趣诡者也[23]。轻靡者，浮文弱植[24]，缥缈附俗者也[25]。故雅与奇反，奥与显殊[26]，繁与约舛[27]，壮与轻乖[28]。文辞根叶[29]，苑囿其中矣[30]。

注释

①总：概括。归涂：犹归趋，最终的途径。涂，同“途”。

②穷：尽。

③典雅：指内容符合儒家经典，庄重正统，文辞高雅而不浅俗。典，儒家经典。雅，正。

④远奥：指内容倾向道家，隐晦深奥，文辞玄妙。

⑤精约：指论断精当，文辞精炼。

⑥显附：指内容清楚明白，文辞畅达。

⑦繁缛rù：指铺叙详尽，文辞华丽。缛，繁密，繁复。

⑧壮丽：指内容壮伟，文辞豪迈。

⑨新奇：指内容新颖，文辞奇特。

⑩轻靡：指内容浅薄，文辞华丽。靡，轻丽。

⑪镕式：镕铸，取法。经诰：儒家经典。诰，《尚书》中有《汤诰》《康诰》等，此泛指儒家经典。

⑫方轨：车辆并行。喻指取法，比肩。

⑬复：深奥。曲：曲折。

⑭经理：义理。玄宗：指道家所谓道的深奥旨意。

⑮核：简要。

⑯毫厘：毫与厘的并称。比喻极微细。

⑰切：切合。厌：满足。

⑱酞nóng：浓厚。

⑲枝派：分支，流派。树多枝叶，水分流派。此指铺张的描写。

⑳宏裁：宏大的体制。

㉑烁shuò：光彩。

㉒摈：排斥。

㉓危侧：偏颇，险僻。

㉔植：通“志”。指文章的思想内容。

㉕缥缈：虚浮。此指内容不切实际。

㉖殊：不同。

㉗舛chuǎn：违背，不合。

㉘乖：违背。

㉙根叶：根本和枝叶。指主要部分和次要部分。

㉚苑囿yòu：园林，此用作动词。

译文

如果总括各种作品，可以概括为八种风格：第一种是“典雅”，第二种是“远奥”，第三种是“精约”，第四种是“显附”，第五种是“繁缛”，第六种是“壮丽”，第七种是“新奇”，第八种是“轻靡”。所谓“典雅”，就是取法经书，遵循儒家之道。所谓“远奥”，就是文辞含蓄曲折，义理以道家学说为宗旨。所谓“精约”，就是字句简练，分析细致。所谓“显附”，就是文辞质直，意义明畅，入情入理。所谓“繁缛”，就是比喻广博，文采丰富，光彩四溢，善于铺陈。所谓“壮丽”，就是议论高超，体制宏大，文采不凡。所谓“新奇”，就是摈旧趋新，走偏颇诡奇的路子。所谓“轻靡”，就是辞藻浮华，思想无力，内容空泛而庸俗。所以“典雅”和“新奇”相反，“远奥”和“显附”不同，“繁缛”和“精约”不合，“壮丽”和“轻靡”有别。文章风格的各种表现，都包括在这个范围中了。

若夫八体屡迁，功以学成；才力居中，肇自血气[①]。气以实志，志以定言[②]；吐纳英华[③]，莫非情性[④]。是以贾生俊发[⑤]，故文洁而体清；长卿傲诞[⑥]，故理侈而辞溢[⑦]；子云沉寂[⑧]，故志隐而味深[⑨]；子政简易[⑩]，故趣昭而事博[⑪]；孟坚雅懿[⑫]，故裁密而思靡[⑬]；平子淹通[⑭]，故虑周而藻密[⑮]；仲宣躁竞[⑯]，故颖出而才果[⑰]；公幹气褊[⑱]，故言壮而情骇[⑲]；嗣宗俶傥[⑳]，故响逸而调远[㉑]；叔夜俊侠[㉒]，故兴高而采烈[㉓]；安仁轻敏[㉔]，故锋发而韵流[㉕]；士衡矜重[㉖]，故情繁而辞隐[㉗]。触类以推，表里必符[㉘]。岂非自然之恒资[㉙]，才气之大略哉？

注释

①肇：开始。血气：指气质。

②“气以实志”二句：《左传·昭公九年》载：“味以行气，气以实志；志以定言，言以出令。”杜预注：“气和则志充；在心为志，发口为言。”志，指情志，思想情感。

③吐纳：吐出与吞进。此为表达、写出之义。英华：精华。

④情性：指作家的思想个性。

⑤贾生：指西汉贾谊。俊发：英发。谓才识、情性、文采等充分表现出来。

⑥长卿：西汉司马相如的字。傲诞：骄傲放诞。

⑦侈：过分，夸张。溢：多，满。

⑧子云：西汉扬雄的字。沉寂：性格沉静。《汉书·扬雄传》载：“口吃。不能剧谈，默而好深湛之思，清静亡为，少耆欲。”

⑨味：体味，意味。

⑩子政：西汉末年刘向的字。简易：平易近人。《汉书·刘向传》载：“向为人简易无威仪。”

⑪昭：明白。

⑫孟坚：东汉班固的字。雅懿yì：纯正美好。《后汉书·班固传》载：班固“性宽和容众，不以才能高人，诸儒以此慕之”。

⑬裁：体裁。靡：细致。

⑭平子：东汉张衡的字。淹通：精通，贯通。《后汉书·张衡传》载：张衡“通五经，贯六艺，虽

才高于世，而无骄尚之情”。

⑮虑周：考虑全面。藻：文藻，辞采。

⑯仲宣：王粲的字。王粲为“建安七子”之首。躁锐：急躁好争。《三国志·魏书·杜袭传》载：“粲性躁竞。”

⑰颖出：突出，露锋芒。果：决断。

⑱公幹：“建安七子”之一刘桢的字。褊biǎn：指心胸、气量、见闻等狭隘。亦指性情急躁。

⑲骇hài：惊骇，震惊。

⑳嗣宗：三国时魏阮籍的字。俶傥tì tǎng：豪爽洒脱而不受世俗礼法拘束。《三国志·魏书·王粲传》载：“（阮）瑀子籍，才藻艳逸，而倜傥放荡，行己寡欲，以庄周为模则。”

㉑逸：高。

㉒叔夜：三国时魏嵇康的字。侠：豪侠。《三国志·魏书·王粲传》载：“时又有谯郡嵇康，文辞壮丽，好言老、庄，而尚奇任侠。”裴松之注引《康别传》说：“孙登谓康曰：‘君性烈而才俊，其能免乎？’”《晋书·嵇康传》载：“康早孤，有奇才，远迈不群。”

㉓兴xìng高：旨趣高迈。采烈：言辞犀利。

㉔安仁：西晋潘岳的字。轻敏：轻率而敏捷。《晋书·潘岳传》载：“岳性轻躁，趋世利。”

㉕锋：文章锋芒。韵流：指音节流畅。

㉖士衡：西晋陆机的字。矜重：矜持庄重。《晋书·陆机传》载：陆机“伏膺儒术，非礼不动”。

㉗繁：繁复。隐：隐晦。

㉘表：外表，指作品。里：内里，指作者的个性。

㉙恒资：指先天的资质。

译文

至于八种风格经常变化，要运用得有成效就在于作家的学养才力。才力存在于人的内部，它来自先天的血气。血气充实了情志，情志决定了文章的语言风味；文章写得精美，无不和作家的情性相关。因此，贾谊意气风发，所以文思高洁而风格清新；司马相如骄傲狂放，所以文理虚夸而辞藻淫侈；扬雄性格沉静，所以作品内容含蓄而意味深长；刘向朴实平易，所以文章旨趣明显而用事广博；班固文雅醇厚，所以体裁精密而文思细致；张衡渊博通达，所以思虑周到而辞采细密；王粲急躁好争，所以作品锋芒毕露而才识果断；刘桢性格偏隘，所以文辞雄壮而令人惊骇；阮籍洒脱不羁，所以作品格调高远；嵇康豪爽刚强，所以作品旨趣高洁文辞犀利；潘岳轻率敏捷，所以文章词锋焕发而音节流畅；陆机矜持稳重，所以文章内容繁复而文辞隐晦。由此类推，作家内在的性格与外在的文章必定是相符的，这难道不是作者天赋才力和作品中所体现的才气的关系的大概情况吗？

夫才由天资[①]，学慎始习；斫梓染丝[②]，功在初化；器成彩定，难可翻移。故童子雕琢[③]，必先雅制[④]；沿根讨叶[⑤]，思转自圆[⑥]。八体虽殊，会通合数[⑦]；得其环中[⑧]，则辐辏相成[⑨]。故宜摹体以定习[⑩]，因性以练才[⑪]；文之司南[⑫]，用此道也。

注释

①天资：天赋，禀赋。

②斫zhuó：砍。梓zǐ：树名。

③雕琢：雕刻琢磨。此指写作。

④雅制：雅正的作品。

⑤讨：寻究。

⑥圆：圆转，圆通。

⑦会通：融会贯通。数：规律。

⑧环中：轴心。

⑨辐辏fú còu：集中，聚集。辐，车轮的辐条。辏，指车轮的辐条内端聚集于毂上。

⑩摹：模仿，学习。习：习染，习惯。

⑪性：个性，禀赋。

⑫司南：指南针。

译文

才力来自天赋，但学习慎于开始；就像制木器或染丝绸，开始就已经决定了功效；等到器具制成，颜色染定时，就很难改变了。因此，少年学习写作时，必定先从雅正的作品开始，就像顺着根本来寻究枝叶一样，文思自然圆转。八种风格虽然不同，融会贯通，也能掌握其规律；正如找到了车轮的轴心，车的辐条自然能聚合起来。所以应该学习各种风格来形成自己的习惯，同时根据个性禀赋来培养写作才能。所谓创作的指南，指的就是这条道路。

赞曰：才性异区，文辞繁诡[①]。辞为肌肤，志实骨髓。雅丽黼黻[②]，淫巧朱紫[③]。习亦凝真[④]，功沿渐靡[⑤]。

注释

①繁诡：复杂诡异；复杂多变。

②黼黻fǔfú：古代礼服上绣的花纹。

③淫：过分。朱紫：指杂色乱正色。《论语·阳货》："恶紫之夺朱也。"古代以"朱"为正色，"紫"为杂色。

④凝：成。真：指作者的才能。

⑤功：功效。沿：因。靡：同“摩”，切磋。

译文

结语：作者的才华和性格各不相同，作品的文辞也复杂多变。文辞就像外在的肌肤，作者的情志才是内在的骨骼精髓。有的文辞如礼服的花纹华丽雅正，有的如杂色搅乱正色般过分奇巧。作者受到的习染也能凝化成才气，功效因长期的切磋磨炼而显现。

风　骨

题解

《风骨》是《文心雕龙》的第二十八篇，属创作论。风指作品的思想感情表现于外的一种艺术特征。骨指作品文辞固有的一种艺术特征。风骨指作品思想、文辞表现于外的一种精神风貌。刘勰对“风骨”的基本要求是“风清骨峻”。全篇可分三个部分：第一部分首先说明风骨的必要性和基本特征；第二部分首论文气，说明气的重要，次论风骨和文采的关系，认为风骨和文采兼备，才是完美的作品；第三部分讲怎样创造风骨。

《诗》总六义[①]，风冠其首[②]，斯乃化感之本源[③]，志气之符契也[④]。是以怊怅述情[⑤]，必始乎风；沉吟铺辞[⑥]，莫先于骨。故辞之待骨[⑦]，如体之树骸[⑧]；情之含风，犹形之包气[⑨]。结言端直[⑩]，则文骨成焉；意气骏爽[⑪]，则文风清焉[⑫]。若丰藻克赡[⑬]，风骨不飞[⑭]，则振采失鲜[⑮]，负声无力。是以缀虑裁篇[⑯]，务盈守气[⑰]，刚健既实[⑱]，辉光乃新，其为文用[⑲]，譬征鸟之使翼也[⑳]。

注释

①《诗》：《诗经》。六义：亦称“六诗”。

②风冠其首：六义中，“风”排在首位。《毛诗序》说：“风，风也，教也，风以动之，教以化之。”又说：“上以风化下，下以风刺上，主文而谲谏，言之者无罪，闻之者足以戒，故曰风。”刘勰认为“风”是作品中思想感情表现于外的一种艺术特征。

③化感：感化，教育。

④志：情志，即作者内心的思想感情。气：指作者的气质、性格。符契：符券契约一类文书的统称。此指作者志气和作品的“风”相一致。符，作为凭信的符节。契，约券。

⑤怊chāo怅：惆怅。此泛指情感。

⑥沉吟：深思。

⑦骨：指作品在文辞方面具有的一种艺术特征。

⑧骸hái：骨。

⑨形：指人的形体。气：血气。

⑩结言：组织文辞。端直：正直。

⑪意气：志向与气概。骏爽：明快爽朗。

⑫清：明显。

⑬丰藻：辞藻丰富。克：能。赡：富足。

⑭不飞：无力。

⑮鲜：明。

⑯缀虑：构思。缀，连结。

⑰盈：充满。

⑱刚健：指文辞有力。实：充实，指作品的思想内容。

⑲其：指风与骨。用：作用。

⑳征鸟：远飞的鸟。指鹰隼等猛禽。

译文

《诗经》包括风、雅、颂和赋、比、兴六义，“风”排在首位。因为它是进行感化的本源，是作者情志气质的外在体现。所以，作者内心情感要抒发时，必定从风开始；将深思之意铺陈为文辞，没有比骨更先考虑的了。所以文辞要有骨，好像人的形体要有支撑的骨架一样；表达感情要含风，犹如人的形体要包含有血气一样。措辞正直有力，就会形成文章的骨力；作品意气明快爽朗，文章的风力就显现了。如果文辞丰富，而风骨软弱无力，那文采也将暗淡不明，声韵也不会铿锵有力。所以构思谋篇前，一定要保持充盈的气势，做到文辞刚健、内容切实，作品才能放射出新光彩。“风”“骨”对文章的作用，好比高飞的鸟儿善于使用双翼一样。

故练于骨者[①]，析辞必精[②]；深乎风者，述情必显。捶字坚而难移[3]，结响凝而不滞[4]，此风骨之力也[5]。若瘠义肥辞[6]，繁杂失统[7]，则无骨之征也；思不环周[8]，牵课乏气[9]，则无风之验也。昔潘勖锡魏[10]，思摹经典[11]，群才韬笔[12]，乃其骨髓峻也[13]；相如赋仙[14]，气号凌云[15]，蔚为辞宗[16]，乃其风力遒也[17]。能鉴斯要，可以定文，兹术或违，无务繁采。

注释

①练：熟悉。

②析：分析，此有选用之义。

③捶字：即炼字。捶，锻炼、琢磨。坚：指语言精练准确。

④响：声韵。滞：滞涩，不流畅。

⑤力：功效。

⑥瘠jí义肥辞：语义少而文辞多。瘠，瘦弱，贫乏。

⑦统：统绪，条理。

⑧环周：周密，严密。

⑨牵课：勉强，强作。

⑩潘勖xù：字元茂，东汉末年人。锡魏：指潘勖的《册魏公九锡文》。

⑪摹：模仿、学习。

⑫韬tāo笔：藏笔。指不写文章。韬，隐藏。

⑬骨鲠gěng：骨。峻：高大。

⑭赋仙：指司马相如的《大人赋》，文中主要描写神

仙之事。

⑮气号凌云：《史记·司马相如传》载：汉武帝读了《大人赋》，非常高兴，“飘飘有凌云之气，似游天地之间意”。凌云，直上云霄。

⑯蔚 wèi：盛，这里指文章写得好。辞宗：辞赋作者中的宗师。亦泛指受人敬仰的文学家。《汉书·叙传下》说：司马相如的作品，“见识博物，有可观采，蔚为辞宗，赋颂之首。”

⑰遒qiú：强劲有力。

译文

所以懂得把握文章骨力的人，选用文辞一定精当；深通文章风力的人，表述情志一定显豁明朗。文字运用准确而难于更换，声调韵律凝聚却不滞涩，这就是文章风骨的力量。如果文章思想贫乏，辞藻臃肿，繁杂而没有条理，那就是文章缺乏骨力的表现。如果考虑得不周全，勉强创作，缺乏气势，那就是文章没有风力的证明。以前潘勖作《册魏公九锡文》，意在模拟经典，使众多才人都为之搁笔，就是因为他文章骨力峻拔。司马相如的《大人赋》，号称有凌云之气，蔚然成为辞赋宗师，就是因为作品风力遒劲。如果能够明白这些要点，就可以写出好文章；如果违背这些方法，就不要徒然追求繁缛的文采了。

故魏文称[①]："文以气为主[②]，气之清浊有体[③]，不可力强而致。"故其论孔融[④]，则云"体气高妙"[⑤]；论徐幹[⑥]，则云"时有齐气"[⑦]；论刘桢[⑧]，则云"有逸气"。公幹亦云[⑨]："孔氏卓卓[⑩]，信含异气[⑪]；笔墨之性[⑫]，殆不可胜[⑬]。"并重气之旨也。夫翚翟备色[⑭]，而翾翥百步[⑮]，肌丰而力沉也[⑯]；鹰隼无采[⑰]，而翰飞戾天[⑱]，骨劲而气猛也。文章才力，有似于此。若风骨乏采，则鸷集翰林[⑲]；采乏风骨，则雉窜文囿[⑳]。唯藻耀而高翔，固文笔之鸣凤也。

注释

①魏文：魏文帝曹丕。这里所引的话，见于其所著的《典论·论文》。

②气：指作者的气质在作品中形成的特色。

③清浊：指阳刚与阴柔。

④孔融：字文举，汉末人，"建安七子"之一。

⑤体气：气质风格。

⑥徐幹：字伟长，"建安七子"之一。

⑦齐气：齐地之气。徐幹是今山东寿光人，古人认为齐俗舒缓。

⑧刘桢：字公幹，"建安七子"之一。

⑨公幹亦云：下文所引刘桢的话，原文今已失传。

⑩孔氏：指孔融。卓卓：卓越，杰出。

⑪信：的确。

⑫性：性质、特点。

⑬殆：几乎。胜：超过。

⑭翚huī：五彩的野鸡。翟dí：长尾的山鸡。

⑮翾翥xuān zhù：飞翔。

⑯力沉：力弱。

⑰鹰隼sǔn：鹰和雕。泛指猛禽。

⑱翰：高。戾lì：到。

⑲鸷zhì：猛禽。翰林：文坛。翰，笔。

⑳雉zhì：野鸡。文囿yòu：文坛。

译文

所以魏文帝曹丕说："文章以作者气质为主宰，气质或清或浊，是不可强求达到的。"因此他评论孔融，就说他"风格气质都很高妙"；评论徐幹，就说他"时常有齐人舒缓的气质"；评论刘桢，就说他"有俊逸的气质"。刘桢也说："孔融很杰出，确实具有不一般的气质，他文章的特性妙处，几乎不可能超越。"这些话都有重视作者气质的意思。野鸡具备了不同色彩的羽毛，却只能飞百步之遥，那是因为它们肌肉过多而力量太弱。鹰隼没有华美的羽毛，却能一飞冲天，那是因为它们骨力强劲而气势勇猛。文章的才力，也和这相似。如果只有风骨而缺乏文采，那就像飞集文坛的鹰隼；只有文采而缺乏风骨，那就像窜入文坛的野鸡，既有耀眼的辞藻而又有风骨的，才是文章中的凤凰。

若夫镕冶经典之范[1]，翔集子史之术[2]，洞晓情变[3]，曲昭文体[4]，然后能莩甲新意[5]，雕画奇辞。昭体，故意新而不乱，晓变，故辞奇而不黩[6]。若骨采未圆，风辞未练[7]，而跨略旧规[8]，驰骛新作[9]，虽获巧意，危败亦多。岂空结奇字[10]，纰缪而成经乎[11]！《周书》云[12]："辞尚体要，弗惟好异[13]。"盖防文滥也。然文术多门，各适所好，明者弗授[14]，学者弗师；于是习华随侈，流遁忘返[15]。若能确乎正式[16]，使文明以健[17]，则风清骨峻，篇体光华。能研诸虑[18]，何远之有哉[19]！

注释

①镕冶：熔铸。引申为取法，师从。范：模子，制作器物的模型。引申为模范。

②翔集：众鸟飞翔而后群集于一处。子史：诸子和史传。术：道路。此指子、史的写作道路。

③洞晓：透彻地知道，精通。

④曲昭：详悉。

⑤莩fú甲：萌芽。莩，种子的外皮。甲，草木初生时所带的种子皮壳。

⑥黩dú：污浊。

⑦练：熟练。

⑧跨略：超越。

⑨骛wù：奔走，奔竞。引申为汲汲追逐。

⑩岂：难道。

⑪纰缪pī miù：错误。经：常。

⑫《周书》：指《尚书·周书》。

⑬“辞尚”二句：见《尚书·周书·毕命》。孔颖达疏：“言辞尚其体实要约。”尚，崇尚。体要，切实而简要。

⑭明者：指深明创作方法的人。

⑮流遁：流荡逃遁。

⑯正式：正当的方式。

⑰文明以健：《周易·同人·彖辞》：“文明以健，中正而应，君子正也。”

⑱诸虑：指本段所讨论的“镕冶经典之范”等方面的内容。

⑲何远之有：《论语·子罕》：“子曰：‘未之思也，夫何远之有？’”

译文

倘能学习经书的典范，同时也吸取诸子史传的创作方法，洞晓感情的变化，详尽熟悉文章的体制，然后才能萌生出新颖的文意，锤炼出不平常的文辞。明白了各种体制，文章思想才能新颖而不紊乱；懂得写作上的变化，文辞才能奇巧而不邪僻。倘若骨力和文采配合得还不圆熟，风力和言辞也配合得不熟练，却要超越旧有的规范，追逐新奇的创作，即使能够获得巧妙的文意，而遭致失败的时候也很多，难道用些奇异的字句，就能把错误看成正常吗？《尚书·周书·毕命》说：“言辞重在切实简要，不只是爱好奇异。”就是为了防止文风的浮滥。然而写作方法多种多样，各人都有自己适合和爱好的方法，会写作的人很难将此传授给别人，学习写作的也没法向人请教。于是，有的人习染了华艳的习气，跟着浮华侈靡的文风跑，并且流连忘返。如果能确立正确的写作方式，使文辞明白而刚健，那么就能风力爽朗，骨力峻拔，全篇都具有光彩。只要能好好研究上述这些问题，那么离写作成功又怎么会远呢？

赞曰：情与气偕①，辞共体并②。文明以健，珪璋乃聘③。蔚彼风力，严此骨鲠。才锋峻立，符采克炳④。

注释

①偕：共同。

②体：风格。

③珪璋guīzhāng：玉制的礼器。古代用于朝聘、祭

祀。骋：征聘，聘请。

④炳bǐng：光明，明亮。

译文

结语：情思与气质相互配合，文辞和风格也是统一的。文章要写得明白刚健，才能如珪璋宝玉般为人珍重。文章既要风力强盛，又要骨力严密挺拔。这样，才能体现作家的文才高峻卓立，使文章的华彩闪烁显耀。

通变

题解

《通变》是《文心雕龙》的第二十九篇，属创作论。通，就是继承；变，就是发展。本文论述文学创作的继承和革新问题，提出“变则可久，通则不乏”。全篇可分三部分：第一部分讲“通”和“变”的必要；第二部分讲“九代”文学的继承和发展；第三部分讲通变的方法和要求。

夫设文之体有常①，变文之数无方②，何以明其然耶？凡诗、赋、书、记，名理相因③，此有常之体也；文辞气力，通变则久④，此无方之数也。名理有常，体必资于故实⑤；通变无方，数必酌于新声⑥；故能骋无穷之路，饮不竭之源。然绠短者衔渴⑦，足疲者辍涂⑧，非文理之数尽，乃通变之术疏耳⑨。故论文之方，譬诸草木，根干丽土而同性⑩，臭味晞阳而异品矣⑪。

注释

①设文：写作。体：体裁。

②数：方法。无方：无常。

③名理：文体的名称与基本写作原理。因：因袭，

继承。

④通变：犹变通。不拘常规，适时变动。《周易·系辞下》：“变则通，通则久。”

⑤资：凭借、借鉴。故实：指以前的作品。

⑥酌：斟酌选取。新声：新的作品。

⑦绠gěng：汲水用的绳子。衔渴：发生口渴。衔，怀着。

⑧辍：停止。涂：道路，路途。

⑨疏：粗疏，生疏。

⑩丽：附着。

⑪臭xiù味：气味。比喻同类。晞xī：晒。

译文

文章的体裁是一定的，写作方法的变化却没有定规。怎么知道是这样的呢？大凡诗、赋、书、记等等，它们的名称和写作原理是有所因袭的，这就说明体裁是一定的；至于文辞的气势和感染力，要变通才能永久流传，这就说明写作的方法没有定规。文章名称和它们的写作原理有定规，所以体裁方面一定要借鉴以前的作品；文章写作方法要变通，没有定规，所以写作方法一定要有新的创造。这样才能在没有穷尽的创作道路上奔驰，汲取永不枯竭的创作源泉。然而汲水绳子短的人会因打不到水而口渴，脚力疲软的人会半途而废，这并不是因为创作方法已经穷尽了，而是不善于变通罢了。所以讲到创作的方法，就好比草木，根和干都附着在土地上，这是它们共同的天性；同类的草木由于所受阳光照射的差异，便会长成不一样的品种。

是以九代咏歌[1]，志合文则[2]。黄歌《断竹》[3]，质之至也[4]；唐歌《在昔》[5]，则广于黄世[6]；虞歌《卿云》[7]，则文于唐时[8]；夏歌《雕墙》[9]，缛于虞代[10]；商周篇什[11]，丽于夏年。至于序志述时，其揆一也[12]。暨楚之骚文[13]，矩式周人[14]；汉之赋颂[15]，影写楚世[16]；魏之篇制[17]，顾慕汉风[18]；晋之辞章，瞻望魏采[19]。推而论之[20]，则黄唐淳而质[21]，虞夏质而辨[22]，商周丽而雅，楚汉侈而艳[23]，魏晋浅而绮[24]，宋初讹而新[25]。从质及讹，弥近弥淡[26]。何则？竞今疏古，风末气衰也[27]。

注释

①九代：指黄帝、唐、虞、夏、商、周（包括楚国）、汉、魏、晋（包括刘宋初）九个朝代。

②志：情志。则：法则。

③黄：黄帝时期。《断竹》：指《弹歌》。全歌曰："断竹，续竹，飞土，逐肉。"

④质：朴质。

⑤唐：指唐尧时。《在昔》：歌名。今不传。

⑥广：扩大、发展。

⑦虞：指虞舜时。《卿云》：指《卿云歌》。全歌云：

"卿云烂兮，纠缦缦兮。日月光华，旦复旦兮。"

⑧文：文采。此用作动词。

⑨夏：指夏朝。《雕墙》：指《五子之歌》，见《尚书·夏书·五子之歌》，其二曰："训有之，内作色荒，外作禽荒。甘酒嗜音，峻宇雕墙。有一于此，未或不亡。"

⑩缛rù：文采繁盛。

⑪篇什：《诗经》的"雅"和"颂"以十篇为一什，所以诗章又称"篇什"。

⑫揆kuí：道理。

⑬暨jì：及，到。骚文：指《楚辞》。

⑭矩式：模仿、学习。

⑮赋颂：赋和颂。两种文体。

⑯影写：模仿。

⑰篇制：创作、作品。

⑱顾慕：向往，眷念爱慕。

⑲瞻zhān望：仰望，仰慕。

⑳推què：商讨。

㉑淳：淳朴，淳厚。

㉒辨：分明。

㉓侈：铺陈，浮夸。

㉔绮：靡丽。

㉕讹：怪异，怪诞。

㉖弥：更加。

㉗末：末尾，残余。

译文

因此九个时代咏唱的诗歌，在情志表达上都合乎创作的法则。黄帝时的《断竹歌》，质朴到了极点；唐尧时的《在昔歌》，就比黄帝时的歌谣有所发展；虞舜时的《卿云歌》，比唐尧时的歌谣富于文采；夏代的《雕墙歌》，比虞舜时的歌谣辞采更富艳；商、周时的诗歌，比夏代的歌谣更华丽。至于抒写情志，叙述时事，它们的原则则是一致的。到了楚国的《楚辞》，效法周代诗歌；汉代的赋颂，又模仿楚国的作品；魏代诗歌，向往汉代的文风；晋代的创作，仰慕魏代的文采。经过以上商榷讨论可知，黄帝唐尧时的作品淳厚而质朴，虞舜夏代的作品质朴而分明，商周时的作品华丽而典雅，楚汉时的作品铺陈而艳丽，魏晋时的作品浅薄而绮丽，刘宋初期的作品怪诞而新奇。从质朴到怪诞，时代越近越淡薄无味。为什么呢？因为大家竞相模仿当代而疏忽学习古代的作品，所以作品风力暗淡骨气衰弱了。

今才颖之士[①]，刻意学文，多略汉篇[②]，师范宋集[③]，虽古今备阅[④]，然近附而远疏矣[⑤]。夫青生于蓝[⑥]，绛生于蒨[⑦]，虽逾本色[⑧]，不能复化。桓君山云[⑨]：“予见新进丽文，美而无采[⑩]；及见刘扬言辞[⑪]，常辄有得。”

此其验也。故练青濯绛[12]，必归蓝蒨；矫讹翻浅[13]，还宗经诰[14]。斯斟酌乎质文之间，而檃括乎雅俗之际[15]，可与言通变矣。

注释

①才颖：才能出众。颖，禾尾，带芒的谷穗。喻指出众。

②略：忽略，忽视。汉篇：汉代作品

③师范：师法；效法。宋集：指南朝刘宋时的作品。

④备：全面。

⑤近附而远疏：指模仿近代，疏远古代作品。附，靠近。

⑥青生于蓝：靛青染料是从蓝草中提炼出来的。《荀子·劝学》："青，取之于蓝，而青于蓝。"蓝，蓝草，叶可提炼靛青染料。

⑦绛生于蒨qiàn：红色染料是从蒨草中提炼的。绛，赤色。蒨，茜草，根能提炼赤色染料。

⑧逾：超过。

⑨桓君山：即桓谭，字君山，东汉初年人，著有《新论》。

⑩采：采取，收获。

⑪刘：指刘向，西汉末年人。扬：指扬雄，西汉末年人。均是著名文学家。

⑫练：提炼。濯zhuó：洗，此也有"提炼"之义。

⑬矫：纠正。

⑭经诰：经典。诰，指《尚书》中的《汤诰》等篇。

⑮檃yǐn括：矫正竹木弯曲的工具。揉曲叫檃，正方称括。此用为动词。

译文

现今有才华的士人，都专心学习写作，但大多忽略汉代的篇章，而模仿刘宋时的文章，虽然他们对古今作品全部阅览，但却模仿近代而疏远古代的作品。靛青是用蓝草提炼出来的，赤色是用茜草提炼出来的，这两种颜色虽然都超过了蓝草和茜草本来的颜色，但却不能再有变化了。东汉桓谭说："我看到最近作家华丽的作品，文辞虽然漂亮却没有什么可取的；等看了刘向和扬雄的作品，常常有所收获。"这就是证明。所以提炼靛青和赤色，一定离不开蓝草和茜草；要矫正怪诞浮浅的文风，还得尊崇经书。这样在质朴与文采之间取舍，在雅正与通俗之间权衡，就可以讲通变了。

夫夸张声貌[①]，则汉初已极，自兹厥后[②]，循环相因[③]，虽轩翥出辙[④]，而终入笼内。枚乘《七发》云[⑤]："通望兮东海，虹洞兮苍天[⑥]。"相如《上林》云[⑦]："视之无端[⑧]，察之无涯[⑨]，日出东沼[⑩]，入乎西陂[⑪]。"马融《广成》云[⑫]："天地虹洞，固无端涯[⑬]，大明出东[14]，月生西陂。”杨雄《羽猎》云[15]：“出入日月，天与地沓[16]。”张衡《西京》云[17]：“日月于是乎出入，象扶桑与濛汜[18]。”此并广寓极状[19]，而五家如一。诸如此类，莫不相循[20]。

注释

①夸张声貌：指辞赋对事物声音状貌的铺张描写。

②厥jué：其。

③因：因袭。

④轩翥zhù：高飞。辙：车辙，车轮压过的痕迹。

⑤枚乘：字叔，西汉初年人。《七发》：枚乘所作之赋。《文选·七发》李善注：“七发者，说七事以起发太子也。”

⑥虹洞：相连貌。

⑦《上林》：指司马相如的《上林赋》。

⑧端：起点，开始。

⑨涯：边际。

⑩沼zhǎo：水池。

⑪陂bēi：池塘。

⑫马融：字季长，东汉人。《广成》：指马融的《广成颂》，载《后汉书·马融传》。《广成颂》说：“天地虹洞，固无端涯，大明生东，月朔西陂。”

⑬固：确实。端涯：边际。

⑭大明：指太阳。

⑮《羽猎》：指扬雄的《羽猎赋》，载《汉书·扬雄传》。

⑯杳：深远。

⑰《西京》：指张衡的《西京赋》，见《文选》卷二。

⑱扶桑：神话中的树名，传说日出于扶桑之下。濛汜sì：神话中日落的地方。

⑲寓：托喻。状：描绘。

⑳循：沿袭。

译文

对声音形貌的铺陈描写，在汉代初期就已经达到了极点。从此以后，便循环因袭，纵然有人想要跳出旧的轨迹,却始终还是落在那个樊笼中。枚乘的《七发》说:“远望东海,波浪一直连接到天际啊。”司马相如的《上林赋》说:“看起来没有起点，细察也没有边涯，太阳从东边的池子升起,又落到西边池塘里。”马融的《广成颂》说:“天地相连，没有边际，太阳从东方升起，而月亮从西边的池塘升起。”扬雄的《羽猎赋》说:“太阳、月亮在这里升起落下,天地真是旷远啊。”张衡的《西京赋》说:“太阳、月亮在其中进进出出，就像从扶桑升起来又从濛汜落下。”这些夸张的形容描写，五家如出一手。像这样的情况，无不是互相因袭。

参伍因革[①]，通变之数也[②]。是以规略文统[③]，宜宏大体[④]。先博览以精阅，总纲纪而摄契[⑤]；然后拓衢路[⑥]，置关键[⑦]，长辔远驭[⑧]，从容按节[⑨]，凭情以会通，负气以适变[⑩]，采如宛虹之奋鬐[⑪]，光若长离之振翼[⑫]，乃颖脱之文矣[⑬]。若乃龌龊于偏解[⑭]，矜激乎一致[⑮]，此庭间之回骤[⑯]，岂万里之逸步哉[⑰]！

注释

①参伍：错综。因革：因袭革新。

②数：方法。

③规略：谋划。统：纲。

④大体：主体，基本原则。

⑤摄契：掌握要领。契，契约，要点。

⑥衢qú路：道路。

⑦关键：比喻咽喉要地。

⑧辔pèi：缰绳。驭：驾马。

⑨节：节拍，节奏。

⑩负：恃，依靠。

⑪宛虹：弯曲的虹。鬐qí：鱼背。

⑫长离：朱雀，星宿名。二十八宿中南方七宿的总称。

⑬颖脱：崭露头角。颖，禾穗。

⑭龌龊wò chuò：局促。

⑮矜：自夸，自恃。一致：一得之见。

⑯回：回旋。骤：驰马。

⑰逸：快。

译文

错综变化，有继承，有革新，才是“通变”的方法。因此规划文章的总纲，应该着重于基本原则。首先要广泛地浏览和精细地阅读，掌握其中的要领。然后像骑马一样，拓宽道路，了解关键地方，放长缰绳，策马远行，从容不迫地按着节拍前进，写作要根据情感来融会贯通，依靠气势来适应变化，使文采像长虹高飞，光芒如朱雀振翅，这才是杰出的作品啊。倘若局限于片面的见解，自恃于一得之见，这只不过是在庭院中绕圈跑马，哪里是在万里驰骋啊！

赞曰：文律运周①，日新其业。变则可久，通则不乏。趋时必果②，乘机无怯③。望今制奇，参古定法。

注释

①运周：运转不停。

②果：果决，果敢坚决。

③怯：害怕，怯懦。

译文

结语：写作的法则变化不断，每天都有新的成就。勇于创新才能长久，善于变通才不贫乏。适应时代必须果断，抓住机会不能怯懦。看准当前的趋势写出神奇的作品，参考古代的杰作确定创作的法则。

定　势

题解

《定势》是《文心雕龙》的第三十篇，属创作论。“势”即“体势”，对其具体理解，学界尚存在分歧，王元化说：“体性指的是风格的主观因素，体势则指的是风格的客观因素。”（《文心雕龙讲疏》）张光年以为：“风格的体与势并称，则体是文体，势是文势，即文笔运行的趋势或趋向。文体是固态的，文势是动态的。”（《骈体语译文心雕龙》）本文主要论述由不同文体所决定的体势问题。全篇可分三个部分：第一部分论势的形成，体与势的关系；第二部分论体势的多样化；第三部分批评前人对于势的错误认识，提出“执正以驭奇”的要求。

夫情致异区①，文变殊术②，莫不因情立体③，即体成势也④。势者，乘利而为制也⑤。如机发矢直⑥，涧曲湍回⑦，自然之趣也⑧。圆者规体⑨，其势也自转；方者矩形⑩，其势也自安：文章体势，如斯而已。

注释

①情致：情感，情趣。

②殊术：不同的方式方法。

③体：体裁。

④势：体势，指由文体的特点构成的自然趋势、态势。

⑤乘利：顺其便利。《孙子·计篇》："势者，因利而制权也。"为制：塑造。

⑥机：弩牙，古代弩上发箭的装置。矢：箭。

⑦涧：两山间的水沟。湍：急流。回：回环曲折。

⑧趣：同"趋"，趋向、趋势。

⑨圆：指圆形的物体。规：画圆形的工具。此指圆形。

⑩方：指方形的物体。矩：画方形的工具。此指方形。

译文

由于作者的情趣各不相同，因而作品也有不同的变化方式，但没有不是依照情思来确定体裁，依据体裁形成体势的。所谓"势"，就是因利乘便而为法的意思。如扳动弩牙，箭就会端直地飞出去，山涧曲折，溪流就会湍激回旋，这都是自然的趋势。球形的物体因为是圆的，所以有自然转动的趋势；方的物体因为是矩形的，所以它有自然平稳的趋势：文章的体势，也就是像这样罢了。

是以模经为式者[①]，自入典雅之懿[②]；效《骚》命篇者[③]，必归艳逸之华[④]；综意浅切者[⑤]，类乏酝藉[⑥]；断辞辨约者[⑦]，率乖繁缛[⑧]：譬激水不漪[⑨]，槁木无阴[⑩]，自然之势也。

注释

①模：效法。式：法式，榜样。

②懿yì：美好。

③《骚》：指以《离骚》为代表的《楚辞》。

④艳逸：艳美飘逸。

⑤综意：用意。浅切：浅易切当。

⑥类：大多。酝藉：含蓄。

⑦断辞：选定文辞。断，裁决。辨约：明白简要。辨，明晰。约，简练。

⑧率：大抵。乖：违背，不合。繁缛rù：辞采繁多。

⑨激水：急流。漪yī：涟漪，波纹。

⑩槁gǎo木：枯木。阴：树荫。

译文

所以模仿儒家经典来写作的，自然具有典雅的美好；效法《楚辞》来创作的，必然具有艳美飘逸的华彩；文意浅显切实的，大都缺乏含蓄；用词明白简练的，大都不够华丽。就好比激湍的水流中不会有微波，枯槁的树木下没有浓荫一样，这些都是自然的趋势。

是以绘事图色[①]，文辞尽情，色糅而犬马殊形[②]，情交而雅俗异势[3]，镕范所拟[4]，各有司匠[5]，虽无严郛[6]，难得逾越。然渊乎文者[7]，并总群势，奇正虽反[8]，必兼解以俱通；刚柔虽殊，必随时而适用[9]。若爱典而恶华，则兼通之理偏，似夏人争弓矢，执一不可以独射也[10]；若雅郑而共篇[11]，则总一之势离，是楚人鬻矛盾，誉两难得而俱售也[12]。

注释

①图：画。

②糅róu：糅合，调配。

③交：交错，融合。

④镕范：熔铸金属器皿的模子，此指规范。

⑤司：掌管。匠：工匠。

⑥郛：外城。

⑦渊：深，此指精通。

⑧奇正：本古时兵法术语，作战以对阵交锋为正，设伏掩袭等为奇。此以作者在事物正常样子之外增加的奇特幻想成分为奇，按照事物正常的样子描写为正。

⑨“刚柔”二句：《周易·系辞下》：“刚柔者，立本者也；变通者，趋时者也。”刚柔，指作品的阳刚和阴柔的特点。

⑩“似夏人”二句：《太平御览》卷三四七引《胡非子》：“一人曰：‘吾弓良，无所用矢。’一

人曰：‘吾矢善，无所用弓。’羿闻之曰：‘非弓，何以往矢？非矢，何以中的？’令合弓矢而教之射。”

⑪雅郑：雅乐和郑声。古代儒家以郑声为淫邪之音。因以“雅郑”指正声和淫邪之音。

⑫“是楚人”二句：《韩非子·难一》：“楚人有鬻楯与矛者，誉之曰：‘吾楯之坚，莫能陷也。’又誉其矛曰：‘吾矛之利，于物无不陷也。’或曰：‘以子之矛，陷子之楯，何如？’其人弗能应也。”鬻yù，卖。

译文

因此绘画要讲究设色，写作要尽力表达感情。颜色经过糅合调配，才能画成狗、马等不同的形状，思想感情经过交错融合，就会形成雅、俗不同的文章体势。作者各有规范，各有特点，虽然没有严格的界限，却是不易逾越的。然而深通作文之道的人，能兼通各种文章体势。新奇和雅正虽然相反，却总能融会贯通；刚健和阴柔虽然不同，却能随时变换选用。如果偏爱典雅而厌恶华丽，那就偏离了融会贯通的道理；这就像夏人争论弓好还是箭好，可是各执一样是不可能单独发射的。但如果雅正和庸俗混在一篇作品里，那就会破坏统一的文章体势；这就像楚人卖矛和盾，同时夸奖矛和盾，结果两样都难以卖出去。

是以括囊杂体[①]，功在铨别[②]，宫商朱紫[③]，随势各配。章、表、奏、议，则准的乎典雅[④]；赋、颂、歌、诗，则羽仪乎清丽[⑤]；符、檄、书、移，则楷式于明断[⑥]；史、论、序、注，则师范于核要[⑦]；箴、铭、碑、诔，则体制于宏深[⑧]；连珠、七辞[⑨]，则从事于巧艳：此循体而成势[⑩]，随变而立功者也[⑪]。虽复契会相参[⑫]，节文互杂[⑬]，譬五色之锦[⑭]，各以本采为地矣[⑮]。

注释

①括囊：囊括，包罗。

②铨quán别：衡量鉴别。

③宫商：五音中的宫音与商音，泛指各种声音。朱紫：红色和紫色，泛指各种颜色。

④准的：标准；准则。此用作动词。

⑤羽仪：楷模，榜样。此用作动词。

⑥楷式：模范。此用作动词。

⑦师范：模仿。

⑧体制：规格，规范。此用作动词。

⑨连珠、七辞：两种文体名。七辞，即七体。

⑩循：因循。

⑪功：功效。

⑫契：原则。会：时机。参：参合。

⑬节文：调节文饰，指文采的多与少。杂：错杂。

⑭锦：彩色的丝织品。

⑮地：质地，基础。

译文

所以作家总括各种文章体势，要善于权衡辨别加以运用，就像音乐有宫商等五音，色彩有朱紫等颜色一样，文章的体势要随体裁的变化来调配。比如：对于章、表、奏、议这些文体，就要做到典雅；对于赋、颂、诗、歌这些文体，就要做到清新华丽；对于符、檄、书、移这些文体，就要做到明确果断；对于史、论、序、注这些文体，就要做到简明扼要；对于箴、铭、碑、诔这些文体，就要做到宏大精深；连珠、七辞这些文体，就要做到巧妙华艳。这都是根据不同体裁形成不同的文势，适应变化而收到功效。虽然写作的原则和时机要互相结合，文采的多与少要相互配合，但就像五彩的锦缎，还是要用各自的本色作基调。

桓谭称[①]："文家各有所慕，或好浮华而不知实核，或美众多而不见要约。"陈思亦云[②]："世之作者，或好烦文博采，深沉其旨者[③]；或好离言辨白[④]，分毫析厘者；所习不同，所务各异。"言势殊也。刘桢云[⑤]：

“文之体势，实有强弱，使其辞已尽而势有余，天下一人耳[⑥]，不可得也。”公幹所谈[⑦]，颇亦兼气[⑧]。然文之任势，势有刚柔，不必壮言慷慨[⑨]，乃称势也。又陆云自称[⑩]：“往日论文，先辞而后情，尚势而不取悦泽[⑪]，及张公论文[⑫]，则欲宗其言。”夫情固先辞，势实须泽，可谓先迷后能从善矣。

注释

①桓谭：字君山，东汉初年人，著有《新论》。

②陈思：陈思王曹植。曹植曾封于陈地为陈王，死后谥号思，故称陈思王。

③沉：沉埋，隐藏。

④离言：分析言辞。辨白：分辨明白。

⑤刘桢：字公幹，三国时魏国人，“建安七子”之一。

⑥天下一人：所指不详。或未必实有所指。

⑦公幹：刘桢的字。

⑧气：气势。

⑨壮言：激昂壮烈的文辞。

⑩陆云：字士龙，西晋人。下文所引见陆云《与兄平原书》，原文为：“往日论文，先辞而后情，尚势而不取悦泽。尝忆兄道张公父子论文，实自欲得，今日便欲宗其言。”

⑪悦泽：美好。

⑫张公：西晋人张华。

译文

桓谭说："作家各有所好，有的爱好虚浮华丽而不懂得朴实，有的爱好繁多而不知道精要简约。"曹植也说："世上的作者，有的喜欢繁盛的文采，结果其命意藏而不露；有的喜欢清楚明白，结果分析得细致入微。各人习好不同，所追求的也各不相同。"这讲的就是体势的分别。刘桢说："文章的体势确实有强有弱，能做到文辞已尽而体势有余的，天下只一人罢了，不可多得啊！"刘桢所谈论的，也涉及文章气势问题。然而文章要有体势，体势有刚有柔，不必豪言壮语、慷慨激昂，才称得上体势。还有，陆云自称："以前谈论文章，首先重视文辞，然后才考虑情志，崇尚体势有时就不讲究文辞的美好。后来听张华谈论文章，便想信从他的话而改变自己的看法。"其实情志确实比文辞重要，有了体势还须润饰文辞，陆云可说是开始迷失了方向，后来能改正从善了。

自近代辞人[①]，率好诡巧[②]，原其为体，讹势所变，厌黩旧式[③]，故穿凿取新[④]；察其讹意，似难而实无他术也，反正而已。故文反正为乏[⑤]，辞反正为奇[⑥]。效奇之法，必颠倒文句，上字而抑下[⑦]，中辞而出外，回互不常[⑧]，则新色耳。

注释

①近代：主要指南朝刘宋以来。

②率：大多。诡guǐ巧：诡异奇巧。

③厌黩dú：厌烦。

④穿凿：牵强附会。

⑤反正为乏：篆文的“正”字反过来就是“乏”字。《左传·宣公十五年》：“故文反正为乏。”

⑥奇：怪诞反常。

⑦抑：压。

⑧回互：回环交错。此指颠倒。

译文

自从刘宋以来的作者，大多喜好奇巧，探究他们作品的体制，乃是一种错误的文学趋势造成的。由于厌烦旧有的文体，所以便穿凿附会追求新奇。细看这种错误的创作趋向，好像很难，其实并无多少技巧，只是违反常规写法罢了。所以从文字上看，“正”字反写便是“乏”字，从文辞上看，故意违反常规就成了新奇。仿效新奇的做法，必定颠倒字句，把上面的字放到下面，把中间的词放到外面，这样颠倒不守常规，就算有新奇的色彩了。

夫通衢夷坦[①]，而多行捷径者[②]，趋近故也；正文明白，而常务反言者，适俗故也。然密会者以意新得巧[③]，苟异者以失体成怪[④]。旧练之才[⑤]，则执正以驭奇；新学之锐，则逐奇而失正：势流不反[⑥]，则文体遂弊。秉兹情术[⑦]，可无思邪！

注释

①通衢qú：四通八达的道路。衢，大路。夷坦：平坦。

②捷径：近便的小路。

③密会：深刻领悟。

④苟异：苟且求异。

⑤旧练：熟悉旧体。

⑥流：流荡，不受拘束。反：同“返”。

⑦情术：指“定势”的原则和方法。

译文

大道平坦，可是很多人却去走近便小路，那是因为贪图路近的缘故；正常的文句很明白，可是人们常常追求反常的言辞，那是为了迎合时俗的缘故。然而，深刻领悟写作的人用新颖的立意写出了精巧的文章，一味追求奇异的人因文体乖失而变成了怪诞。熟悉旧体的，能够依照正常的写法来驾驭新奇；迎合新风气的，则喜欢追逐新奇而违反正常的写作原则。如果这种趋势任由发展而不纠正，那文章的体裁就会败坏。要掌握定势的原则和方法，可以不经过深思吗？

赞曰：形生势成，始末相承[①]。湍回似规，矢激如绳[②]。因利骋节[③]，情采自凝[④]。枉辔学步[⑤]，力止寿陵[⑥]。

注释

①始：指形体。末：指趋势。承：承接。

②绳：工匠用以矫正曲直的墨线。

③因利：乘利，凭借着有利的形势。骋节：任意驰骋。此指写作。

④凝：结合。

⑤枉辔pèi学步：比喻错误地模仿别人。枉，歪曲。辔，马缰绳。

⑥力止寿陵：此用“邯郸学步”的典故。《庄子·秋水》：“且子独不闻夫寿陵余子之学行于邯郸与？未得国能，又失其故行矣，直匍匐而归耳。”后以“邯郸学步”比喻模仿不成，反将自己原有的长处失去了。寿陵，古地名，战国时燕国城邑。

译文

结语：形体形成，体势便跟着产生了，形和势是始终依存的。激流回旋好似圆规圆转，箭矢急飞有如墨绳笔直。作文因体而定势，情志和辞采自然能很好结合。否则，错误地胡乱模仿，就会像邯郸学步的寿陵人那样无成。

情 采

题解

《情采》是《文心雕龙》的第三十一篇，属创作论。情指情理，指作品的思想内容。采指文采，指作品的表现形式。全篇主要论述文学的内容和形式的关系。全篇可分三个部分：第一部分论述内容和形式的相互关系。二者相依相存，不可分割；第二部分从文情关系的角度总结了“为情而造文”和“为文而造情”两种不同的文学创作道路；第三部分讲“采滥辞诡”的危害，指出正确的文学创作道路。

圣贤书辞[①]，总称“文章”[②]，非采而何[③]！夫水性虚而沦漪结[④]，木体实而花萼振[⑤]：文附质也[⑥]。虎豹无文[⑦]，则鞟同犬羊[⑧]；犀兕有皮[⑨]，而色资丹漆[⑩]：质待文也[⑪]。若乃综述性灵[⑫]，敷写器象[⑬]，镂心鸟迹之中[⑭]，织辞鱼网之上[⑮]，其为彪炳[⑯]，缛采名矣[⑰]。

注释

①书辞：文辞。

②文章：本指错杂的色彩或花纹。《论语·公冶长》：“子贡曰：‘夫子之文章，可得而闻也。’”

何晏注："章，明也；文，彩。形质著见，可以耳目循。"

③采：文采。

④沦漪yī：水的波纹。

⑤花萼è：包在花瓣外面托着花冠的萼片。此指花。振：扬。

⑥文附质：这句说明内容和形式的关系的一个方面，形式服从于内容。文，即采。质，即情。

⑦文：皮毛的花纹。

⑧鞟kuò同犬羊：《论语·颜渊》："文犹质也，质犹文也；虎豹之鞟，犹犬羊之鞟。"鞟，去毛的皮，皮革。

⑨犀兕sì：犀牛和兕。兕，古代兽名。皮厚，可以制甲。

⑩资：凭借。丹漆：朱红色的漆。

⑪质待文：这说明内容和形式的关系的另一个方面，内容要通过一定的形式来表现。

⑫综述：综合叙述。性灵：指人的思想感情。

⑬敷fū写：铺叙描写。器象：物象。

⑭镂心：比喻苦心钻研、构思。鸟迹：指文字。许慎《说文解字序》说黄帝时的仓颉受鸟兽足迹的启发而创造文字。

⑮织辞：编织文辞。指写作。鱼网：指纸。《后汉书·蔡伦传》说蔡伦开始用破渔网、树皮等造纸。

⑯彪炳：光彩鲜明。

⑰缛rù：繁盛。名：明，使分明。

译文

古代圣贤的文辞，总称为“文章”，这不是说明它们具有文采又是什么呢？水性虚柔，才会产生波纹；树性充实，才会开出花朵：可见文采必须依附于一定的质地。如果虎豹没有花纹，那它们的皮毛就同狗羊的相似；用犀兕皮制成的皮甲，也还要涂上红色的漆来显示美观：可见质地好也还需要文采。所以，抒写性情、描写物象，要用心琢磨文字，在纸上组织文辞，文章之所以光彩焕发，就是因为它们的文采丰富显著啊！

故立文之道①，其理有三：一曰形文，五色是也②；二曰声文，五音是也③；三曰情文，五性是也④。五色杂而成黼黻⑤，五音比而成《韶》《夏》⑥，五性发而为辞章，神理之数也⑦。

注释

①文：指广义的文，包括颜色、声音、情理，即形文、声文、情文。

②五色：青、赤、白、黑、黄五种颜色。古代以此五者为正色。指作品的形象描写。

③五音：宫、商、角、徵、羽，指作品的声韵。

④五性：喜、怒、欲、惧、忧。指思想感情。

⑤黼黻fǔfú：古代礼服上的花纹。泛指花纹。

⑥比：缀辑。《韶》《夏》：舜乐和禹乐。泛指音乐。《韶》，舜时的乐名。《夏》，禹时的乐名。

⑦神理：神妙的自然之道。数：规律。

译文

所以文采的构成方法有三种：一是由色彩构成的形文，是由青、黄、赤、白、黑五色构成；二是由声音构成的声文，是由宫、商、角、徵、羽五音构成；三是由情感构成的情文，是由喜、怒、欲、惧、忧五性构成。五色调配形成彩色的花纹，五音配合形成动听的音乐，五性抒发形成优美的作品。这些都是神妙自然的规律啊。

《孝经》垂典[1]，丧言不文[2]；故知君子常言[3]，未尝质也。老子疾伪[4]，故称“美言不信”[5]；而五千精妙[6]，则非弃美矣。庄周云“辩雕万物”[7]，谓藻饰也[8]。韩非云“艳乎辩说”[9]，谓绮丽也。绮丽以艳说，藻饰以辩雕，文辞之变，于斯极矣。

注释

①《孝经》：儒家经典之一。垂：留传。典：法度。

②丧言不文：父母去世，居丧期间的话语不应有文

采。《孝经·丧亲》："孝子之丧亲也，哭不偯，礼无容，言不文。"

③常言：平常说话，指不在居丧期间的话语。

④老子：姓李，名耳，春秋时期的思想家，道家代表人物。著有《老子》八十一章，亦称《道德经》。疾：憎恶。

⑤美言不信：《老子》第八十一章："信言不美，美言不信。"

⑥五千：即《道德经》，只有五千多字。

⑦"庄周"句：《庄子·天道》："辩虽雕万物，不自说也。"庄周，即庄子。辩雕，指以华美的辞藻雕琢、修饰。

⑧藻饰：修饰文辞。

⑨"韩非"句：《韩非子·外储说左上》："夫不谋治强之功，而艳乎辩说文丽之声，是却有术之士，而任坏屋折弓也。"

译文

《孝经》传下教导，要求居丧期间不说有文采的话，可见君子平常说话，并不是朴质的。老子厌恶虚伪，所以说"华丽的语言不可靠"；但是他写的《道德经》却精致美妙，可见他也并不厌弃文采。庄周说，"用华美的辞藻来刻画万物"，这是说要讲究辞藻修饰。韩非说，"用艳丽的言辞来辩说"，也说的是文辞要华丽。文辞华丽的辩说，辞藻巧妙的描绘，辞采的变化在这里达到了极点！

研味《孝》《老》①，则知文质附乎性情②；详览《庄》《韩》③，则见华实过乎淫侈④。若择源于泾渭之流⑤，按辔于邪正之路⑥，亦可以驭文采矣。夫铅黛所以饰容⑦，而盼倩生于淑姿⑧；文采所以饰言，而辩丽本于情性⑨。故情者文之经⑩，辞者理之纬⑪；经正而后纬成，理定而后辞畅：此立文之本源也⑫。

注释

①研味：研究玩味，仔细体味。《孝》《老》：《孝经》和《老子》。

②文质：华丽和质朴。性情：思想感情。

③《庄》《韩》：《庄子》和《韩非子》。

④华实：华丽和朴实。淫侈：浮夸，夸大。淫，过分。

⑤泾、渭：泾水和渭水，古人谓泾浊渭清(实为泾清渭浊)，因常用“泾渭”喻是非分明。

⑥按辔：扣紧马缰。辔，马缰绳。

⑦铅黛：搽脸的铅粉和画眉的黛墨。铅，铅粉。黛，铅黛，古代女子画眉用的青黑色颜料。

⑧盼倩：形容女子顾盼时的美丽姿态。《诗经·卫

风·硕人》："巧笑倩兮，美目盼兮。"淑：美好。

⑨辩丽：辩雕绮丽。情性：思想感情。

⑩情：泛指作品内容。

⑪理：和上句"情"义近。

⑫本源：根本。

译文

仔细体味《孝经》《老子》的说法，就可以知道文章的华丽或朴质依附于性情；详细阅览《庄子》《韩非子》的话语，就可以看到在文辞的华美或质朴上，他们说法过于浮夸了。如果能像选择泾水和渭水中的清流，在邪路和正路之间走上正轨一样，那就可以驾驭文采了。铅粉和黛色只是用来装饰外在容颜的，而娇媚动人的情态却来自美好的风姿；美好的辞藻是用来修饰言辞的，而文章的辩雕绮丽却本源于性情。所以思想内容好比文章的经线，文辞好比内容的纬线，先确定了经线，才能织上纬线，同样，文章内容确定之后，文辞才能畅达：这就是写作的根本原则。

昔诗人篇什[①]，为情而造文；辞人赋颂[②]，为文而造情。何以明其然？盖《风》《雅》之兴[③]，志思蓄愤[④]，而吟咏情性[⑤]，以讽其上[⑥]，此为情而造文也；诸子之徒[⑦]，心非郁陶[⑧]，苟驰夸饰[⑨]，鬻声钓世[⑩]，此为文而造情也。故为情者要约而写真，为文者淫丽而烦滥[11]。而后之作者，采滥忽真，远弃《风》《雅》，近师辞赋，故体情之制日疏[12]，逐文之篇愈盛。故有志深轩冕[13]，而泛咏皋壤[14]；心缠机务[15]，而虚述人外[16]。真宰弗存[17]，翩其反矣[18]。夫桃李不言而成蹊[19]，有实存也[20]；男子树兰而不芳[21]，无其情也。夫以草木之微，依情待实；况乎文章，述志为本，言与志反，文岂足征[22]？

注释

①诗人：《诗经》的作者。

②辞人：辞赋作家。扬雄《法言·吾子》："诗人之赋丽以则，辞人之赋丽以淫。"

③《风》《雅》：指《诗经》中的《国风》和《大雅》《小雅》。亦用以指代《诗经》。

④志：记。

⑤吟咏：歌唱。

⑥讽：婉言规劝。上：指统治者。

⑦诸子：指辞赋作家。

⑧郁陶yáo：忧思郁积。

⑨苟：姑且，勉强。

⑩鬻yù：卖。声：名声。钓：取。

⑪淫：过分。烦滥：冗杂失当。

⑫体：体现。制：作品。

⑬轩冕：古时大夫以上官员的车乘和冕服。借指官位爵禄。

⑭皋gāo壤：水边之地，借指隐居生活。

⑮机务：指政事。

⑯人外：指尘世之外。

⑰真宰：自然之性，指心。

⑱翩piān其反矣：《诗经·小雅·角弓》："骍骍角弓，翩其反矣。"

⑲"夫桃李"句：古代民谣。见《史记·李将军列传》："桃李不言，下自成蹊。"蹊xī，路。

⑳实：果实。

㉑"男子"句：《淮南子·缪称训》："男子树兰，美而不芳。"芳，芳香。

㉒征：证验。

译文

以前《诗经》的作者为了抒情而创作；后代辞赋作者写作赋颂，是为了创作而虚构情感。怎么知道是这样呢？因为《诗经》的创作，是作者内心充满了情志和忧愤，要将感情表达出来，用来规劝执政者，这就是为抒情而创作。可是汉代的辞赋作者，心中并不郁结忧闷，只是勉强运用夸张的言辞，沽名钓誉于当时，这就是为了创作而虚构感情。所以为抒发感情而创作的作品，文辞简练，内容真实；为了创作而虚构感情的作品，文辞浮华，内容冗杂。而汉代以后的作者，大多爱好虚华而忽视真实，抛弃了古代《诗经》的好传统，去学习近代的辞赋，因而抒写真情的作品日渐稀少，追求辞藻的作品越来越多。所以有的人心里想着高官厚禄，却空泛地歌咏山林水泽的隐居生活；有的人一心牵挂着政务，却虚假地叙述尘世之外的情趣。这些作品中看不到作者的真心，文章讲的和其内心完全相反啊！桃李不言，下自成蹊，那是因为它们结有香甜的果实；男子树兰，美而不芳，那是因为他缺乏细致的情感。即使是微小的草木，也要依靠细致的感情，凭借香甜的果实，何况是文章，它以抒情言志为根本，如果说的话和情志相反，这样的文章难道足以使人相信吗？

是以联辞结采[①]，将欲明理，采滥辞诡[②]，则心理愈翳[③]。固知翠纶桂饵[④]，反所以失鱼。“言隐荣华”[⑤],殆谓此也[⑥]。是以“衣锦褧衣”[⑦],恶文太章[⑧]；《贲》象穷白[⑨]，贵乎反本[⑩]。夫能设模以位理[⑪]，拟地以置心[⑫]，心定而后结音，理正而后摛藻[⑬]，使文不灭质[⑭]，博不溺心[⑮]，正采耀乎朱蓝[⑯]，间色屏于红紫[⑰]，乃可谓雕琢其章，彬彬君子矣[⑱]。

注释

①联辞结采：指写作。

②滥：浮华。诡：反常，怪异。

③心理：思想感情。翳yì：隐蔽。

④翠纶：用翡翠鸟毛做的钓鱼线。桂饵：肉桂做的钓饵。比喻侈而不当。《太平御览》卷八三四引《阙子》："鲁人有好钓者，以桂为饵，锻黄金之钩，错以银碧，垂翡翠之纶，其持竿处位即是，然其得鱼不几矣，故曰钓之务不在芳饰，事之急不在辩言。"

⑤言隐荣华：《庄子·齐物论》："道隐于小成，言隐于荣华。"隐，埋没。荣华，华丽的文采。

⑥殆：大约。

⑦衣锦褧jiǒng衣：内穿锦衣，外罩布衣。《诗经·卫风·硕人》："硕人其颀，衣锦褧衣。"《诗经·郑风·丰》："衣锦褧衣，裳锦褧裳。"褧，一种套在外面的单衣。

⑧章：鲜明。

⑨《贲bì》：《周易》卦名，六十四卦之一。《贲》卦卦象主要是讲文饰，其最后说："白贲无咎。"王弼注："处饰之终，饰终反素，故在其质素，不劳文饰而无咎也。"穷，探究到底。

⑩本：本色，即白色。

⑪模：规范。

⑫地：底子。心：指作品的思想内容。

⑬摛chī：舒展，发布。

⑭文：文采。质：思想内容。

⑮溺nì：淹没。《庄子·缮性》："知，而不足以定天下，然后附之以文，益之以博。文灭质，博溺心。"

⑯正采：即正色。古人以青、赤、黄、白、黑五色为正色。朱为大红，属赤色；蓝属青色，都是正色。

⑰间色：杂色。古人以为绀、红、缥、紫、流黄为间色。红、紫都属杂色。屏：摒弃。

⑱彬bīn彬：指文质兼顾。《论语·雍也》："质胜文则野，文胜质则史；文质彬彬，然后君子。"

译文

所以组织辞藻写成文章，是想用来阐明思想；如果文采虚华，文辞怪异，那情志就会受到遮蔽。就像用装饰有翡翠鸟毛的渔线和肉桂做成的钓饵来钓鱼，结果反而钓不到鱼。庄子说："言语的含意被辞采隐蔽了。"大概说的就是这种情况。因此，"穿着漂亮的锦缎衣服，再罩上件布衫"，怕的就是文采过于鲜明；《贲卦·象辞》的卦象最后还是以白色为贵，说明采饰重在保持本色。如果能设立规范来表达思想，拟定基调来抒发感情，感情确定后才配上音律，思想端正后才运用辞藻，使文采不至于掩盖内容，广博的事例不至于淹没作者的感情，朱、蓝等正采光耀照人，红、紫等间色摒弃不用。这才可以说是善于修饰文辞，内容形式都兼顾到的好作家。

赞曰：言以文远①，诚哉斯验。心术既形②，英华乃赡③。吴锦好渝④，舜英徒艳⑤。繁采寡情，味之必厌。

注释

①言以文远：《左传·襄公二十五年》："言之无文，行而不远。"文，文采。远，指流传久远。

②心术：内心的活动。形：显露。

③赡：富足。

④渝：变。

⑤舜英：木槿花。木槿花朝开暮落，有花无实。

译文

结语：言论要靠文采才能流传久远，这话确实已经应验。内心的活动显露于外，作品丰富的文采才会产生。吴地的美锦容易变色，漂亮的木槿花空自华艳。作品文辞华丽却缺乏思想感情，仔细玩味必然令人厌恶。

镕 裁

题解

《镕裁》是《文心雕龙》的第三十二篇，属创作论。刘勰说："规范本体谓之镕，剪截浮词谓之裁。""镕"是对作品内容的提炼；"裁"是对作品文辞的剪截。本文即讨论文学创作中的镕意裁辞。全篇可分三个部分：第一部分阐明镕裁的含义和重要性；第二部分论镕裁的具体原则和方法，提出镕意的"三准说"；第三部分进一步强调镕意裁辞的重要性。

情理设位[①]，文采行乎其中。刚柔以立本，变通以趋时[②]。立本有体[③]，意或偏长；趋时无方[④]，辞或繁杂。蹊要所司[⑤]，职在镕裁[⑥]，櫽括情理[⑦]，矫揉文采也[⑧]。规范本体谓之镕[⑨]，剪截浮词谓之裁[⑩]。裁则芜秽不生[⑪]，镕则纲领昭畅[⑫]，譬绳墨之审分[⑬]，斧斤之斫削矣[⑭]。骈拇枝指，由侈于性；附赘悬肬，实侈于形[⑮]。一意两出，义之骈枝也；同辞重句，文之肬赘也。

注释

①情理：感情道理，指作品的思想内容。设位：安

排位置，即布局。

②“刚柔”二句：《周易·系辞下》：“刚柔者，立本者也；变通者，趋时者也。”刚柔，刚健柔婉，指作者的气质。本，根本，指文章的思想内容。趋时，适应具体形势与条件。

③体：主体，中心。

④无方：无定法，无定式。

⑤蹊xī要：险要。比喻要害。蹊，路。司：主管。

⑥职：职分。镕裁：指对作品的炼意炼辞。

⑦檃yǐn括：矫正曲木的器具，此指矫正。

⑧矫揉：矫正；整饬。矫，使曲的变直。揉，使直的变曲。

⑨规范本体：使本（气质）体（体裁风格）合乎规范，即使刚柔的气质与体裁风格相配合。

⑩浮词：虚饰浮夸的言词。

⑪芜秽：冗杂，杂乱。

⑫昭畅：明白畅达。

⑬绳墨：木工画直线用的工具。审分：谓审核是否符合标准。

⑭斤：斧子。斫：砍。

⑮“骈拇”四句：《庄子·骈拇》：“骈拇枝指，出乎性哉！而侈于德。附赘县疣，出乎形哉！而侈于性。”成玄英疏：“骈，合也，大也，谓足大拇指与第二指相连合为一指也；枝指者，谓手大拇

指傍枝生一指成六指也。”侈，过多，多余的。性，天性。赘，多余的东西。肬yóu，同“疣”，肉瘤。

译文

写作要根据内容来谋篇布局，在这个基础上再运用文采。作家气质的刚健或柔婉是写作的基础，同时要适应时代加以变通。根据自己的气质来选择文章体制，有时内容会偏颇片面；适应时代就没有定规，文辞有时会繁芜杂乱。所以，关键要做好镕意裁辞的工作，一方面纠正文章内容上的缺点，另一方面矫正文辞上的毛病。根据气质选择好文章体裁使内容合乎规范叫作镕意，裁剪掉虚饰浮夸的文辞叫作裁辞。经过裁辞，文辞不再拖沓冗长；经过镕意，全篇的纲领才明朗晓畅。这就像用墨线来度量木材的曲直，然后用斧头来砍削一样。脚趾骈生或手有六指，是天生的多余；身上长了肉瘤，也是形体上的多余。文章中一个意思重复出现，是内容上的多余；同一句话的重复，是文辞上的多余。

凡思绪初发①，辞采苦杂，心非权衡②，势必轻重。是以草创鸿笔③，先标三准④：履端于始⑤，则设情以位体⑥；举正于中，则酌事以取类⑦；归余于终，则撮辞以举要⑧。然后舒华布实⑨，献替节文⑩，绳墨以外[11]，美材既斫，故能首尾圆合[12]，条贯统序[13]。若术不素定[14]，而委心逐辞[15]，异端丛至[16]，骈赘必多。

注释

①思绪：思想的端绪；思路。

②权衡：天平，称量物体轻重的器具。权，秤锤。衡，秤杆。

③鸿笔：大作。

④先标：标立，突出。准：准则。

⑤履端于始：此句和下文的“举正于中”“归余于终”，都是《左传·文公元年》中的话，原意是讲历法。年历的推算始于正月朔日，谓之“履端”，其次定月份叫作“举正”，最后将多余的日子归总起来以置闰月叫作“归余”。此处用来指示先后次序，即首先、其次、最后。

⑥情：指作品的思想内容。

⑦酌：酌取。类：类同，相似。

⑧撮：聚集而取。要：重点。

⑨华：花朵，指辞采。实：果实，指内容。

⑩献替：进献可用者，废去不可用者。节文：调节文饰，指文采的多与少。

⑪绳墨以外：指不合乎要求的部分。

⑫首尾：开头结尾。圆合：衔接，吻合。

⑬条贯：指条理，层次。

⑭术：写作方法。素定：宿定，预先确定。

⑮委心：随心，任意。

⑯异端：无关紧要的事物，指和内容无关的描写。

译文

在开始构思的时候，往往苦于辞采的繁杂，内心很难像天平那样准确衡量，所以势必出现偏轻偏重的毛病。因此要写成一篇好文章，先要确立三个准则：首先，根据思想内容来确定文体；其次，根据内容来选取事例、典故；最后，选取言辞来突出要点。然后就可以安排文辞来表现内容，去芜存菁，调节文采，就像削凿木材，墨线以外的多余部分都要砍削掉，文章才能够首尾妥帖，条理连贯，体统有序。倘若不预先确定这些准则，而随心所欲写作，那些不必要的内容就会纷纷出现在文中，文章多余的地方必然很多。

故三准既定，次讨字句。句有可削，足见其疏；字不得减，乃知其密。精论要语，极略之体[①]；游心窜句[②]，极繁之体[③]。谓繁与略，随分所好[④]。引而申之，则两句敷为一章[⑤]；约以贯之[⑥]，则一章删成两句。思赡者善敷[⑦]，才核者善删[⑧]。善删者字去而意留，善敷者辞殊而意显。字删而意阙[⑨]，则短乏而非核[⑩]；辞敷而言重，则芜秽而非赡。

注释

①略：简略，即《体性》篇所说“八体”中的“精约”一体。体：风格。

②游心窜句：《庄子·骈拇》：“窜句游心于坚白同异之间。”游心，遨游之心。指作者想象丰富，情思奔放。窜句，指文辞的铺张。

③繁：即《体性》篇“八体”中的“繁缛”一体。

④分：本分，禀性。指作家的性格、个性。

⑤敷：铺陈。

⑥约：简练。

⑦赡：富足。

⑧才核者：具有善于抓住要点的才能的人。核，精要。

⑨阙 quē：同“缺”。

⑩短乏：贫乏。

译文

所以三条准则确定后，其次就该斟酌字句了。句子中有可以删削之处，可见文辞的粗疏；文字不能增减，才知道文辞的严密。议论精练，语言扼要，是极其精约的风格；思想奔放，文辞铺张，是极为繁缛的风格。繁缛还是精约，要随作家的个性来确定。将文辞加以引申，那两句话就可以敷展为一章；将文辞加以概括，那一章也可以删减成两句。文思丰富的人善于铺陈，紧紧抓住要点的人善于精简。善于精简的，字虽删去了而意思却还保留；善于铺陈的，语辞虽多而意思仍很明显。如果减少了字句，意思就残缺不全，那是语言贫乏而非扼要；如果文辞铺陈，就言语重复，那是杂乱而非丰富。

昔谢艾、王济[①]，西河文士[②]，张骏以为艾繁而不可删[③]，济略而不可益[④]。若二子者，可谓练镕裁而晓繁略矣[⑤]。至如士衡才优[⑥]，而缀辞尤繁[⑦]；士龙思劣[⑧]，而雅好清省[⑨]。及云之论机[⑩]，亟恨其多[⑪]，而称“清新相接，不以为病”，盖崇友于耳[⑫]。夫美锦制衣，修短有度[⑬]，虽玩其采[⑭]，不倍领袖[⑮]，巧犹难繁,况在乎拙？而《文赋》以为“榛楛勿剪”[⑯],“庸音足曲”[⑰]，其识非不鉴[⑱]，乃情苦芟繁也[⑲]。

注释

①谢艾：人名，东晋凉州牧张重华的僚属，生平事迹略见《晋书·张重华传》。王济：人名，生平未详。

②西河：指黄河以西的陕西华阴、华县一带。

③张骏：张重华的父亲，东晋初年做过凉州牧。张骏语已不可考。

④益：增加。

⑤练：熟悉。晓：通晓。

⑥士衡：西晋文学家陆机的字。

⑦缀辞：指写作。缀，连结。尤繁：特别繁芜。《世说新语·文学》载："孙兴公云：'潘（岳）文浅而净，陆（机）文深而芜。'"

⑧士龙：西晋文学家陆云的字。陆云是陆机的弟弟。思劣：此是相对陆机而言。《晋书·陆机（附云）传》说：陆云"少与兄机齐名，虽文章不及机，而持论过之，号曰'二陆'"。

⑨雅：很。清省：简省。

⑩云之论机：陆云《与兄平原书》说："兄文章之高远绝异，不可复称言，然犹皆欲微多，但清新相接，不以此为病耳。"

⑪亟qì：屡次。多：指文采过繁。

⑫友于：指兄弟或兄弟情谊。《尚书·君陈》："惟孝友于兄弟。"

⑬修：长。度：标准。

⑭玩：玩味、欣赏。采：锦缎的花纹、色彩。

⑮倍：加倍。领袖：领子和袖子。

⑯《文赋》：陆机所著，以赋的形式论文学创作。榛楛hù勿剪：《文赋》说："彼榛楛之勿剪，亦蒙荣于集翠。"榛楛，榛木与楛木。泛指丛生的杂木，亦喻指平庸之物。

⑰庸音足曲：《文赋》说："故蹶踔于短垣，放庸音以足曲。"庸音，平庸的音乐。足曲，凑足乐曲。

⑱鉴：照，看清。

⑲芟shān：除草，引申为删除。

译文

以前谢艾和王济，都是西河的文士。张骏认为：谢艾的文章虽然繁复但不可删削，王济的文章虽然简略却不可增益。像他们两位，可以说是精通镕意裁辞的方法，懂得繁缛精约的道理。至于像陆机，文才杰出，文章写得十分繁复；陆云文思较差，却很爱好文辞简练。等到陆云评论陆机文章的时候，屡次嫌他的文辞繁多，却又称“清新的文辞前后衔接不断，所以繁多并不是毛病”，这可能是重视兄弟情分罢了。用美丽的锦缎缝制衣服，长短有一定的标准，纵然爱好锦缎的花纹色彩，也不能把衣领和衣袖的尺寸加倍。巧于写作的人也很难写得繁复适当，更何况才能拙劣的人呢？然而陆机《文赋》却认为丛生的杂树不必修整，平庸的音调也可以凑成曲调。他并不是没有见识，只是在情感上舍不得割弃繁盛的文辞啊。

夫百节成体[①]，共资荣卫[②]，万趣会文[③]，不离辞情。若情周而不繁，辞运而不滥[④]，非夫镕裁，何以行之乎[⑤]！

注释

①节：骨节。体：形体。

②资：凭借。荣卫：中医学名词。荣指血的循环，卫指气的周流。荣气行于脉中，属阴，卫气行于脉外，属阳。荣卫二气散布全身，内外相贯，运行不已，对人体起着滋养和保卫作用。《黄帝内经素问·热论》："荣卫不行，五藏不通，则死矣。"

③趣：旨趣。会：会聚。

④滥：泛滥，繁乱。

⑤运：运行，这里指文辞的使用、变化。

译文

成百的骨节构成人体，要靠血气贯通；万千的想法写成文章，离不开文辞和思想内容。要使思想内容周密而不繁复，文辞运用恰当而不浮滥，不依靠镕裁的方法，怎么做得到呢？

赞曰：篇章户牖[①]，左右相瞰[②]。辞如川流，溢则泛滥[③]。权衡损益[④]，斟酌浓淡[⑤]。芟繁剪秽，弛于负担[⑥]。

注释

①牖 yǒu：窗户。

②瞰 kàn：视。

③溢：过多。

④损益：减少和增加。

⑤浓淡：指文句的详略、辞采的多少。

⑥弛于负担：《左传·庄公二十二年》："赦其不闲于教训，而免于罪戾，弛于负担。"弛，减轻。负担，此指作品多余的部分。

译文

结语：篇章的内容和文辞好比房屋的左右门窗，应该互相配合。文辞犹如河流里的水，太多就会泛滥成灾。内容要仔细权衡损益，文辞要用心推敲浓淡。删去多余杂乱的部分，才能解除文章的负担。

比　兴

题解

《比兴》是《文心雕龙》的第三十六篇，属创作论。本文专论比、兴两种表现方法。全篇可分三个部分：第一部分阐释比、兴的含义；第二部分从《诗经》《楚辞》等实例中说明比、兴在具体创作中的运用情况；第三部分专论比的类别和运用。

《诗》文弘奥[①]，包韫六义[②]，毛公述《传》[③]，独标“兴”体[④]，岂不以“风”通而“赋”同[⑤]，“比”显而“兴”隐哉[⑥]？故比者，附也[⑦]；兴者，起也[⑧]。附理者，切类以指事[⑨]；起情者，依微以拟议[⑩]。起情故“兴”体以立，附理故“比”例以生[⑪]。“比”则蓄愤以斥言[⑫]，“兴”则环譬以托讽[⑬]。盖随时之义不一，故诗人之志有二也[⑭]。

注释

①《诗》：指《诗经》。弘奥：宏博高深。弘，大。奥，深。

②韫yùn：藏。

③毛公：即毛亨，西汉学者，世称“大毛公”。

《传》：指毛亨《毛诗故训传》，简称《毛传》。

④独标“兴”体：毛亨只标明他认为属于“兴”的诗句，而“赋”“比”则不注。

⑤风通：指“风”“雅”“颂”通用赋、比、兴三种手法。《毛诗序》说：“故诗有六义焉：一曰风，二曰赋，三曰比，四曰兴，五曰雅，六曰颂。”唐代孔颖达《毛诗序正义》解释说：“六义次第如此者，以诗之四始以风为先，故曰风。风之所用，以赋、比、兴为之辞，故于风之下即次赋、比、兴，然后次以雅、颂。雅、颂亦以赋、比、兴为之，既见赋、比、兴于风之下，明雅、颂亦同之。……赋、比、兴如此次者，言事之道，直陈为正，故《诗经》多赋在比、兴之先。比之与兴，虽同是附托外物，比显而兴隐，当先显后隐，故比居兴先也。”赋同：指“赋”直陈其事，彼此相同，容易区分。

⑥“比”显：指比喻手法明显。“兴”隐：起兴手法隐晦。

⑦附：接近，此指托附于物以为比喻。

⑧起：引起。

⑨切：切合。类：相似。

⑩微：隐微。

⑪例：体例。

⑫蓄：积蓄。斥言：指斥的话。

⑬环譬：委婉曲折的比喻。

⑭二：指“比”和“兴”两种方法。

译文

《诗经》宏大深奥，包含着风、雅、颂、赋、比、兴“六义”，而毛公解释《诗经》，只标明“兴”这种手法，难道不是因为《诗经》通用赋、比、兴三种手法，而“赋”法彼此相同，比喻也很明显，只有“兴”比较隐晦吗？“比”，就是比附；“兴”，就是起兴。比附事理，事物双方要贴切类似；因物起情，要依靠含意微隐的事物来寄托情意。因物起情，所以起兴的手法得以成立；比附事理，所以比喻的手法得以产生。用比喻的手法，是因为作者怀着愤懑的感情而有所斥责；用起兴的手法，是以委婉的譬喻来寄托讽刺。为了适应不同的形势，所以诗人言志的手法就有比喻和起兴这两种了。

观夫兴之托喻，婉而成章①，称名也小，取类也大②。《关雎》有别，故后妃方德③；尸鸠贞一，故夫人象义④。义取其贞，无从于夷禽⑤；德贵其别，不嫌于鸷鸟⑥：明而未融⑦，故发注而后见也。且何谓为比？盖写物以附意，飏言以切事者也⑧。故金锡以喻明德⑨，珪璋以譬秀民⑩，螟蛉以类教诲⑪，蜩螗以写号呼⑫，澣衣以拟心忧⑬，席卷以方志固⑭：凡斯切象[15]，皆比义也。至如“麻衣如雪”[16]，“两骖如舞”[17]，若斯之类，皆比类者也。衰楚信谗[18]，而三闾忠烈[19]，依《诗》制《骚》，讽兼比兴。炎汉虽盛[20]，而辞人夸毗[21]，讽刺道丧，故兴义销亡[22]。于是赋颂先鸣，故比体云构[23]，纷纭杂遝[24]，倍旧章矣[25]。

注释

①婉：委婉。章：章采，文采。

②“称名”二句：《周易·系辞》：“其称名也小，其取类也大。”取类，犹比喻，谓取用类似事物以说明。

③“《关雎jū》”二句：旧解以为《关雎》是歌颂周文王的后妃的。《诗经·周南·关雎》：“关关雎鸠，在河之洲。”郑玄笺：“谓王雎之鸟，雌雄情意至然而有别。”《毛诗序》：“《关雎》，后妃之德也，风之始也，所以风天下而正夫妇也。”《关雎》，《诗经·周南》篇名。雎，王雎，鸟名，猛禽。有别，雌雄有别。方，比拟。

④“尸鸠jiū”二句：《诗经·召南·鹊巢》：“维鹊有巢，维鸠居之。”旧解以为《鹊巢》是歌颂诸侯夫人的。尸鸠，即鸤鸠，就是布谷鸟。贞一，守正专一。

⑤夷：平常，一般。

⑥鸷zhì鸟：凶猛的鸟。

⑦明而未融：《左传·昭公五年》："明而未融，其当旦乎。"融，大明，天大亮。

⑧飏yáng言：明言。

⑨"故金锡"句：《诗经·卫风·淇奥》："有匪君子，如金如锡，如圭如璧。"旧解以为是称赞卫武公。金，铜。明德，光明之德，美德。

⑩"珪璋"句：《诗经·大雅·卷阿》以此称赞贤人。秀民，德才优异之士。

⑪"螟蛉"句：《诗经·小雅·小宛》："螟蛉有子，蜾蠃负之。"以此比喻教养后辈。螟蛉，螟蛾的幼虫。

⑫"蜩螗tiáo táng"句：《诗经·大雅·荡》："如蜩如螗，如沸如羹。"以此比喻饮酒呼号的声音。蜩螗，蝉。号呼，大声叫唤。

⑬"澣huàn衣"句：《诗经·邶风·柏舟》："心之忧矣，如匪澣衣。"澣，即"浣"，洗。

⑭"席卷"句：《邶风·柏舟》："我心匪席，不可卷也。"

⑮切：合。

⑯麻衣如雪：《诗经·曹风·蜉蝣》："蜉蝣掘阅，麻衣如雪。"

⑰两骖cān如舞：《诗经·郑风·大叔于田》："执辔如组，两骖如舞。"骖，驾车时位于两边的马。

⑱衰楚：战国时楚顷襄王和楚怀王。谗：谗言。

⑲三闾lǘ：即屈原，他曾任三闾大夫。

⑳炎汉：即汉代。炎，火。旧说以为汉代五行属火。

㉑辞人：指辞赋作家。夸毗pí：以谄谀、卑屈取媚于人。

㉒销亡：消失。

㉓云构：形容大量涌现。云，形容众多如云。

㉔杂遝tà：众多，杂乱。

㉕倍：通“背”。

译文

观察“兴”的寄托讽喻，委婉而又有文采，它所举的名物虽小，但托喻的含义却很大。关雎鸟雌雄有别，所以诗人用它比喻后妃的德行；布谷鸟坚贞专一，所以诗人用它来比拟夫人的节义。在含义上只取它坚贞专一这点，不在乎布谷鸟是平凡的飞禽；在德行上只看重它雌雄有别这点，不嫌关雎是猛禽。这些诗句虽然明确，但含意还不够显豁，所以要参看注解才能明白。至于比喻是什么？就是用事物来比附，用明白的语言贴切地说明意义。所以《诗经》用铜和锡来比喻君子的美德，用珪和璋来称赞贤人，用螟蛉来类比教诲子女，用蝉噪来比喻饮酒呼号之声，用浣洗衣服来比拟内心的忧愁，用席子不可卷收来比方心志的坚固，像这些贴切的形象，都是使用了比喻的手法。至于“麻衣如雪”“两骖如舞”这一类，也都属于比喻。战国时，楚国衰败，楚顷襄王和楚怀王听信谗言，故而屈原忠烈而被流放，他继承《诗经》的传统创作了《离骚》，其中的讽喻兼用比喻和起兴的手法。汉代的创作虽然兴盛，但是辞赋作者大多阿谀奉承，《诗经》讽刺的传统丧失了，起兴手法“环譬以托讽”的意义也消亡了。所以，此时赋、颂首先得到发展，而比喻手法使用得风起云涌，繁多而复杂，却背离了比“蓄愤以斥言”的法则。

夫“比”之为义[①]，取类不常：或喻于声，或方于貌，或拟于心，或譬于事。宋玉《高唐》云[②]：“纤条悲鸣[③]，声似竽籁[④]。”此比声之类也。枚乘《菟园》云[⑤]：“焱焱纷纷[⑥]，若尘埃之间白云[⑦]。”此则比貌之类也。贾生《鹏鸟》云[⑧]：“祸之与福，何异纠缠[⑨]。”此以物比理者也；王褒《洞箫》云[⑩]：“优柔温润，如慈父之畜子也[⑪]。”此以声比心者也。马融《长笛》云[⑫]：“繁缛络绎[⑬]，范、蔡之说也[⑭]。”此以响比辩者也。张衡《南都》云[⑮]：“起郑舞，茧曳绪[⑯]。”此以容比物者也[⑰]。若斯之类，辞赋所先，日用乎“比”，月忘乎“兴”[⑱]，习小而弃大[⑲]，所以文谢于周人也[⑳]。至于杨、班之伦[㉑]，曹、刘以下[㉒]，图状山川，影写云物[㉓]，莫不织综“比”义[㉔]，以敷其华，惊听回视[㉕]，资此效绩。又安仁《萤赋》云“流金在沙”[㉖]，季鹰《杂诗》云“青条若总翠”[㉗]，皆其义者也。故比类虽繁，以切至为贵，若刻鹄类鹜[28]，则无所取焉。

注释

①义：即“六义”之“义”，此作“手法”解。

②宋玉：战国时楚国人。《高唐》：即《高唐赋》，载《文选》卷十九。

③纤：细小。悲鸣：发声悲哀。

④竽yú：古代竹制簧管乐器，与笙相似而略大。籁：古代一种竹制管乐器。

⑤枚乘：字叔，西汉初年人。《菟园》：即《梁王菟园赋》。

⑥飙biāo飙：疾进貌。

⑦间：杂。

⑧贾生：贾谊，西汉初年人。《鹏fú赋》：《鹏鸟赋》，载《文选》卷十三。

⑨纠缠jiūmò：绞合的绳索。纠，同“纠”。《文选》贾谊《鹏鸟赋》：“夫祸之与福兮，何异纠缠。”李善注引《字林》：“纠，两合绳；缠，三合绳。”

⑩王褒：字子渊，西汉人。《洞箫》：《洞箫赋》，载《文选》卷十七。

⑪“优柔”二句：《洞箫赋》：“故听其巨音，则周流泛滥，并包吐含，若慈父之畜子也。……科条譬类，诚应义理，澎濞慷慨，一何壮士；优柔温润，又似君子。”畜，抚养。

⑫马融：字季长，东汉人。《长笛》：《长笛赋》，载《文选》卷十八。

⑬繁缛rù：采饰富丽，文辞华丽。络绎：连续不断。

⑭范：范雎。蔡：蔡泽。二人都是战国时辩士。说shuì：游说。

⑮张衡：字平子，东汉人。《南都》：《南都赋》，载《文选》卷四。

⑯“起郑舞”二句：《南都赋》：“坐南歌兮起郑舞，白鹤飞兮茧曳绪。”茧，蚕茧。曳，抽，牵引。绪，丝头。

⑰容：仪态，此指舞容。

⑱“日用”二句：此两句互文，即“日日月月用乎‘比’而忘乎‘兴’”。

⑲小：指比。大：指兴。

⑳谢：比不上。周人：周代《诗经》的作者。

㉑杨：指扬雄，西汉末年人。班：指班固，东汉人。伦：类。

㉒曹：曹植，建安时期人。刘：刘桢，“建安七子”之一。

㉓影写：摹写。

㉔织综：经纬线交织。引申指组合。

㉕回：眩惑。

㉖安仁：西晋潘岳的字。《萤赋》：《萤火赋》，载《初学记》卷三十。流金在沙：《萤火赋》：“熠

熠荧荧，若丹英之照葩；飘飘颎颎，若流金之在沙。”流金，金光闪动。

㉗季鹰：西晋张翰的字。《杂诗》：载《文选》卷二十九，原诗句为：“青条若总翠，黄华如散金。”总，聚合。翠，翠羽，翠鸟的羽毛。

㉘刻鹄hú类鹜wù：比喻仿效失真。马援《诫兄子严敦书》：“所谓刻鹄不成尚类鹜者也。”鹄，天鹅。鹜，家鸭。

译文

比喻这种手法，用作喻体的事物没有一定：有的用声音来比喻，有的用形貌来比方，有的用心情来比拟，有的用外在的事物来比譬。宋玉《高唐赋》说：“纤细的枝条发出悲哀的声音，好似吹奏竽籁一样。”这就是拿声音来比喻的一类。枚乘《菟园赋》说：“众多的鸟儿疾飞，好像白云间的几点尘埃。”这就是拿形貌来比方的一类。贾谊《鹏鸟赋》说：“灾祸与幸运，和绳索纠结在一起没什么不同。”这就是用事物来比譬道理。王褒《洞箫赋》说：“优柔温和，像慈父抚养子女一样。”这就是用心情来比拟声音。马融《长笛赋》说：“繁言缛辞，连续不断，就像范雎、蔡泽的游说之辞一样。”这就是用游说辩论来比拟声音。张衡《南都赋》说：“跳起郑国的舞蹈，就像蚕茧抽丝一样。”这是用事物来比拟人的舞姿的。像这些例子，都是擅长辞赋的。辞赋家往往注重比喻的使用，而忘掉了使用起兴，他们得小而抛大，所以创作就不及周代了。至于扬雄、班固这些人，以及曹植、刘桢以下的作家，他们描绘山川的状貌，摹写云物的形状，没有不交错使用比喻的，显示文采，耸动视听，靠比喻来取得功效。又如潘岳的《萤火赋》说，萤火虫闪闪发光，“就像沙里金光闪动”；张翰《杂诗》说，“青青的枝条好似聚集在一起的翠羽”，都是用了比喻手法。所以比喻的运用虽然繁复，但以用得贴切为好，如果把天鹅刻画得像鸭子，那就没有什么可取的了。

赞曰：诗人比兴，触物圆览①。物虽胡越②，合则肝胆③。拟容取心④，断辞必敢⑤。攒杂咏歌⑥，如川之澹⑦。

注释

①圆：周详。览：观察。

②胡越：胡与越。胡地在北，越在南，比喻疏远隔绝。

③肝胆：中医认为肝与胆互为表里，称胆为肝府。比喻关系密切。

④容：容貌、形象。心：思想。此指形象所包含的意义。

⑤断辞：选定文辞。引申为进行写作。

⑥攒：积聚。杂：指各种事物。

⑦澹：水波动荡貌。

译文

结语：《诗经》作者善用比喻和起兴的手法，周详地观察接触到的事物。事物虽如北胡南越般相隔悬远，运用比兴便能使之如肝胆相连。比拟事物的外形，更要抓住其内在的联系，措辞必须果敢。使用比兴杂取万物写入诗篇，那文章就会如流水般鲜活。

夸　饰

题解

《夸饰》是《文心雕龙》的第三十七篇，属创作论。本文专论夸张手法的运用。全篇可分三部分：第一部分论夸张描写在文学创作中的必要；第二部分讲夸张手法在文学创作中的运用、发展情况及其艺术力量；第三部分总结夸张手法的基本原则。

夫形而上者谓之道，形而下者谓之器[①]。神道难摹[②]，精言不能追其极[③]；形器易写，壮辞可得喻其真[④]：才非短长，理自难易耳。故自天地以降[⑤]，豫入声貌[⑥]，文辞所被[⑦]，夸饰恒存。虽《诗》《书》雅言[⑧]，风俗训世[⑨]，事必宜广，文亦过焉[⑩]。是以言峻则“嵩高极天”[⑪]，论狭则“河不容舠”[⑫]，说多则“子孙千亿”[⑬]，称少则“民靡孑遗”[⑭]；襄陵举“滔天”之目[⑮]，倒戈立“漂杵”之论[⑯]；辞虽已甚，其义无害也。且夫鸮音之丑，岂有泮林而变好[⑰]；荼味之苦，宁以周原而成饴[⑱]？并意深褒赞，故义成矫饰[⑲]。大圣所录[⑳]，以垂宪章[㉑]，孟轲所云[㉒]，“说《诗》者不以文害辞，不以辞害意”也[㉓]。

注释

①“夫形而上”二句：《周易·系辞上》说：“形而上者谓之道，形而下者谓之器。”孔颖达疏：“道是无体之名，形是有质之称。凡有从无而生，形由道而立，是先道而后形，是道在形之上，形在道之下。故自形外已上者，谓之道也；自形内而下者，谓之器也。”形而上，指抽象的东西。形，形体。形而下，指具体的东西。

②神道：神理，指神妙的自然之道。摹：摹写。

③精言：精妙的言辞。追其极：彻底表达出来。极，终极。

④壮辞：夸饰的言辞。喻：说明。

⑤以降：以后，表示时间在后。

⑥豫：同“预”，参预。

⑦被：及，到达。

⑧《诗》：《诗经》。《书》：《尚书》。雅言：雅正之言。

⑨风：教化。俗：世俗。训世：教诲世人。

⑩过：超过，夸大。

⑪嵩sōng高极天：《诗经·大雅·崧高》：“嵩高维岳，骏极于天。”嵩，山高。

⑫河不容舠dāo：《诗经·卫风·河广》：“谁谓河广，曾不容刀。”刀，同“舠”，小船。

⑬子孙千亿：《诗经·大雅·假乐》："干禄百福，子孙千亿。"《论衡·艺增》："言'子孙众多'，可也；言'千亿'，增之也。夫子孙虽多，不能千亿，诗人颂美，增益其实。"

⑭民靡孑jié遗：《诗经·大雅·云汉》："周余黎民，靡有孑遗。"《论衡·艺增》："增益其文，欲言旱甚也。"靡，没有。孑遗，遗留，残存。孑，剩余。

⑮"襄陵"句：《尚书·尧典》："汤汤洪水方割，荡荡怀山襄陵，浩浩滔天。"襄，上。滔，大水弥漫。目，称说。

⑯"倒戈"句：《尚书·武成》："罔有敌于我师，前徒倒戈，攻于后以北，血流漂杵。"《论衡·艺增》："《武成》言'血流浮杵'，亦太过焉。死者血流，安能浮杵？……言血流杵，欲言诛纣，惟兵顿士伤，故至浮杵。"倒戈，掉转武器向己方攻击。戈，兵器名。杵chǔ，舂米的木棒。

⑰"且夫"二句：《诗经·鲁颂·泮水》："翩彼飞鸮，集于泮林，食我桑黮，怀我好音。"鸮xiāo，猫头鹰。泮pàn，泮宫，即学校。

⑱"荼tú味"二句：《诗经·大雅·绵》："周原膴膴，堇荼如饴。"荼，苦菜。周原，周城的原野。周，地名，在岐山南。为周室之发祥地。饴yí，饴糖。

⑲矫饰：造作夸饰。

⑳大圣：指孔子。

㉑垂：留传下来。宪章：法度。

㉒孟轲：即孟子，先秦儒家代表人物，他的弟子记载其言论为《孟子》。

㉓“说《诗》”二句：《孟子·万章上》：“故说《诗》者，不以文害辞，不以辞害志，以意逆志，是为得之。”说，解说。文，文字。辞，指诗句本身。

译文

超乎形象的抽象的事物叫作“道”，有形象的具体的事物叫作“器”。神妙的自然之道难于描摹，用精妙的语言也不能表达它的极致；具体的器物容易描绘，夸饰的文辞就可描绘它的真实情况。这并不是作者的才能有高低之别，只是事理的表达有难易之分罢了。因此，自从开天辟地以来，牵涉到事物的声音形貌的，只要用文辞来表现，夸张的修饰手法就一定会存在。即使《诗经》《尚书》这样的雅正之言，因为要用来教化世俗，所以事理应该广博，文辞也有夸饰。因此《诗经》中形容高峻就说“嵩高极天”，形容狭窄就说“河不容舠”，说到多就说“子孙千亿”，说到少就说“民靡孑遗”；《尚书》中讲洪水漫上了山陵，就有“荡荡怀山襄陵，浩浩滔天”的说法，讲到阵前倒戈杀敌，就说“血流漂杵”。这些言辞虽然很夸大，但对表达文义并没有妨害。再如，猫头鹰难听的叫声，哪会如《诗经·鲁颂·泮水》所说，因为它停在学宫的树上而变得好听呢？苦菜的苦味，哪有如《诗经·大雅·绵》所说，因为长在周城的原野上，就变成了甘甜的饴糖？这些话用意在于加强赞美，所以在义理上有所夸饰。这些都是圣人采录下来，用作传世的典范的。正如孟轲所说：“解说《诗经》，不要拘泥于文字而妨害对诗句的理解，不要拘泥于诗句而妨害对作者用意的理解。”

自宋玉、景差①，夸饰始盛。相如凭风②，诡滥愈甚。故上林之馆，奔星与宛虹入轩③；从禽之盛，飞廉与焦明俱获④。及扬雄《甘泉》⑤，酌其余波⑥，语瑰奇则假珍于玉树⑦，言峻极则颠坠于鬼神⑧。至《西都》之比目⑨，《西京》之海若⑩，验理则理无可验⑪，穷饰则饰犹未穷矣。又子云《羽猎》，鞭宓妃以饷屈原⑫；张衡《羽猎》⑬，困玄冥于朔野⑭。娈彼洛神⑮，既非魑魅⑯，惟此水师⑰，亦非魍魉⑱；而虚用滥形，不其疏乎！此欲夸其威而饰其事，义睽刺也⑲。

注释

①宋玉、景差：都是战国时楚国文学家。

②凭风：继承宋玉、景差的夸饰风格。

③“故上林”二句：司马相如《上林赋》说：“奔

星更于闺闼，宛虹拖于楯轩。”奔星，流星。宛虹，弯曲的虹。轩，窗。

④“从禽”二句：《上林赋》：“椎蜚廉……揜焦明。”从禽，追赶禽兽。飞廉，古代传说中的神禽。鷦鷯jiāo liáo，形似凤凰的鸟。

⑤甘泉，宫名。故址在今陕西淳化西北甘泉山。

⑥酌：斟取。

⑦“语瑰奇”句：扬雄《甘泉赋》：“翠玉树之青葱兮。”瑰奇，珍贵奇异之物。玉树，用珍宝制作的树。

⑧“言峻极”句：扬雄《甘泉赋》：“鬼魅不能自逮兮，半长途而下颠。”颠坠，下落。

⑨“至《西都》”句：汉代班固《两都赋》说：“揄文竿，出比目。”《西都》，班固《两都赋》中的《西都赋》。比目，比目鱼。

⑩“《西京》”句：张衡《二京赋》说：“海若游于玄渚。”《西京》，张衡《二京赋》中之《西京赋》。海若，海神名。

⑪验：验证。

⑫“又子云”二句：扬雄《羽猎赋》说：“鞭洛水之宓妃，饷屈原与彭胥。”宓fú妃，传说中的洛水女神。饷xiǎng，馈食于人。

⑬张衡：东汉人。《羽猎》：张衡的《羽猎赋》，今不全，《全后汉文》卷五十四辑得部分残文，但无

刘勰所引文字。

⑭困：拘留。玄冥：水神名。朔野：北方荒野之地。

⑮娈luán：柔顺，美好。洛神：洛水之神。

⑯魑chī魅：古代传说中能害人的山泽神怪。亦泛指鬼怪。

⑰水师：指水神玄冥。

⑱魍魉：古代传说中的山川鬼怪。

⑲睽剌：乖违。

译文

从战国末期的宋玉和景差以来，夸张手法开始盛行起来。到西汉司马相如继承他们的夸饰之风，虚夸失实就更加厉害了。所以他写上林苑宫室的峻高，就说流星与宛虹好像飞入了窗户；描写打猎追逐飞禽的盛况，就说飞廉和凤凰都被抓到了。到扬雄作《甘泉赋》，受到司马相如的影响，说到珍贵奇异之物，就假借于珍贵的玉树；谈到宫殿的高耸，就说鬼神也会跌落下来。至于班固《西都赋》里谈到比目鱼，张衡《西京赋》里说到海若神，凭事理是没有办法去验证的，说夸张也算不上夸张到极致。又，扬雄的《羽猎赋》说，鞭打宓妃，让她给屈原送饭；张衡的《羽猎赋》说，把玄冥囚困在北方的荒野。那美丽的洛神宓妃，不是妖精；这水神玄冥，也不是鬼怪；他们凭空描写，随意形容，不是太粗疏了吗？这只是想夸大声势，修饰事件，但却违反了义理。

至如气貌山海[①]，体势宫殿[②]，嵯峨揭业[③]，熠耀焜煌之状[④]，光采炜炜而欲然[⑤]，声貌岌岌其将动矣[⑥]。莫不因夸以成状，沿饰而得奇也。于是后进之才[⑦]，奖气挟声[⑧]，轩翥而欲奋飞[⑨]，腾掷而羞跼步[⑩]；辞入炜烨[⑪]，春藻不能程其艳[⑫]，言在萎绝[⑬]，寒谷未足成其凋[⑭]；谈欢则字与笑并，论戚则声共泣偕[⑮]，信可以发蕴而飞滞[⑯]，披瞽而骇聋矣[⑰]。

注释

①气貌：指描述出的气势、形貌。

②体势：指形体、态势的描写。

③嵯cuó峨：山高貌。揭业：即揭孽，极高貌。

④熠yì耀：光明貌。焜煌kūn huáng：明亮，辉煌。

⑤炜huī炜：光彩炫耀貌。然：同“燃”，燃烧。

⑥岌jí岌：高貌。

⑦后进之才：后起之秀。

⑧奖气：依恃才气。挟声：依仗声势。

⑨轩翥zhù：飞举，高飞貌。

⑩腾掷zhí：腾空跳跃。跼jú步：小步。

⑪炜烨：美盛貌。

⑫春藻：春日丽景。程：较量，比拟。

⑬萎绝：枯死。

⑭寒谷：汉刘向《七略别录·诸子略》："邹衍在燕，有谷地美而寒，不生五谷。"此指阴冷的山谷。凋：凋零。

⑮戚：忧伤。偕：同。

⑯信：确实。蕴：蕴藏。滞：阻塞，不通畅。

⑰披：拨开，打开。瞽gǔ：盲人。

译文

至于描写山海的气势形状，宫殿的格局形式，那宏伟高大、富丽辉煌的形状，光彩艳丽得像要燃烧起来，形势高耸得像要飞动似的。这些无不靠着夸张来表现出惊人的景象，借助增饰来获得奇异的效果。于是后起之秀依仗才气声势，奋力高飞，踊跃奔腾，而羞于局促的缓步。他们如果用文辞描写美好繁盛之景，就是春天的丽景也不能比它艳；如果用语言形容萎绝的景色，就是阴冷的山谷也不能比它萧条。写到欢乐，就像文字里带着笑声；说到悲伤，就像声音带着哭泣。夸饰确实可以展露内心蕴藏的奥秘，让积滞的情感飞腾，使瞎子开眼，聋子震撼啊！

然饰穷其要，则心声锋起[①]，夸过其理，则名实两乖[②]。若能酌《诗》《书》之旷旨[③]，剪杨、马之甚泰[④]，使夸而有节，饰而不诬[⑤]，亦可谓之懿也[⑥]。

注释

①心声：指文辞。扬雄《法言·问神》："言，心声也；书，心画也。"锋起：《荀子·王制》："奸言并至，尝试之说锋起。"唐杨倞注："锋起，谓如锋刃齐起，言锐而难拒也。"锋，锋锐。

②乖：不合。

③旷：广大深远。

④杨：扬雄。马：司马相如。泰：过度。

⑤诬：歪曲。

⑥懿yì：美好。

译文

然而如果夸饰能尽量抓住事物的要点，那文辞就能将内容有力地表达出来；如果夸张违背了义理，那语言和实际便会乖违了。倘若能够学习《诗经》《尚书》深远的寓意，剪除像扬雄、司马相如等过度的形容，使夸张有一定的节制，增饰而不歪曲，那也可以算是好的夸张啊！

赞曰：夸饰在用，文岂循检[1]。言必鹏运[2]，气靡鸿渐[3]。倒海探珠[4]，倾昆取琰[5]。旷而不溢[6]，奢而无玷[7]。

注释

①循检：遵照规矩。检，法式。

②鹏运：指大鹏的高飞远行。事见《庄子·逍遥游》。

③鸿渐：谓鸿鹄的飞翔从低到高。《易·渐》："初六，鸿渐于干"；"六二，鸿渐于盘"；"九三，鸿渐于陆"；"六四，鸿渐于木"；"九五，鸿渐于陵"。

④倒海：将海倒干。

⑤倾昆：倾倒昆仑山。昆，昆仑山，相传昆山产玉。琰 yǎn：美玉。

⑥旷：旷远。溢：过多。

⑦奢：夸。玷：玉的斑点，瑕疵。

译文

结语：夸饰在于灵活运用，作文哪有可以依循的规则？语言的气势要像鲲鹏展翅高飞，不要像鸿雁般迂缓渐进。寻找夸饰的文辞就像倒干大海探寻宝珠，倾倒昆仑觅取美玉。夸饰要做到含意旷远但并不泛滥，语言增饰却没有缺点。

养 气

题解

《养气》是《文心雕龙》的第四十二篇，属创作论。黄侃《文心雕龙札记》说："养气谓爱精自保，与《风骨》篇所云诸'气'不同。此篇之作，所以补《神思》篇之未备，而求文思常利之术也。"本文论述创作中保持旺盛的精力问题，强调清畅自然，反对劳神苦思。全篇可分三个部分：第一部分说明养气的必要；第二部分论神伤气衰的危害；第三部分讲文学创作中的"卫气之方"。

昔王充著述①，制"养气"之篇②，验己而作③，岂虚造哉！夫耳目鼻口，生之役也④；心虑言辞，神之用也⑤。率志委和⑥，则理融而情畅；钻砺过分⑦，则神疲而气衰：此性情之数也⑧。

注释

①王充：字仲任，东汉人，著有《论衡》。

②养气：王充在《论衡·自纪篇》中说："历数冉冉，庚辛域际，虽惧终徂，愚犹沛沛，乃作《养性》之书，凡十六篇。养气自守，适时则酒，闭明塞聪，爱精自保，适辅服药引导，庶冀性命可

延，斯须不老。既晚无还，垂书示后。”

③验己：通过自己的检验、体验。

④“夫耳目”二句：《吕氏春秋·贵生》“圣人深虑天下，莫贵于生。夫耳目鼻口，生之役也。”生，生命。役，使用、服侍。

⑤神：精神。

⑥率志：顺其情志。委和：随顺自然。

⑦钻砺：钻研琢磨。

⑧数：规律。

译文

以前王充著书立说，写了论述养气的篇章，那是根据自己的经验写出的，难道是凭空虚造吗？耳目鼻口，是为人的生存服务的；心思言语，是用来表现人的精神活动的。写作时，顺着情志和谐自然，就会事理融洽而情意舒畅；钻研琢磨过度，就会使精神疲劳而气力衰损，这是精神活动的一般规律。

夫三皇辞质[①]，心绝于道华[②]；帝世始文[③]，言贵于敷奏[④]；三代、春秋[⑤]，虽沿世弥缛[⑥]，并适分胸臆[⑦]，非牵课才外也[⑧]。战代技诈[⑨]，攻奇饰说[⑩]；汉世迄今，辞务日新，争光鬻采[⑪]，虑亦竭矣。故淳言以比浇辞[⑫]，文质悬乎千载[⑬]；率志以方竭情，劳逸差于万里；

古人所以余裕[14]，后进所以莫遑也[15]。

注释

①三皇：传说中上古三帝王。所指说法不一，有的认为是伏羲、神农、黄帝，也有人认为是伏羲、神农、女娲。

②绝：断绝，隔绝。道华：指纷繁富丽的想法。

③帝世：五帝时代。五帝是上古传说中的五位帝王，所指不一。

④敷奏：陈奏，向君上报告。

⑤三代：夏、商、周。

⑥弥：更加。缛 rù：指文采繁盛。

⑦分：本分、个性。胸臆：心胸。

⑧牵课：勉强，强作。

⑨战代：战国时期。

⑩攻：研究。

⑪鬻 yù 采：炫耀文采。鬻，卖。

⑫淳：淳朴。浇：薄。

⑬悬：悬殊。

⑭余裕：从容不迫。裕，宽。

⑮遑 huáng：闲暇；余裕。

译文

“三皇”时代文辞朴质，人们心中还没有语言华丽的意识。"五帝"时代开始有了文采，很重视敷陈进奏时的语言。从夏、商、周到春秋时代，虽然相沿而下更加讲究文采繁缛，但都是作者个性和想法的表达，不是于才力之外去强求。战国时崇尚权谋诡诈，作者研究奇谲的道理和文饰游说的言辞。从汉代到现在，文辞每天都务求新奇，相互竞逐，炫耀文采，心思都用尽了。所以质朴的文辞和浮夸的文辞相比，文采和质朴悬隔了千年；率性而作和苦思冥想比较，劳累和安逸相差了万里。这就是古人所以从容不迫，后代忙碌无暇的原因。

凡童少鉴浅而志盛[①]，长艾识坚而气衰[②]，志盛者思锐以胜劳[③]，气衰者虑密以伤神，斯实中人之常资[④]，岁时之大较也[⑤]。若夫器分有限[⑥]，智用无涯[⑦]，或惭凫企鹤[⑧]，沥辞镌思[⑨]，于是精气内销，有似尾闾之波[⑩]；神志外伤，同乎牛山之木[⑪]：怛惕之盛疾[⑫]，亦可推矣[⑬]。

注释

①鉴：识鉴。

②长艾：老年人。《荀子·致士》："耆艾而信，可以为师。"杨倞注："五十曰艾，六十曰耆。"

③胜劳：胜任劳作。

④中人：一般的人。资：资质，禀赋。

⑤岁时：年龄。大较：大概情况。

⑥器分：才分、天分。

⑦智用无涯：《庄子·养生主》："吾生也有涯，而知也无涯；以有涯随无涯，殆已。"涯，边际。

⑧惭凫fú企鹤：喻对自己的短处感到惭愧，而羡慕别人的长处。《庄子·骈拇》："是故凫胫虽短，续之则忧；鹤胫虽长，断之则悲。故性长非所断，性短非所续，无所去忧也。"凫，水鸟，野鸭子。

⑨沥lì辞：精选文辞。沥，过滤。镌思：苦思。镌，雕凿。

⑩尾闾lǘ：古代传说中泄海水之处。《庄子·秋水》："天下之水，莫大于海，万川归之，不知何时止而不盈；尾闾泄之，不知何时已而不虚。"成玄英疏："尾闾者，泄海水之所也。"

⑪牛山之木：《孟子·告子上》："牛山之木尝美矣，以其郊于大国也，斧斤伐之，可以为美乎？……牛羊又从而牧之，是以若彼濯濯也。"赵岐注："牛山，齐之东南山也。……濯濯，无草木之貌。"

⑫怛惕dá tì：惊惧。

⑬推：推想。

译文

大凡少年见识较浅而意气旺盛，老年识力坚定而气血衰弱。意气旺盛的人文思敏锐而不会感到劳累，气血衰弱的人思虑周密而损伤精神，这确实是一般人的特点，是不同年龄的人的大概情况。各人的才能是有限的，而智力的运用是无穷的，有的人像短腿的鸭子羡慕仙鹤一样对自己的短处感到惭愧，于是羡慕别人的长处，在写作上用尽心力。结果使精气消耗于内，好像水波永无休止地泄入尾闾这个无底洞一样；神志损伤于外，如同牛山上的树木被砍光了一样。因紧张惊恐造成疾病，也是可以推想的。

至如仲任置砚以综述①，叔通怀笔以专业②，既暄之以岁序③，又煎之以日时④；是以曹公惧为文之伤命⑤，陆云叹用思之困神⑥，非虚谈也。

注释

①仲任：王充的字。置砚以综述：《初学记》卷二十一引谢承《后汉书》说："王充于室内门户墙柱，各置笔砚，著《论衡》八十五篇。"

②叔通：东汉曹褒字叔通，章帝、和帝时为侍中。怀笔以专业：《后汉书·曹褒传》载："褒少笃志有大度，结发传充业，博雅疏通，尤好礼士。常憾朝廷制度未备，慕叔孙通汉礼仪，昼夜研精，沉吟专思，寝则怀抱笔札，行则诵习文书，

当其念至，忘所之适。”

③暄 xuān：太阳的温暖。此指煎熬。岁序：岁月，岁时的顺序。

④煎：煎熬。

⑤曹公：指曹操。其言论原文已佚。

⑥陆云：字士龙，西晋人，陆机之弟。用思困神：陆云《与兄平原书》：“兄文章已自行天下，多少无所在，且用思困人，亦不事复及，以此自劳役。”

译文

至于像王充为写作而在房子内到处放着笔墨纸砚，像曹褒为研究礼仪睡觉时也怀着纸笔，他们既按年按季来督促自己，又按日按时来逼迫自己。因此曹操害怕因为作文而损伤了性命，陆云感叹用心思考而使精神困顿，这并非空谈。

夫学业在勤，故有锥股自厉[①]；至于文也，则有申写郁滞[②]：故宜从容率情[③]，优柔适会[④]。若销铄精胆[⑤]，蹙迫和气[⑥]，秉牍以驱龄[⑦]，洒翰以伐性[⑧]，岂圣贤之素心[⑨]，会文之直理哉[⑩]！

注释

①锥股自厉：《战国策·秦策一》：“（苏秦）乃

夜发书，陈箧数十，得太公《阴符》之谋，伏而诵之，简练以为揣摩。读书欲睡，引锥自刺其股，血流至足。”厉，鞭策。

②申：舒展。郁滞：郁闷，忧郁。

③率情：顺其性情。

④优柔：宽舒。

⑤销铄 shuò：熔化，消损。精胆：精气。

⑥蹙 cù 迫：逼迫。和气：元气，中气。中医上指人体内能使各器官发挥机能的原动力。

⑦秉：持，拿着。牍 dú：木简，此处指纸张。龄：年龄，岁月。

⑧洒翰：挥笔。伐性：损害性命。

⑨素心：本心，素愿。

⑩会文：指写作。直理：正理。

译文

学习在于勤奋，所以有人用锥子刺股来督促自己；至于写文章，是要抒发心中的郁闷，所以应当从容不迫地顺着情感，从容不迫地去适应时机。如果消耗精力，损伤元气，拿着纸张去驱赶性命，挥洒笔墨来损害本性，这难道是圣贤的本愿，作文的正理吗？

且夫思有利钝[1]，时有通塞[2]，沐则心覆[3]，且或反常，神之方昏[4]，再三愈黩[5]。是以吐纳文艺[6]，务在节宣[7]，清和其心[8]，调畅其气[9]，烦而即舍，勿使壅滞[10]；意得则舒怀以命笔[11]，理伏则投笔以卷怀[12]，逍遥以针劳[13]，谈笑以药倦[14]。常弄闲于才锋[15]，贾余于文勇[16]，使刃发如新[17]，腠理无滞[18]，虽非胎息之万术[19]，斯亦卫气之一方也[20]。

注释

①利钝：此指文思的敏锐或迟钝。

②通塞：通畅或阻塞。

③沐则心覆：洗头时，头下垂，心的位置反在头上。《左传·僖公二十四年》："晋侯之竖头须，守藏者也……求见。公辞焉以沐。谓仆人曰：'沐则心覆，心覆则图反，宜吾不得见也。'"沐，洗头。

④方：正当。昏：迷糊。

⑤黩dú：昏乱。

⑥吐纳文艺：指写作。

⑦节宣：节制宣泄，疏导调节。

⑧清和：清净调和。

⑨调畅：调和舒畅，情理畅通。

⑩壅yōng滞：阻塞不通。

⑪命笔：写作。

⑫卷怀：收卷情怀。

⑬逍遥：优游自得。针：针砭以治病。

⑭药：医治。

⑮才锋：才华锋芒。

⑯贾gǔ余于文勇：指有多余的写作才力。《左传·成公二年》："齐高固入晋师，桀石以投人。禽之，而乘其车，系桑本焉，以徇齐垒，曰：'欲勇者，贾余余勇。'"杜预注："贾，卖也，言己勇有余，欲卖之。"

⑰刃发如新：《庄子·养生主》载：庖丁向梁惠王说，"今臣之刀十九年矣，所解数千牛矣，而刀刃若新发于硎"。

⑱腠còu理：肌肉的纹理。滞：阻碍。

⑲胎息：道家的一种修炼方法。《抱朴子·内篇·释滞》："故行气或可以治百病，……其大要者，胎息而已。得胎息者，能不以鼻口嘘吸，如在胞胎之中，则道成矣。"万术：多种技术。

⑳卫气：养气。

译文

况且作者的文思有敏锐、迟钝之别，写作时有通畅、阻塞之分，这就像洗头时心的位置会倒置，这时考虑问题会反常一样，在神志正迷糊时，如果再三思考，只会更加的昏乱。所以写作著述，一定要调节疏导，使内心清净和顺，神气调和畅通，如果心烦意乱就要立即停止，不要使思路壅塞。心情舒畅时便提笔写作，文思潜伏时就停笔休息，在逍遥自在中解除劳累，用说说笑笑来赶走疲倦。这样就能在轻松闲暇中展露才锋，在写作上有用不完的精力，使自己的笔锋锋利得像新磨过的刀刃，分割肌肉时没有一点阻碍，这虽然不是胎息的技术，也是养气的方法之一。

赞曰：纷哉万象，劳矣千想。玄神宜宝①，素气资养②。水停以鉴③，火静而朗④。无扰文虑，郁此精爽⑤。

注释

①玄神：精神。

②素：平素。

③鉴：镜，照。

④朗：明亮。

⑤郁：结，积。精爽：精神清明。

译文

结语：各种现象纷繁复杂，冥思苦想十分劳累啊。人的精神应当珍爱，精气有待保养。水面静止则更加清明，火焰平静则更加明亮。不要扰乱创作的思路，应当保持精神的清明。

总 术

题解

《总术》是《文心雕龙》的第四十四篇，属创作论。本文是总论掌握创作方法的重要性。全篇可分三个部分：第一部分论“文”“笔”之分；第二部分提出“研术”，即研究创作方法的重要意义；第三部分进一步说明“执术”，即掌握写作方法的必要性。

今之常言，有文有笔[1]，以为无韵者笔也，有韵者文也。夫文以足言[2]，理兼《诗》《书》[3]，别目两名[4]，自近代耳[5]。颜延年以为[6]：“笔之为体，言之文也；经典则言而非笔，传记则笔而非言[7]。”请夺彼矛，还攻其盾矣。何者？《易》之《文言》[8]，岂非言文？若笔果言文，不得云经典非笔矣。将以立论，未见其论立也。予以为[9]：发口为言，属翰曰笔[10]，常道曰经，述经曰传[11]。经传之体，出言入笔，笔为言使[12]，可强可弱[13]。《六经》以典奥为不刊[14]，非以言笔为优劣也。昔陆氏《文赋》[15]，号为“曲尽”[16]，然泛论纤悉[17]，而实体未该[18]；故知九变之贯匪穷[19]，知言之选难备矣[20]。

注释

①文：有韵之文。如诗歌辞赋之类。笔：无韵之文。如历史、学术论著之类。

②文：文采。言：语言。

③《诗》：《诗经》，代表有韵之文。《书》：《尚书》，代表无韵之文。

④目：称。

⑤近代：指晋以来。

⑥颜延年：名延之，南朝刘宋人。

⑦"笔之为体"数句：原文失考。

⑧《文言》：《周易》"十翼"之一，专门解释《乾》《坤》的篇章，相传为孔子所作，写得很有文采。

⑨予：我。刘勰自称。

⑩属翰：作文。翰，笔。

⑪"常道"二句：张华《博物志·文籍考》："圣人制作曰经，贤者著述曰传。"

⑫使：用，支配。

⑬强、弱：指文采的多、少。

⑭六经：指《诗》《书》《礼》《乐》《易》《春秋》六部儒家经典。典奥：典雅深奥。不刊：不可磨灭。刊，削去。

⑮陆氏：指陆机，字士衡，西晋人。《文赋》：陆

机创作的论述文体特征和文学创作过程的作品。

⑯号为“曲尽”：《文赋》说：“他日殆可谓曲尽其妙。”号，称。曲尽，详尽。

⑰纤 xiān 悉：细微详尽。

⑱该：兼备，完备。

⑲九变之贯：多次变化的事。九，虚数，泛指多次。贯，事。匪：非。

⑳知言：此指懂得“九变之贯”。

译文

今天常说：文章有“文”“笔”之分，以为无韵的就是“笔”，有韵的就是“文”。文采是用来修饰、丰富语言的，按理包括了有韵的《诗经》和无韵的《尚书》在内，至于分为“文”和“笔”两个名称，是从晋代开始的。颜延年以为：“‘笔’这种文体，是有文采的‘言’；儒家经书是‘言’而不是‘笔’，传记则是‘笔’而不是‘言’。”请让我借他的矛，来攻他的盾。为什么这样说呢？《易经》里的《文言》，难道不是有文采的“言”吗？倘若说“笔”果真就是有文采的“言”，那就不能说儒家经书不是“笔”了。颜延年想要立论，但看不出他的论点可以确立。我认为：说出口的就是“言”，写出来的就是“笔”；讲恒久不变的道理的就是经，解释经书的就是传记。经和传记这类文体，不属于“言”而属于“笔”，“笔”受到“言”的影响，文采可多可少。“六经”

典雅深奥不可更改，不是用“言”和“笔”来区分优劣的。以前陆机的《文赋》，号称对文体作了详尽的论述，但是只泛论了些琐碎的问题，而实际上对文体的论述并不完备。因此可知文体变化无穷，可懂得这种变化的人难得啊。

凡精虑造文，各竞新丽，多欲练辞[①]，莫肯研术[②]。碌碌之玉[③]，或乱乎石；落落之石[④]，时似乎玉。精者要约[⑤]，匮者亦鲜[⑥]；博者该赡[⑦]，芜者亦繁[⑧]；辩者昭晢[⑨]，浅者亦露[⑩]；奥者复隐[⑪]，诡者亦曲[⑫]。或文华而声悴[⑬]，或理拙而文泽[⑭]。知夫调钟未易[⑮]，张琴实难[⑯]。伶人告和，不必尽窕槬之中[⑰]；动角挥羽，何必穷初终之韵[⑱]：魏文比篇章于音乐[⑲]，盖有征矣[⑳]。夫不截盘根[㉑]，无以验利器；不剖文奥[㉒]，无以辨通才[㉓]。才之能通，必资晓术[㉔]，自非圆鉴区域[㉕]，大判条例[㉖]，岂能控引情源[㉗]，制胜文苑哉！

注释

①练：选择。

②术：方法。指各种写作原理和技巧。

③碌碌：玉石美好貌。

④落落：粗劣貌。

⑤要约：简约洗练。

⑥匮：缺乏。鲜xiǎn：少。

⑦赡：富足。

⑧芜：杂乱。

⑨昭晢zhé：清楚，明显。

⑩露：显露，彰著。

⑪复隐：包蕴隐含。

⑫诡：怪异。典：曲折隐晦。

⑬声：文辞声律。悴cuì：枯萎，憔悴。

⑭泽：光亮，润泽。

⑮调：调整。钟：古代乐器。

⑯张：张弦。

⑰“伶人”二句：《国语·周语下》载：周景王不听臣子单穆公、伶州鸠劝谏，铸无射大钟，“钟成，伶人告和。”韦昭注：“伶人，乐人也。”《左传·昭公二十一年》载：“二十一年春，天王将铸无射。伶州鸠曰：‘王其以心疾死乎？夫乐，天子之职也。夫音，乐之舆也。而钟，音之器也。天子省风以作乐，器以钟之，舆以行之。小者不窕，大者不槬，则和于物，物和则嘉成。故和声入于耳而藏于心，心亿则乐。窕则不咸，槬则不容，心是以感，感实生疾。今钟槬矣，王心弗堪，其能久乎？’”杜预注：“窕，细不满；槬，横大不入。”和，和谐。窕槬huà，钟声的细小和宏大。

⑱“动角”二句：《说苑·善说》：“雍门子周以琴见

乎孟尝君。……雍门子周引琴而鼓之，徐动宫徵，微挥羽角，切终而成曲。孟尝君涕浪汗增欷。”角、羽，古代五声音阶中的角音和羽音。穷，穷尽。初终，从头到尾，一曲弹完。韵，曲调。

⑲“魏文”句：曹丕《典论·论文》说：“文以气为主，气之清浊有体，不可力强而致。譬诸音乐，曲度虽均，节奏同检，至于引气不齐，巧拙有素，虽在父兄，不能以移子弟。”魏文，指魏文帝曹丕。

⑳征：证验。

㉑盘根：树根盘曲纠结。

㉒剖：分析。

㉓通才：精通写作的人才。

㉔资：凭借。

㉕圆鉴：周密地审察。区域：指写作的各个方面。

㉖判：裁决。条例：指写作规则。

㉗控引：控制，驾驭。

译文

大凡精心写作的人，都努力争取文章的新奇华丽，常常只想着修饰文辞，不肯研究作文的方法和技巧。美好的宝玉，有时混杂在石子里；粗糙的石子，有时又和玉石相似。讲究精练的人文章简明扼要，然而才能匮乏的人作文也简单短小；渊博的人文章完备详尽，芜杂的人作文也非常繁复；善于辨析事理的人文章明白清楚，浅薄的人作文也很浅露；深思的人文章深奥含蓄，诡奇怪异的人作文也曲折隐晦。有的文章内容华美而缺乏声情，有的文章事理拙劣却文辞光润。我们知道要使钟声协调不容易，要使琴弦和谐确实非常困难。乐师说钟的声调和谐，不一定音的高低恰好；乐师弹奏乐调，哪能从头到尾都合律；魏文帝曹丕将作文比作弹奏音乐，是有根据的。不能砍断盘错的树根，无从检验刀锯的锋利；不能分析文章的奥妙，无从辨别是否有创作的才能。要精通创作，必须掌握作文的方法，如果不能通晓作文的各个方面，尽量分析各种写作规则，哪能够控制情感的来龙去脉，在文坛上取得成功呢？

是以执术驭篇，似善弈之穷数①；弃术任心，如博塞之邀遇②。故博塞之文，借巧傥来③，虽前驱有功④，而后援难继⑤；少既无以相接，多亦不知所删，乃多少之并惑，何妍蚩之能制乎⑥！若夫善弈之文，则术有恒数⑦，按部整伍⑧，以待情会⑨，因时顺机⑩，动不失正⑪。数逢其极⑫，机入其巧，则义味腾跃而生⑬，辞气丛杂而至⑭。视之则锦绘⑮，听之则丝簧⑯，味之则甘腴⑰，佩之则芬芳⑱，断章之功⑲，于斯盛矣。

注释

①弈yì：下棋。数：技巧。

②博塞sài：即六博、格五等下棋游戏。邀：求。遇：得。

③倘tǎng来：意外得到。

④前驱：指文章的开头。

⑤后援：指文章的后继部分。

⑥妍：美。蚩chī：丑。制：控制，裁断。

⑦恒数：定数，固定的方法。

⑧按部整伍：即“按部就班”，指按一定次序。部、伍，指门类、次序。

⑨情会：思想感情的会合。

⑩因：沿袭、依照。

⑪动：动辄，往往。

⑫极：指中正。

⑬义味：文章的意义和情趣。

⑭辞气：辞采和气势。丛杂：聚集，丛聚。

⑮锦绘：丝织品和绘画。

⑯丝簧huáng：弦管乐器。丝，琴瑟一类的弦乐器。簧：笙一类的管乐器。

⑰甘腴yú：甜美。腴，肥美。

⑱佩：戴。芬芳：芳香。

⑲断章：指写作。断，裁断。

译文

因此掌握技巧来写作，就像善于下棋的人穷尽了棋术；抛弃技巧随心而动，就像下棋靠碰运气。所以像赌博碰运气那样作文，凭借巧合偶然得来，即使文章开头写得成功，可是后面却难于继续下去。内容少了不知道如何接继，多了也不知道如何删减，这样多了少了都感到迷惑，如何控制写作的好坏呢？至于像善于下棋那样作文，技巧上有一定的规则，一切按部就班，只等情思的会通，然后待时而动，这样往往不会脱离正道。如果技巧掌握得好，时机抓得好，那文章的意义情趣便会腾跃涌现，文辞气势便会蜂拥而至。看起来文采就像织锦彩绘，听上去声律就像管弦合奏，品评起来就像甘美的佳肴，玩赏起来就像芬芳的香草。写作的功效，到这样才是最好的。

夫骥足虽骏[①]，纆牵忌长，以万分一累，且废千里[②]。况文体多术，共相弥纶[③]，一物携贰[④]，莫不解体。所以列在一篇，备总情变[⑤]；譬三十之辐，共成一毂[⑥]，虽未足观，亦鄙夫之见也[⑦]。

注释

①骥jì：良马。骏：迅速。

②“纆mò牵”三句：《战国策·韩策三》载：王良的弟子驾千里马，遇造父弟子。“造父之弟子曰：‘马不千里。’王良弟子曰：‘马，千里之马也；

服，千里之服也。而不能取千里，何也？’曰：‘子缰牵长。’故缰牵于事，万分之一也，而难千里之行”。缰，绳索，马缰绳。累，妨碍。

③弥纶：包举，综合。

④携贰：离心，有二心。

⑤备总：全面总结概括。情变：情况变化。

⑥“譬三十”二句：《老子》第十一章：“三十辐，共一毂。”辐fú，辐条，即车轮上连接轮圈和车毂的木条。毂gǔ，车轮中心圆木，周围与车辐的一端相接，中有圆孔，用以插轴。

⑦鄙夫：庸俗浅陋的人。此是刘勰自谦之词。

译文

骏马虽然迅捷，但缰绳却切忌过长，哪怕长度超过万分之一，尚且妨碍马的千里之行，何况文章各种体裁的写作方法多种多样，需要综合运用，如果有一点不协调，全文就会遭到破坏。所以我写了《总术》这一篇，用来全面概括写作的原则及各种情况变化。这好比车轮的三十根辐条共同聚集在车毂上，组成整体的车轮一样，虽然写的不值得一看，却也是我的一得之见。

赞曰：文场笔苑①，有术有门②。务先大体，鉴必穷源③。乘一总万④，举要治繁。思无定契⑤，理有恒存⑥。

注释

①文场笔苑：指文坛。

②门：门路，门道。

③源：根源，源头。此指写作的基本原理。

④一：规律。万：各种具体情况。

⑤契：契约，此指规则。

⑥理：原理。

译文

结语：在文坛上，文章写作有各种方法门道。务必首先抓住总体纲领，彻底认清写作的基本原理。掌握规律才能总揽各种情况，凭借纲领才能处理纷繁的情况。文思没有一定的规则，但写作的原理却是存在的。

时序

题解

《时序》是《文心雕龙》的第四十五篇，属批评论。本文从历代文学创作的发展变化情况，来探讨文学与社会现实的密切关系。全篇依次论述了从尧舜时期到战国时期、西汉时期、东汉时期、三国时期、西晋时期、东晋时期、宋、齐时期的文学情况，提出了“歌谣文理，与世推移”“文变染乎世情，兴废系乎时序”等观点。

时运交移[①]，质文代变[②]，古今情理，如可言乎！昔在陶唐[③]，德盛化钧[④]，野老吐“何力”之谈[⑤]，郊童含“不识”之歌[⑥]。有虞继作[⑦]，政阜民暇[⑧]，“薰风”诗于元后[⑨]，“烂云”歌于列臣[⑩]。尽其美者何？乃心乐而声泰也[⑪]！至大禹敷土[⑫]，九序咏功[⑬]，成汤圣敬[⑭]，“猗欤”作颂[⑮]。逮姬文之德盛[⑯]，《周南》勤而不怨[⑰]；太王之化淳[⑱]，《邠风》乐而不淫[⑲]；幽、厉昏而《板》《荡》怒[⑳]，平王微而《黍离》哀[㉑]。故知歌谣文理[㉒]，与世推移[㉓]，风动于上，而波震于下者也。

注释

①时运：时代的风气。交移：交替变易。

②质文：质朴与华美。

③陶唐：古帝名，即唐尧。初封于陶，后徙于唐。

④化钧：教化普及。

⑤“野老”句：《文选》谢灵运《初去郡》诗注引《论衡》：“尧时百姓无事，有五十之民，击壤于涂。观者曰：‘大哉！尧之德也。’击壤者曰：‘吾日出而作，日入而息，凿井而饮，耕田而食，尧何力于我也！’”野老，村野老人。

⑥“郊童”句：《列子·仲尼篇》：“尧治天下五十年，不知天下治欤，不治欤？不知亿兆之愿戴己欤？不愿戴己欤？顾问左右，左右不知。问外朝，外朝不知。问在野，在野不知。尧乃微服游于康衢，闻儿童谣曰：‘立我蒸民，莫匪尔极。不识不知，顺帝不则。’尧喜问曰：‘谁教尔为此言？’童儿曰：‘我闻之大夫。’问大夫，大夫曰：‘古诗也。’”

⑦有虞：指舜时。舜号有虞氏。有，语助词。作：起。

⑧阜fù：兴盛。暇：安闲。

⑨“薰风”句：《孔子家语·辩乐解》：“昔者舜弹五弦之琴，造《南风》之诗，其诗曰：‘南风之薰兮，可以解吾民之愠兮；南风之时兮，可以

阜吾民之财兮。’”薰风，和暖的风。指初夏时的东南风。元后，天子。此指舜。

⑩“烂云”句：《尚书大传》卷一：“百工相和而歌卿云。帝乃倡之曰：‘卿云烂兮，纠缦缦兮。日月光华，旦复旦兮。’八伯咸进稽首曰：‘明明上天，烂然星陈；日月光华，宏于一人。’”烂云，彩云。

⑪泰：安，舒适。

⑫敷土：治理水土。

⑬九序：即九叙，指三事（正德、利用、厚生）、六府（水、火、金、木、土、谷）九功各顺其理，皆有次序。

⑭成汤：商代的第一个帝王，名汤，谥号成。圣敬：圣明恭慎。《诗经·商颂·长发》：“汤降不迟，圣敬日跻。”

⑮“猗yī欤”作颂：《诗经·商颂·那》：“猗与那与！置我鞉鼓。奏鼓简简，衎我烈祖。汤孙奏假，绥我思成。”猗欤，亦作“猗与”，叹词，表示赞美。

⑯逮dài：及，到。姬文：周文王，姬姓。

⑰《周南》：《诗经》十五国《国风》之一，包括《关雎》等十一首诗。勤而不怨：《左传·襄公二十九年》：“吴公子札来聘，……请观于周乐。使工为之歌《周南》《召南》。曰：‘美

哉！始基之矣，犹未也，然勤而不怨矣。’”

⑱太王：周文王的祖父公刘。淳：淳厚。

⑲《邠bīn风》：即《豳风》，是《诗经·国风》中的一部分。邠是太王公刘所居的地方，在今陕西彬县。乐而不淫：《左传·襄公二十九年》："吴公子札来聘，……为之歌豳。曰：美哉！荡乎，乐而不淫。"淫，过分。

⑳幽：指周幽王。厉：指周厉王。都是西周昏君。《板》：《诗经·大雅》篇名。毛序说："《板》，凡伯刺厉王也。"《荡》：《大雅》篇名。毛序说："《荡》，召穆公伤周室大坏也。厉王无道，天下荡荡，无纲纪文章，故作是诗也。"

㉑平王：周平王，东周第一代国君。微：衰落。《黍离》：《诗经·王风》篇名，毛序说："《黍离》，闵宗周也。周大夫行役，至于宗周，过故宗庙宫室，尽为禾黍，闵周室之颠覆，彷徨不忍去而作是诗也。"

㉒文理：文辞义理。

㉓世：时代。

译文

时代风气交替推移，崇尚文采或质朴的文风也在发生变化，古往今来的文情变化之理，好像可以讲出道理来吧！从前尧的时代，德政兴盛，教化普及，村野老人唱"何力"之歌，郊外儿童唱着"不识"之谣。虞舜继起，政治清明，百姓安适，舜咏唱《南风歌》，大臣唱《卿云歌》。这些作品为何都极其美好呢？是因为心里快乐所以声音安泰啊！到了大禹治理水土有功，各种事情皆有次序而被歌颂；成汤圣明谨慎，《诗经·商颂·那》篇唱出了“猗欤”的颂辞。到了周文王时，道德高尚，《诗经·周南》表达了勤劳而不怨恨的思想；周太王教化淳厚，《诗经·豳风》表达了欢乐而不过分的心情；周幽王、周厉王昏庸，《诗经·大雅》里的《板》和《荡》充满了愤怒之情；周平王时衰微，《王风·黍离》表现了哀怨之情。所以可知歌谣的文辞义理随着时世而变化，就像风在水面上吹动，引起水波在下面震荡一样。

春秋以后，角战英雄①，《六经》泥蟠②，百家飙骇③。方是时也④，韩、魏力政⑤，燕、赵任权⑥；“五蠹”“六虱”⑦，严于秦令；唯齐、楚两国，颇有文学⑧；齐开庄衢之第⑨，楚广兰台之宫⑩，孟轲宾馆⑪，荀卿宰邑⑫；故稷下扇其清风⑬，兰陵郁其茂俗⑭；邹子以谈天飞誉⑮，驺奭以雕龙驰响⑯；屈平联藻于日月⑰，宋玉交彩于风云⑱。观其艳说⑲，则笼罩《雅》《颂》⑳，故知炜烨之奇意㉑，出乎纵横之诡俗也㉒。

注释

①角jué战：争战，以战争较胜负。

②泥蟠pán：蟠龙屈处泥污中。喻指处在困厄中。

③百家：诸子百家。飙biāo骇：风起云涌。飙，暴风。

④方：正。

⑤力政：犹力征。谓以武力征伐。

⑥任权：任用权术谋士。

⑦五蠹dù：五种蛀虫。《韩非子·五蠹》篇，指斥学者(儒家)、言谈者(纵横家)、带剑者(游侠)、患御者(逃避公役的人)、商工之民为危害国家的五种蠹民。蠹，蛀虫。六虱：六种害虫。《商君书·靳令》以礼乐、诗书、修善孝弟、诚信贞廉、仁义、非兵羞战为"六虱"。

⑧文学：指文化学术。

⑨齐开庄衢qú：《史记·孟子荀卿列传》载：齐国招揽各家学者，"为开第康庄之衢，高门大屋，尊宠之"。庄衢，大路。第，大宅。

⑩兰台之宫：宋玉《风赋》说："楚襄王游于兰台之宫，宋玉、景差侍。"兰台宫，相传在今湖北钟祥。

⑪孟轲：即孟子，战国时儒家代表人物。宾馆：招待宾客住宿的地方。《孟子·公孙丑下》："孟子将朝王，王使人来曰：寡人如就见者也。"

赵岐注："孟子虽仕齐，处师宾之位，以道见敬。……王欲见之，先朝，使人往谓孟子云。寡人如就见者，若言就孟子之馆相见也。"

⑫荀卿：名况，战国时儒家代表人物。宰：管理。邑：城邑。此指兰陵，荀子曾为兰陵令。

⑬稷jì下：指战国齐都城临淄西门稷门附近地区。齐威王、宣王曾在此建学宫，广招文学游说之士讲学议论，成为各学派活动的中心。扇：扇扬。

⑭"兰陵"句：刘向《孙卿书录》说："兰陵多善为学，盖以孙卿也。长老至今称之，曰：兰陵人喜字为卿，盖以法孙卿也。"郁，积。茂俗，美好的风气。

⑮邹zōu子：即邹衍，战国时齐国学者，阴阳家。好谈天说地及论阴阳五行等问题，时人称他"谈天衍"。飞誉：扬名。

⑯驺奭shì：战国时齐国人。雕龙：《史记·孟子荀卿列传》裴骃《集解》引刘向《别录》："驺奭修衍之文，饰若雕镂龙文，故曰'雕龙'。"驰响：犹驰声，扬名。

⑰屈平：屈原，名平。联藻：指作品有文采。日月：《史记·屈原列传》："推此志也，虽与日月争光可也。"

⑱交彩：指作品文采飞扬。

⑲艳说：指屈原、宋玉文采华美的作品。

⑳笼罩：掩盖，超过。《雅》《颂》：《诗经》中的

两个部分，此指《诗经》。

㉑晔烨wěi yè：光辉照耀。奇意：指奇特创新的想象。

㉒纵横：纵横家。诡俗：奇异的风俗、风习。

译文

春秋以后，列国诸雄互相争战，《六经》被埋没，诸子百家便风起云涌般地出现了。那个时候，韩国、魏国使用武力征伐，燕国、赵国任用权谋之士；商鞅、韩非不喜儒家，斥之为“五种蛀虫”“六种虱害”之一，严加禁止；只有齐、楚两国，富有文化学术。齐国在四通八达的大街上开设了府第，楚国建造兰台宫，用来延纳学士，孟轲住在齐国的客馆，荀卿当了楚国兰陵的县令；所以齐国的稷门吹起了清新的学风，楚国的兰陵养成了美好的习俗；邹衍因为谈天而驰誉，驺奭因为“雕龙”般的文采而扬名；屈原的作品华美，可与日月争光，宋玉作品艳丽，可与风云辉映。看看他们美艳的文辞，超过了《诗经》，所以可知美妙奇特的想象，出自战国时策士们纵横捭阖的诡异风尚。

爰至有汉[①]，运接燔书[②]，高祖尚武[③]，戏儒简学[④]；虽礼、律草创[⑤]，《诗》《书》未遑[⑥]，然《大风》《鸿鹄》之歌[⑦]，亦天纵之英作也[⑧]。施及孝惠[⑨]，迄于文、景[⑩]，经术颇兴，而辞人勿用；贾谊抑而邹、枚沉[⑪]，亦可知已。逮孝武崇儒[12]，润色鸿业[13]，礼乐争辉，辞藻竞骛[14]：柏梁展朝讌之诗[15]，金堤制恤民之咏[16]，征枚乘以蒲轮[17]，申主父以鼎食[18]，擢公孙之对策[19]，叹倪宽之拟奏[20]，买臣负薪而衣锦[21]，相如涤器而被绣[22]；于是史迁、寿王之徒[23]，严、终、枚皋之属[24]，应对固无方[25]，篇章亦不匮[26]，遗风余采，莫与比盛。

注释

①爰yuán：发语词。有：语首助词。

②燔fán书：指秦始皇焚书。燔，焚烧。

③高祖：即刘邦。

④戏儒：《史记·郦食其传》："骑士曰：'沛公不好儒，诸客冠儒冠来者，沛公辄解其冠，溲溺其中。'"沛公即刘邦。简：简慢，轻视。

⑤礼、律草创：汉初，曾命叔孙通制礼仪，萧何草律。律，法。

⑥《诗》：《诗经》。《书》：《尚书》。遑huáng：空闲。

⑦《大风》：《大风歌》。《史记·高祖本纪》载：汉高祖统一天下后回故乡，作《大风歌》曰："大风起兮云飞扬，威加海内兮归故乡，安得猛士兮守四方！"《鸿鹄》：《鸿鹄歌》。《史记·留侯世家》载：刘邦欲改立幼子如意为太子，但看到太子刘盈有四位德高望重的老人辅

佐，又不忍废除，因作《鸿鹄歌》。歌曰："鸿鹄高飞，一举千里。羽翮已就，横绝四海。横绝四海，当可奈何！虽有矰缴，尚安所施！"

⑧天纵：天所放任，意谓上天赋予。

⑨施yì：移，延。孝惠：刘邦之子，汉惠帝刘盈。

⑩迄：到。文：汉文帝刘恒，高祖刘邦之子。景：汉景帝刘启，文帝之子。

⑪贾谊：汉初作家。抑：压抑。贾谊年轻有为，立志改革，遭大臣反对，贬为长沙王太傅，抑郁而亡。邹：指邹阳。枚：指枚乘。沉：指邹阳、枚乘沉沦下僚，地位不高。

⑫孝武：汉武帝刘彻，景帝之子。他罢黜百家，独尊儒术。

⑬润色：增美，修饰。鸿：大。

⑭骛wù：疾驰。

⑮柏梁：柏梁台，汉武帝所筑。相传汉武帝曾与群臣在此联句作诗。讌yàn：宴。

⑯"金堤"句：《史记·河渠书》载：汉武帝时，黄河在瓠子口（在今河南濮阳）决口，武帝派数万人堵塞决口，并亲临决口巡查赋诗，决口堵成后，命堤为金堤。金，喻其坚。恤xù，怜悯。

⑰征：召。蒲轮：用蒲草裹轮的车子。转动时震动较小。古时常用于封禅或迎接贤士，以示礼敬。《汉书·枚乘传》载："武帝自为太子闻乘名。及即

位，乘年老，乃以安车蒲轮征乘。道死。”

⑱申：同“伸”，满足。主父：名偃，武帝时为中大夫。《汉书·主父偃传》载，主父偃得武帝赏识，一年之内，连升四级，日益骄纵，人劝其收敛，主父偃说：“臣结发游学，四十余年，身不得遂，亲不以为子，昆弟不收，宾客弃我，我厄日久矣！丈夫生不五鼎食，死则五鼎亨耳。”鼎食，列鼎而食。指世家大族的豪奢生活。

⑲擢zhuó：提拔。公孙：指公孙弘，字季，西汉武帝时曾为丞相。《汉书·公孙弘传》载，武帝元光五年，公孙弘以《举贤良对策》应试，“时对者百余人，太常奏弘第居下。策奏，天子擢弘对为第一”。

⑳倪宽：字仲文，本为张汤的僚属，后为御史大夫。《汉书·倪宽传》：“时张汤为廷尉，……会廷尉时有疑奏，已再见却矣，掾史莫知所为。宽为言其意，掾史因使宽为奏。奏成，读之皆服。以白廷尉汤，汤大惊，召宽与语，乃奇其材，以为掾。上宽所作奏，即时得可。异日汤见上，问曰：‘前奏非俗吏所及，谁为之者？’汤言倪宽。上曰：‘吾固闻之久矣。’”

㉑买臣：即朱买臣，会稽人。《汉书·朱买臣传》载，买臣家境贫寒，靠卖柴为生，后来做了会稽太守，汉武帝对他说：“富贵不归故乡，如衣绣夜行。今子何如？”

㉒相如：即司马相如，西汉辞赋家。涤：洗。《史记·司马相如传》载，他曾在临邛开酒馆，亲自涤洗酒器。后来得汉武帝赏识，做了中郎将。

㉓史迁：即司马迁，西汉史学家。寿王：姓吾丘，名寿王，西汉辞赋家。

㉔严：指严安，西汉人。终：指终军，西汉人。

㉕无方：无定，指善于临机应变。

㉖匮：缺乏。

译文

到了汉代，紧跟在秦始皇焚书之后，汉高祖刘邦崇尚武功，戏弄儒生，怠慢学术。虽然草创了礼法和律法，《诗经》《尚书》却无暇顾及。但汉高祖的《大风歌》和《鸿鹄歌》，也算是天才的杰作了。从孝惠帝直到汉文帝、汉景帝时，经学颇为兴盛，可文人还是不受重用，贾谊遭到贬抑，邹阳和枚乘沉沦下僚，从这些就可以知道大概了。到了汉武帝时，尊崇儒术，注重粉饰功业，礼仪音乐争放光辉，文学创作竞相纷驰。汉武帝在柏梁台上与群臣朝宴联句，在瓠子河堤上忧民而作诗，用蒲轮车去征聘枚乘，满足主父偃鼎食高官的要求，公孙弘因对策而被擢升，倪宽因拟写的奏书而被赞叹，让卖柴为生的朱买臣衣锦还乡，让开酒馆涤酒器的司马相如穿上了官服，于是司马迁、吾丘寿王、严安、终军、枚皋这些人，他们的对答确实临机应变，文章也很多，遗风余韵流传下来，没有谁能比得上。

越昭及宣[1]，实继武绩[2]，驰骋石渠[3]，暇豫文会[4]，集雕篆之轶材[5]，发绮縠之高喻[6]。于是王褒之伦[7]，底禄待诏[8]。自元暨成[9]，降意图籍[10]，美玉屑之谭[11]，清金马之路[12]。子云锐思于千首[13]，子政雠校于六艺[14]，亦已美矣。爰自汉室[15]，迄至成、哀[16]，虽世渐百龄[17]，辞人九变[18]，而大抵所归[19]，祖述《楚辞》[20]，灵均余影[21]，于是乎在。

注释

①越：经过。昭：即汉昭帝刘弗陵，武帝之子。宣：即汉宣帝刘询，武帝曾孙。

②武：即汉武帝。绩：功绩。

③石渠：石渠阁。阁名，西汉皇室藏书之处，在长安未央宫殿北。《汉书·宣帝纪》载：西汉甘露三年（公元前51年），宣帝“诏诸儒讲《五经》同异”于石渠阁。

④暇豫：闲逸。

⑤雕篆：雕虫篆刻，此指辞赋创作。轶yì材：才华出众的作家。轶，超越。

⑥“发绮”句：《汉书·王褒传》：“上令褒与张子侨等并待诏，数从褒等放猎，所幸宫馆，辄为

歌颂，第其高下，以差赐帛。议者多以为淫靡不急，上曰：‘不有博弈者乎，为之犹贤乎已！辞赋大者与古诗同义，小者辩丽可喜。辟如女工有绮縠，音乐有郑、卫，今世俗犹皆以此虞说耳目，辞武比之，尚有仁义风谕，鸟兽草木多闻之观，贤于倡优博弈远矣。’”绮，有花纹的丝织品。縠hú，薄纱。

⑦王褒：字子渊，西汉作家。伦：类。

⑧底禄：取得官俸。底，应作“厎”，致。

⑨元：指汉元帝刘奭，宣帝之子。暨jì：及。成：指汉成帝刘骜，元帝之子。

⑩降意：倾心，留意。

⑪玉屑：玉的碎末。喻指美好的文辞。屑，碎末。

⑫金马：即金马门，汉代官门名。学士待诏之处。

⑬千首：指千首赋。桓谭《新论·道赋》载：扬雄曾说“能读千赋则善赋”。

⑭子政：刘向的字。刘向曾奉命整理皇宫藏书。未完而亡，子刘歆继父业，编成《七略》，其中有《六艺略》。雠chóu校：校勘。六艺：指儒家的“六经”。

⑮爰：于，从。

⑯哀：指汉哀帝刘欣，元帝之孙。

⑰百龄：西汉从汉高祖到汉哀帝，共206年。龄，年。

⑱九：虚数，泛指众多。

⑲大抵：大概。

⑳祖述：继承。

㉑灵均：屈原的字。《楚辞·离骚》："名余曰正则兮，字余曰灵均。"

译文

历经汉昭帝到汉宣帝，确实继承了汉武帝的功绩，他召集群儒在石渠阁讲论经学，闲暇时和文士聚会写作，既汇集了创作辞赋的杰出人才，还发表了"辞赋如同绮縠"的高论。因此王褒这些人得到高官厚禄，随时等待皇帝的诏令。从汉元帝到汉成帝，重视图书典籍的搜集，欣赏像玉屑般美好的言辞，扫清了通向金马门的道路，因此扬雄用尽心思创作辞赋，刘向整理了儒家经典，都很美好啊！从汉王朝建立，到汉成帝、汉哀帝为止，虽然经历了两百多年，文人的写作有很多变化，但大体的趋势，都是继承了《楚辞》的传统，屈原留下的影响，都可在这些作品里看到。

自哀、平陵替[①]，光武中兴[②]，深怀图谶[③]，颇略文华[④]，然杜笃献诔以免刑[⑤]，班彪参奏以补令[⑥]，虽非旁求[⑦]，亦不遐弃[⑧]。及明、章叠耀[⑨]，崇爱儒术，肄礼璧堂[⑩]，讲文虎观[⑪]；孟坚珥笔于国史[⑫]，贾逵给札于瑞颂[⑬]，东平擅其懿文[⑭]，沛王振其《通论》[⑮]，帝则藩仪[16]，辉光相照矣。自和、安已下[17]，迄至顺、桓[18]，则有班、傅、三崔[19]，王、马、张、蔡[20]，磊落鸿儒[21]，才不时乏，而文章之选[22]，存而不论。然中兴之后，群才稍改前辙[23]，华实所附[24]，斟酌经辞[25]，盖历政讲聚[26]，故渐靡儒风者也[27]。降及灵帝[28]，时好辞制，造《皇羲》之书[29]，开鸿都之赋[30]，而乐松之徒[31]，招集浅陋，故杨赐号为"瓘兜"[32]，蔡邕比之"俳优"[33]，其余风遗文，盖蔑如也[34]。

注释

①平：指汉平帝刘衎，是哀帝之弟。陵替：衰落，衰败。

②光武：指汉光武帝刘秀。中兴：中途振兴。此指刘秀建立东汉王朝。

③图谶chèn：古代方士、儒生编造的关于帝王受命征验一类的书，多为隐语、预言。始于秦，盛于东汉。《后汉书·光武帝纪上》："宛人李通等以图谶说光武云：'刘氏复起，李氏为辅。'"李贤注："图，河图也；谶，符命之征验也。"

④略：忽略。文华：文采。

⑤杜笃：字季雅，东汉初年人。诔lěi：哀悼死者的作品。《后汉书·文苑传》载，大司马吴汉死后，"光武诏诸儒诔之。笃于狱中为诔辞最高。帝美之，赐帛免刑"。

⑥班彪：字叔皮，东汉初年人。《后汉书·班彪传》载：“河西大将军窦融以为从事，深敬待之，接以师友之道。彪乃为融画策事汉，总西河以拒隗嚣。及融征还京师，光武问曰：‘所上章奏，谁与参之？’融对曰：‘皆从事班彪所为。’帝雅闻彪才，因召入见，举司隶茂才，拜徐令。”

⑦旁求：四处征求，广泛搜求。

⑧遐：远。

⑨明：指汉明帝刘庄，光武帝之子。章：指汉章帝刘炟，明帝之子。

⑩肄yì：学习。璧堂：辟雍与明堂的并称。辟雍，太学，环之以水，形似璧。明堂，宣明政教的厅堂。

⑪虎观：即白虎观。汉宫观名，在未央宫中。故址在今陕西省西安市。

⑫孟坚：班固的字。班固，东汉史学家。珥ěr笔：古代史官、谏官上朝，常插笔冠侧，以便记录，谓之“珥笔”。珥，插，戴。

⑬贾逵kuí：东汉学者。札：古代书写用的小而薄的木片。瑞颂：《后汉书·贾逵传》载：永平（58—75）间有神雀集于宫殿官府，“帝乃召见逵，问之。对曰：‘昔武王终父之业，鸑鷟在岐，宣帝威怀戎狄，神雀仍集，此胡降之征也。’帝敕兰台给笔札，使作《神雀颂》，拜为郎。”鸑鷟yuèzhuó，凤

凰的别名。

⑭东平：指东汉东平王刘苍。《后汉书·光武十王·东平宪王苍传》："苍少好经书，雅有智思。……帝以所作《光武本纪》示苍，苍因上《光武受命中兴颂》。帝甚善之，以其文典雅，特令校书郎贾逵为之训诂。"懿：美。

⑮沛王：指东汉宗室刘辅。《后汉书·光武十王·沛献王传》："辅矜严有法度，好经书，善说《京氏易》《教经》《论语》传及图谶，作《五经论》，时号之曰《沛王通论》。在国谨节，终始如一，称为贤王。显宗敬重，数加赏赐。"

⑯帝：指明帝和章帝。则：准则。藩：藩王，指东平王刘苍和沛王刘辅。仪：表率，榜样。

⑰和：指汉和帝刘肇，章帝之子。安：指汉安帝刘祜，章帝之孙。

⑱顺：指汉顺帝刘保，安帝之子。桓：指汉桓帝刘志，章帝的曾孙。

⑲班：指班固。傅：指傅毅，汉代文学家。三崔：指崔骃、崔瑗、崔寔祖孙三人，东汉文学家。

⑳王：指王延寿，东汉文学家。马：指马融，东汉学者。张：指张衡，东汉学者。蔡：指蔡邕，东汉学者。

㉑磊落：众多貌。

㉒文章之选：指上述文学家优秀文章的选录。

㉓前辙：以前车轮压出的痕迹。此喻指前人的作品。

㉔华实：文辞和内容。附：依附，根据。

㉕经：儒家经典。

㉖历政：历代，此指汉明帝和汉章帝以来。讲聚：指“璧堂”“白虎观”的儒家学说的讲习讨论。

㉗靡：披靡，倒下。此指受影响。

㉘灵帝：即刘宏，章帝玄孙。

㉙《皇羲xī》：指《皇羲篇》。《后汉书·蔡邕传》载：“初，帝好学，自造《皇羲篇》五十章。”

㉚鸿都：指鸿都门，是汉代藏书之所，灵帝曾置鸿都门学生，招集文士。

㉛乐松：汉灵帝时负责招集文士来鸿都门的人。《后汉书·蔡邕传》载：“初，帝好学……因引诸生能为文赋者。本颇以经学相招，后诸为尺牍及工书鸟篆者，皆加引召，遂至数十人。侍中祭酒乐松、贾护，多引无行趣势之徒，并待制鸿都门下，熹陈方俗闾里小事，帝甚悦之，待以不次之位。”

㉜杨赐：汉灵帝时司空。谨huān兜：相传为尧舜时的部落首领，四凶之一。《后汉书·杨赐传》载：杨赐曾上书汉灵帝说：“又鸿都门下，招会群小，造作赋说，以虫篆小技见宠于时，如谨兜、共工，更相荐说。”

㉝俳pái优：古代以乐舞谐戏为业的艺人。《后汉书·蔡邕传》载：乐松引无行趣势之徒待制鸿都门下，蔡邕对此上封事说：“而诸生竞利，作者鼎

沸，其高者颇引经训风谕之言，下则连偶俗语，有类俳优。”

㉞蔑如：微细。指不足称道，没有什么了不起。蔑，无。

译文

汉朝从哀帝、平帝开始衰微，直到光武帝才中兴，他非常相信图箓谶纬之学，而对文学却颇为忽视。然而杜笃因进献诔文而免去了刑罚，班彪因奏章写得好被增补为县令。虽然不是普遍地搜求人才，但对文人也并没远远地抛弃。到了汉明帝和汉章帝叠璧双耀的时代，崇尚儒术，明帝在辟雍与明堂讲习礼仪，章帝在白虎观里讨论经书。班固撰写了国史；贾逵作了赞美瑞祥的颂文；东平王刘苍写了美好的文章；沛献王刘辅写了《沛王通论》。皇帝作出榜样，藩王做出典范，光辉互相照映。自和帝、安帝以下，到顺帝、桓帝为止，有班固、傅毅和崔骃、崔瑗、崔寔、王延寿、马融、张衡、蔡邕等人，鸿儒众多，人才并不缺乏，对他们文章的选录，我们暂且存而不论。然而自从光武帝中兴之后，文人们渐渐改变了从前的道路，文辞和内容所依据的，是斟酌采用儒家经典，大概因为历代都聚集学者儒生讲论礼仪经书，所以便渐渐受了儒家风气的影响。到了汉灵帝，他喜好文学，亲自写了《皇羲篇》五十章，并打开鸿都门来召集写作辞赋的文人。而乐松之徒，引来了一些浅俗鄙陋的人，所以杨赐把他们称为坏人谨兜，蔡邕把他们比为弄臣俳优。他们遗留下的习气和文字，是不值得谈论的。

自献帝播迁[①]，文学蓬转[②]，建安之末[③]，区宇方辑[④]。魏武以相王之尊[⑤]，雅爱诗章[⑥]；文帝以副君之重[⑦]，妙善辞赋；陈思以公子之豪[⑧]，下笔琳琅[⑨]：并体貌英逸[⑩]，故俊才云蒸[⑪]。仲宣委质于汉南[⑫]，孔璋归命于河北[⑬]，伟长从宦于青土[⑭]，公幹徇质于海隅[⑮]；德琏综其斐然之思[⑯]；元瑜展其翩翩之乐[⑰]；文蔚、休伯之俦[⑱]，子叔、德祖之侣[⑲]，傲雅觞豆之前[⑳]，雍容衽席之上[㉑]，洒笔以成酣歌[㉒]，和墨以藉谈笑[㉓]。观其时文，雅好慷慨[㉔]，良由世积乱离[㉕]，风衰俗怨，并志深而笔长，故梗概而多气也[㉖]。

注释

①献帝：东汉最后一个帝王刘协，灵帝之子。播迁：迁徙，流离。汉献帝受董卓逼迫，由洛阳迁长安，后来曹操又迁之于许昌。

②蓬转：随风飘转的蓬草。喻指流离失所。

③建安：汉献帝年号（196—220）。

④区宇：境域，天下。此指中原地区。辑：安定。

⑤魏武：指魏武帝曹操。曹操于公元216年称魏王，曹丕继位后追尊为魏武帝。

⑥雅：很。

⑦文帝：魏文帝曹丕，曹操长子。副君：太子。曹丕于公元217年立为魏王太子。

⑧陈思：指曹植。曹植曾封陈王，死后谥号“思”。公子：古代称诸侯之庶子，以别于世子，亦泛称诸侯之子。

⑨琳琅lín láng：精美的玉石，借指美好的事物。此指优美的诗文。

⑩体貌：谓以礼相待，敬重。英逸：才智卓越的人。

⑪云蒸：比喻盛多。

⑫仲宣：“建安七子”之一王粲的字。委质：归顺。汉南：汉水之南。此指王粲避难的荆州。

⑬孔璋：“建安七子”之一陈琳的字。河北：黄河之北。此指袁绍父子统治的冀州，陈琳曾在袁绍门下。归命：归顺，投诚。

⑭伟长：“建安七子”之一徐幹的字。从宦：做官。青土：指徐幹的原籍青州北海，即今山东寿光。

⑮公幹：“建安七子”之一刘桢的字。徇xùn质：委质，出仕。海隅：海角，海边。常指僻远的地方。此指刘桢的原籍东平，即今山东东平县。

⑯德琏liǎn：“建安七子”之一应玚的字。斐fěi然：有文采貌。曹丕《与吴质书》：“德琏常斐然有述

作之意，其才学足以著书。”

⑰元瑜：“建安七子”之一阮瑀的字。翩翩：美好貌。曹丕《与吴质书》：“元瑜书记翩翩。”

⑱文蔚：建安时期文学家路粹的字。休伯：建安时期文学家繁钦的字。俦chóu：辈，同类。

⑲子叔：邯郸淳的字。德祖：杨修的字。都是建安时期文学家。

⑳傲雅：啸傲风雅，有风流不羁之义。觞shāng豆：觞与豆，古代盛酒肴之具。泛指饮食，筵席。

㉑雍容：从容不迫。衽rèn席：坐席。泛指集会。

㉒洒笔：指写作。酣歌：尽兴高歌。

㉓和墨：指写作。藉谈笑：有助谈笑。

㉔雅好：很爱好。

㉕良：诚。

㉖梗gěng概：慷慨。气：气势。

译文

自从汉献帝流离迁徙，文士也像蓬草一样四处飘荡，直到建安末年，中原地区方才安定。曹操身为尊贵的丞相和魏王，颇好诗文；曹丕身为尊贵的魏王太子，善于写作辞赋；陈思王曹植身为豪贵的公子，文章像珠玉般美好。他们都对文士以礼相待，所以一时文士极盛。王粲从汉水之南荆州来归顺，陈琳从黄河之北冀州来归附，徐幹从青州来从仕，刘桢从海边东平来投靠，应玚综合他斐然的文思，阮瑀施展他美好的才能。路粹、繁钦、邯郸淳、杨修这些文士，常常优游于酒席之间，从容于座席之上，下笔便写成了酣畅的诗篇，挥毫便可辅佐谈笑。观察这时的文章，都表现得慷慨激昂，实在是因为当时充满了战乱流离，风气败坏，民情怨恨，而文士们感慨深沉，命意深远，所以作品便慷慨激昂而富有气势！

至明帝纂戎①，制诗度曲②，征篇章之士，置崇文之观③，何、刘群才④，迭相照耀⑤。少主相仍⑥，唯高贵英雅⑦，顾眄含章⑧，动言成论。于时正始余风⑨，篇体轻澹⑩，而嵇、阮、应、缪⑪，并驰文路矣。

注释

①明帝：指魏明帝曹叡，曹丕之子。纂戎：继承光大先人业绩。此指继承帝位。纂，继承。戎，大。

②度曲：谱曲。

③崇文之观：崇文观，魏明帝招集文士的地方。《三国志·魏书·明帝纪》载：青龙四年，“夏四月，置崇文观，征善属文者以充之”。

④何：指何晏。三国魏国玄学家。刘：指刘劭。三国魏国文学家。

⑤迭相：相继；轮番。

⑥少主：年少的君主。此指明帝之后的齐王曹芳、高贵乡公曹髦、陈留王曹奂等人，即位时都很年轻。相仍：相继，连续不断。

⑦高贵：即高贵乡公曹髦。曹髦爱好儒术，善诗文。《三国志·魏书·三少帝纪评》："高贵公才慧夙成，好问尚辞，盖亦文帝之风流也。"

⑧顾眄：左顾右眄。含章：蕴藏着文采。

⑨正始：齐王曹芳的年号（240—249）。

⑩体：风格。轻澹：轻淡。

⑪嵇：指嵇康。阮：指阮籍。他们两人是正始时期的代表作家。应：应璩。缪miào：缪袭。两人略早于嵇、阮，是三国魏国文学家。

译文

到了魏明帝继承祖业，作诗谱曲；并召集文士，设置崇文观，于是何晏、刘劭这些人才，文采互相照耀。后来年少的君主相继即位，唯有高贵乡公曹髦风流俊雅，顾盼之间就形成文章，一发言就成为高论。在这时，受到正始余风的影响，文章风格轻淡，而嵇康、阮籍、应璩、缪袭都活跃在文坛上。

逮晋宣始基[①]，景、文克构[②]，并迹沉儒雅[③]，而务深方术[④]。至武帝惟新[⑤]，承平受命[⑥]，而胶序篇章[7]，弗简皇虑[8]。降及怀、愍[9]，缀旒而已[10]。然晋虽不文，人才实盛：茂先摇笔而散珠[11]，太冲动墨而横锦[12]，岳、湛曜“联璧”之华[13]，机、云标“二俊”之采[14]。应、傅、三张之徒[15]，孙、挚、成公之属[16]，并结藻清英[17]，流韵绮靡[18]。前史以为运涉季世[19]，人未尽才[20]，诚哉斯谈，可为叹息！

注释

①晋宣：指三国魏末司马懿，西晋建立，被追尊为晋宣帝。基：基础，此指司马氏政权的基础。

②景：指司马师，西晋建立，被追尊为晋景帝。文：指司马昭，西晋建立，被追尊为晋文帝。他俩都是司马懿之子。克构：指能完成前辈事业。克，能。

③迹沉儒雅：指儒学文章方面没有成就。迹，事迹。沉，沉没。

④方术：此指权术。

⑤武帝：指西晋第一个皇帝司马炎，司马昭之子。惟新：更新。指建立西晋王朝。

⑥承平：治平相承，太平。受命：受天之命，指做皇帝。

⑦胶序：学校。篇章：文章。

⑧简：阅。

⑨怀：指晋怀帝司马炽，武帝之子。愍 mǐn：指晋愍

帝司马邺，武帝之孙。

⑩缀旒liú：喻指居虚位而无实权者。怀、愍二帝均为匈奴俘虏，虚有其位。

⑪茂先：西晋文学家张华的字。散珠：比喻作品的美好。

⑫太冲：西晋文学家左思的字。动墨：指写作。横锦：比喻作品的美好。

⑬岳：指潘岳。湛：指夏侯湛。联璧：《晋书·夏侯湛传》载，夏侯湛"与潘岳友善，每行止同舆接茵，京都谓之连璧"。联璧：并列的美玉。喻两者可相媲美。璧，圆形的玉。

⑭机：陆机。云：陆云。兄弟俩都是西晋文学家。二俊：《晋书·陆机传》载，吴国灭亡后，陆机、陆云到洛阳，张华见之说："伐吴之役，利获二俊。"

⑮应：应贞。傅：傅玄。三张：指张载、张协、张亢兄弟三人。均是西晋文学家。

⑯孙：孙楚。挚：挚虞。成公：成公绥。三人均是西晋文学家。

⑰结藻：指写作有文采。清英：指文字清新挺拔。

⑱流韵：诗文等表现出的风格韵味。绮靡：美好，艳丽。

⑲前史：指前人所著历史书。季世：末世，衰世。

⑳人未尽才：人没有完全发挥才能。西晋文学家中，左思、张载、张协郁郁不得志，张华、陆机、陆

云、潘岳、刘琨等都被杀，挚虞则饿死于荒乱中。

译文

自晋宣帝司马懿奠定了晋朝的基础，晋景帝司马师、晋文帝司马昭能继承父业，他们忽略儒学和文章，致力于钻研权术。至晋武帝司马炎建立晋朝，太太平平做了皇帝，但是教育和辞章没有引起他的重视和考虑。到晋怀帝和晋愍帝，虚有其位罢了！然而，晋朝虽然不重视文学，人才实际上很兴盛；张华动笔写出美文，左思挥墨即成佳作，潘岳、夏侯湛像双璧相连般光彩照耀，陆机、陆云以文采突出被称为“二俊”，应贞、傅玄、张载、张协、张亢、孙楚、挚虞、成公绥这些人，文章都清新挺拔，韵味华美。以前史学著作认为当时政治衰颓，这些人都没有完全发挥才华，这话确实很正确，真是令人叹息啊！

元皇中兴①，披文建学②，刘、刁礼吏而宠荣③，景纯文敏而优擢④。逮明帝秉哲⑤，雅好文会，升储御极⑥，孳孳讲艺⑦，练情于诰策，振采于辞赋；庾以笔才逾亲⑧，温以文思益厚⑨，揄扬风流⑩，亦彼时之汉武也。及成、康促龄⑪，穆、哀短祚⑫；简文勃兴⑬，渊乎清峻⑭，微言精理，亟满玄席⑮；淡思酡采⑯，时洒文囿⑰。至孝武不嗣⑱，安、恭已矣⑲；其文史则有袁、殷之曹[20]，孙、干之辈[21]，虽才或浅深，珪璋足用[22]。

注释

①元皇：晋元帝司马睿。中兴：指建立东晋王朝。

②披文：提倡文学。

③刘：指刘隗。《晋书·刘隗传》："避乱渡江，元帝以为从事中郎。隗雅习文史，善求人主意，帝深器遇之。迁丞相司直，委以刑宪。"刁：指刁协。《晋书·刁协传》载："中兴建，拜尚书左仆射。于时朝廷草创，宪章未立，朝臣无习旧仪者。协久在中朝，谙练旧事，凡所制度，皆禀于协焉，深为当时所称许。"礼吏：懂得礼法的官吏。

④景纯：东晋文学家郭璞的字。《晋书·郭璞传》载："璞好经术，博学有高才，而讷于言论，词赋为中兴之冠。……璞著《江赋》，其辞甚伟，为世所称。后复作《南郊赋》，帝见而嘉之，以为著作佐郎。"优擢zhuó：提升官职。

⑤明帝：指司马绍，元帝之子。秉哲：富有才智。

⑥储：储君，太子。御极：登帝位。

⑦孳zī孳：勤勉；努力不懈。艺：六艺，指儒家经籍。

⑧庾：庾亮，字元规。笔才：文才，写作才能。逾：愈，益，更加。

⑨温：指温峤，字太真，东晋初人。

⑩揄扬：挥扬，扬起。

⑪成：指晋成帝司马衍。康：指晋康帝司马岳。都是明帝之子。促龄：寿命短促。成帝在位十六年，死时二十二岁。康帝在位二年，死时二十三岁。

⑫穆：指晋穆帝司马聃，康帝之子。哀：指晋哀帝司马丕，成帝之子。短祚：指皇帝在位年限很短。穆帝在位十六年。哀帝在位四年。祚，帝位。

⑬简文：晋简文帝司马昱，元帝之子。勃兴：蓬勃兴起。

⑭渊：深。清峻：清高峻拔。

⑮亟 qì：屡。玄席：讲论玄学的座席。《晋书·简文纪》载：简文帝“清虚寡欲，尤善玄言。”

⑯醲 nóng：酒味醇厚，浓烈。引申为浓厚。

⑰文囿 yòu：文坛。囿，园林。

⑱孝武：晋孝武帝司马曜，简文帝之子。不嗣：不足以继承前人之位。东晋政权从孝武帝开始落入刘裕之手，所以说“不嗣”。《晋书·孝武帝纪》中也有“晋祚尽昌明”的谶语记载，昌明是司马曜的字。

⑲安：晋安帝司马德宗。恭：晋恭帝司马德文。都是孝武帝之子。已：终止，指东晋灭亡。安帝被刘裕缢死，恭帝禅位给刘裕，第二年被杀。

⑳袁：指袁宏，东晋文学家。殷：指殷仲文，东晋诗人。曹：辈。

㉑孙：指孙盛。干：指干宝。

㉒珪guī璋：玉制的礼器，古代用于朝聘、祭祀。此喻指杰出的才德。

译文

晋元帝建立了东晋王朝，提倡文学，兴建学校。刘隗、刁协等官吏精通礼法而受到尊荣；郭璞因文思敏捷而被提拔。到了晋明帝时，他天资聪明，平素爱好文士聚会，从立为太子到登上皇位，都努力不懈地讲论六经，熟悉诰策的情理，发挥辞赋的文采，庾亮因为写作才华更加亲近，温峤因为文思不绝益发厚待。晋明帝重视鼓励文学，可谓当时的汉武帝。晋成帝、康帝寿命很短，穆帝、哀帝在位时间不长，到简文帝重新振兴，他气度深沉，清高峻拔，深奥的语言，精妙的道理，常常充满了玄谈的讲席；恬淡的文思和浓厚的文采，时时散布文坛。到了孝武帝时大权旁落，而到安帝和恭帝时东晋就灭亡了。这时期文史作者有袁宏、殷仲文、孙盛、干宝等人，他们的才智虽然浅深不同，但都是可贵的人才。

自中朝贵玄[①]，江左弥盛[②]，因谈余气[③]，流成文体。是以世极迍邅[④]，而辞意夷泰[⑤]，诗必柱下之旨归[⑥]，赋乃漆园之义疏[⑦]。故知文变染乎世情[⑧]，兴废系乎时序，原始以要终[⑨]，虽百世可知也[⑩]。

注释

①中朝：晋室南渡以后对西晋王朝的称呼。玄：玄学，指魏晋时期以老庄思想为主的一种哲学思潮。

②江左：指东晋。

③谈：玄谈，清谈。气：风气。

④迍邅zhūn zhān：处境不利，困顿。

⑤夷泰：平和闲静。

⑥柱下：指老子，曾经担任周的柱下史，掌管图籍等，著《老子》。旨归：主旨，意向。

⑦漆园：指庄子，曾任漆园吏，著《庄子》。义疏：疏解经义的书。

⑧世情：时代风气。

⑨原始以要yāo终：探讨事物的始末。《周易·系辞下》："《易》之为书也，原始要终，以为质也。"

⑩世：三十年为一世。

译文

自从西晋注重玄学，到东晋便更加盛行了，由于这种谈玄风气的影响，形成了新的文章风格。所以当时世道虽然困顿，而文辞却写得很平和，诗歌以老子的思想为宗旨，辞赋是对庄子义理的解释。可知文章的变化受到时代风气的影响，文学的兴衰和时代有关，追本溯源，即使是百世的文学变化也是可以推知的。

自宋武爱文[①]，文帝彬雅[②]，秉文之德[③]，孝武多才[④]，英采云构[⑤]。自明帝以下[⑥]，文理替矣[⑦]。尔其缙绅之林[⑧]，霞蔚而飙起[⑨]；王、袁联宗以龙章[⑩]，颜、谢重叶以凤采[⑪]，何、范、张、沈之徒[⑫]，亦不可胜数也[⑬]。盖闻之于世，故略举大较[⑭]。

注释

①宋武：指宋武帝刘裕。《南史·王俭传》载："宋孝武好文章，天下悉以文采相尚。"

②文帝：指宋文帝刘义隆，武帝之子。彬雅：儒雅。《南史·宋文帝纪》载："上（宋文帝）好儒雅，又命丹阳尹何尚之立玄学，著作佐郎何承天立史学，司徒参军谢元立文学，各聚门徒，多就业者。江左风俗，于斯为美。"

③文：文章。

④孝武：宋孝武帝刘骏，文帝之子。多才：《南史·宋孝武帝纪》载："（刘骏）少机颖，神明爽发。读书七行俱下，才藻甚美。"

⑤云构：云彩聚集。形容众多。

⑥明帝：指宋明帝刘彧，文帝之子。

⑦文理：为文之理，此指文学创作。替：衰废。

⑧缙绅：插笏于绅带间。后用为官宦或儒者的代

称。绅，围于腰际的大带。

⑨蔚：盛。飙：暴风。

⑩王、袁：王氏和袁氏宗族。联宗：两家宗族。龙章：龙纹，龙形。喻指不凡的文采。

⑪颜、谢：颜氏和谢氏家族。重叶：累世，几代。叶，世代。凤采：凤纹。比喻文辞美妙。

⑫何：何氏家族，著名者如何承天。范：范氏家族，著名者如范晔。张：张氏家族，著名者如张邵。沈：沈氏家族，著名者如沈约。

⑬不可胜数：不计其数。极言其多。

⑭大较：大概。

译文

宋武帝爱好文学，宋文帝彬彬儒雅，富有文采，宋武帝也很有才华，辞采富丽。从宋明帝以下，文学创作便衰废了。但在此时的士大夫之林，文士却风起云涌。王氏、袁氏宗族中出现大量文才；颜氏、谢氏几代以文采著名；还有何、范、张、沈等家族，文士不计其数。这些人世所共知，所以略举一下大概的情况。

暨皇齐驭宝[①]，运集休明[②]：太祖以圣武膺箓[③]，世祖以睿文纂业[④]，文帝以贰离含章[⑤]，高宗以上哲兴运[⑥]，并文明自天，缉熙景祚[⑦]。今圣历方兴[⑧]，文思光被[9]，海岳降神[10]，才英秀发，驭飞龙于天衢[11]，驾骐骥于万里[12]。经典礼章[13]，跨周轹汉[14]，唐、虞之文，其鼎盛乎[15]！鸿风懿采[16]，短笔敢陈[17]；飏言赞时[18]，请寄明哲[19]。

注释

①皇齐：南朝齐代。皇，大，美。驭宝：登帝位，统治国家。宝，宝座，宝位。

②运：气数，国运。休明：美好清明。用以赞美明君或盛世。休，美。

③太祖：指齐高帝萧道成。圣武：圣明英武。旧时称颂帝王之词。膺箓yīnglù：受天命统治天下。膺，受。箓，符命。

④世祖：指齐武帝萧赜，高帝之子。睿文：指皇帝的文德。睿，聪慧。纂业：继承大业。

⑤文帝：指文惠太子萧长懋，武帝之子。贰离：谓储君、太子。离，指日，喻天子。含章：包含美质。

⑥高宗：指齐明帝萧鸾。上哲：指具有超凡的道德、才智。

⑦缉熙：光明，光辉。景祚zuò：指帝位。景，大。祚，君位，国统。

⑧圣历：帝王的历数，国运。

⑨光被：遍及。

⑩海岳降神：指山川显灵，古人认为是瑞兆。海

岳，海和高山。降神，神灵降临。

⑪天衢qú：天空广阔，任意通行，如世之广衢，故称天衢。此指朝廷。衢，大路。

⑫骐骥：良马。

⑬礼章：礼乐制度。

⑭轹lì：车轮辗轧，此指超过。

⑮鼎盛：兴盛，昌盛。

⑯鸿风：大风。此指雄健的风格。懿：美。

⑰短笔：拙劣的文笔；亦用作谦辞。敢：岂敢。

⑱飏 yáng 言：大声。飏，飞扬。时：指齐代。

⑲明哲：指明智睿哲的人。

译文

到大齐统治天下，国运昌盛：齐太祖以圣明英武而受天承运，世祖以聪明睿智继承父业，文帝以太子之尊而富有文采，齐高宗以超人的智慧使国运兴隆。他们的文采都是天生的，光大了皇统。现在国运正隆，文化学术遍及天下，四海五岳都有神明降临，杰出人才大量涌现，可以驾飞龙于朝廷之上，驱骏马于万里之外。现在的经典礼乐，超越了周朝和汉代，而和唐尧虞舜时的文章一样，正是鼎盛时期啊！此时宏伟的文风，美好的辞采，我拙劣短笔岂敢陈述，高声评赞当代的文章，且请交给高明的人吧！

赞曰：蔚映十代[①]，辞采九变[②]。枢中所动[③]，环流无倦[④]。质文沿时，崇替在选[⑤]。终古虽远[⑥]，僾焉如面[⑦]。

注释

①蔚映：文采映照。十代：十个朝代，指唐、虞、夏、商、周、汉、魏、晋、宋、齐。

②九：虚数，指多。

③枢中：枢要中心。枢，户枢。

④环流：循环往复。

⑤崇替：兴废，盛衰。

⑥终古：往昔，自古以来。

⑦僾ài：隐约，仿佛。

译文

结语：十个朝代的文学光辉映照，发展经历了许多变化。时代就像门枢一样，文学环绕它不断演变。文风的质朴或华丽随时更易，文学的兴盛衰亡在于时代的选择。往古的文学虽然久远，却又仿佛在眼前。

物　色

题解

《物色》是《文心雕龙》的第四十六篇，属批评论。物色，泛指自然万物的声色状貌。本文通过自然现象对文学创作的影响，来论述文学与现实的关系。全篇可分三个部分：第一部分论自然景色对作者的影响作用；第二部分论述如何描写自然景物；第三部分总结了晋宋以来“文贵形似”的新趋向，提出一些具体的写作要求。

春秋代序①，阴阳惨舒②，物色之动，心亦摇焉。盖阳气萌而玄驹步③，阴律凝而丹鸟羞④，微虫犹或入感，四时之动物深矣。若夫珪璋挺其惠心⑤，英华秀其清气⑥，物色相召，人谁获安？是以“献岁发春”⑦，悦豫之情畅⑧；“滔滔孟夏”⑨，郁陶之心凝⑩；“天高气清”⑪，阴沉之志远⑫；“霰雪无垠”⑬，矜肃之虑深⑭。岁有其物，物有其容⑮；情以物迁，辞以情发⑯。一叶且或迎意⑰，虫声有足引心。况清风与明月同夜，白日与春林共朝哉！

注释

①春秋：代指四季。代序：时序更替。代，更替。

序，指四季的次序。

②阴阳惨舒：即阴惨阳舒。秋冬为阴，春夏为阳。惨，凄惨，不愉快。舒，舒畅。

③萌：萌生。玄驹：蚂蚁。步：走动。

④阴律凝：阴历八月秋天到来，阴气开始凝聚。阴律，阴气。古代乐律分阴阳，阳律六、阴律六，又以十二乐律配十二月，八月属于阴律。丹鸟：萤火虫。羞：进食。

⑤珪guī璋：玉制的礼器。古代用于朝聘、祭祀。此泛指美玉。

⑥英华：美丽的花朵。

⑦献岁发春：《楚辞·招魂》："献岁发春兮，汨吾南征些。"献岁，进入新的一年。发春，春气发动。谓春天万物发生。

⑧悦豫：喜悦安乐。

⑨滔滔孟夏：《楚辞·九章·怀沙》："滔滔孟夏兮，草木莽莽。"滔滔，阳气盛发貌。孟夏，夏季的第一个月，农历四月。

⑩郁陶：忧思积聚貌。

⑪天高气清：指秋天。《楚辞·九辩》："泬寥兮天高而气清。"

⑫阴沉：深沉。

⑬霰xiàn雪无垠：《楚辞·九章·涉江》："霰雪纷其无垠兮，云霏霏而承宇。"霰，雪珠，小冰

粒。垠，边界。

⑭矜肃：庄重严肃。

⑮“岁有”二句：《左传·昭公九年》：“事有其物，物有其容。”

⑯“情以”二句：本书《明诗篇》说“应物斯感，感物吟志”，和这两句意思相同。

⑰迎：接。引申为感触。

译文

春夏秋冬四季更替，阴沉的天气使人感到伤悲，温暖的天气使人感到舒畅，自然景物的变化，使人的心情也跟着波动。春天阳气萌动，蚂蚁开始活动；八月阴气凝聚，萤火虫就加紧进食。这些微小的虫子也能感到气候的变化，可见四季变化对万物影响深远。至于人，智慧的心灵宛如美玉，清秀的气质好比美丽的花朵，面对各种景物的感召，谁又能无动于衷呢？因此春回大地，便感到欢乐舒畅；夏日炎炎，便感到烦躁不安；秋高气清，引起阴郁遥远的情思；大雪无边，使人的思虑严肃而深沉。四季各有不同的景物，景物又各有形貌，感情因景物而变化，文辞因感情而产生。一片树叶落下尚且能触发人的情思，小虫鸣叫的声音也足以引起人们的思绪，何况清风明月的夜晚，丽日春林的早晨呢？

是以诗人感物[1]，联类不穷[2]。流连万象之际[3]，沉吟视听之区[4]；写气图貌[5]，既随物以宛转[6]；属采附声[7]，亦与心而徘徊。故"灼灼"状桃花之鲜[8]，"依依"尽杨柳之貌[9]，"杲杲"为出日之容[10]，"瀌瀌"拟雨雪之状[11]，"喈喈"逐黄鸟之声[12]，"喓喓"学草虫之韵[13]；"皎日""嘒星"[14]，一言穷理[15]；"参差""沃若"[16]，两字连形[17]：并以少总多[18]，情貌无遗矣。虽复思经千载，将何易夺[19]。及《离骚》代兴[20]，触类而长[21]，物貌难尽，故重沓舒状[22]，于是"嵯峨"之类聚[23]，"葳蕤"之群积矣[24]。及长卿之徒[25]，诡势瑰声[26]，模山范水[27]，字必鱼贯[28]，所谓诗人丽则而约言，辞人丽淫而繁句也[29]。

注释

①诗人：《诗经》的作者。

②联类：联想同类。类，相近，相似的。

③流连：留恋不止；依恋不舍。万象：各种自然现象。

④沉吟：深思。

⑤气：气象，指事物的精神。图貌：描绘状貌。

⑥宛转：随顺变化，指在写作中根据事物的状貌来构思描绘。

⑦属采：运用语言。属，连缀。声：指文章的音律。

⑧灼zhuó灼：鲜明貌。《诗经·周南·桃夭》："桃之夭夭，灼灼其华。"

⑨依依：轻柔披拂貌。《诗经·小雅·采薇》："昔我往矣，杨柳依依。"

⑩杲gǎo杲：光明貌，《诗经·卫风·伯兮》："其雨其雨，杲杲出日。"

⑪瀌biāo瀌：雨雪盛貌。《诗经·小雅·角弓》："雨雪瀌瀌。"拟：模仿。雨雪：下雪。

⑫喈jiē喈：象声词，禽鸟鸣声。《诗经·周南·葛覃》："黄鸟于飞，集于灌木，其鸣喈喈。"逐：追摹，表现。

⑬喓yāo喓：虫鸣声。《诗经·召南·草虫》："喓喓草虫。"草虫：虫名，俗称蝈蝈、织布娘。韵：指虫鸣声。

⑭皎jiǎo日：《诗经·王风·大车》："谓予不信，有如皎日。"皎，洁白明亮。嘒huì星：《诗经·召南·小星》："嘒彼小星，三五在东。"嘒，微小。

⑮一言：一字。

⑯参差：不齐。《诗经·周南·关雎》："参差荇菜，左右流之。"沃若：美盛貌。《诗经·卫风·氓》："桑之未落，其叶沃若。"

⑰两字：两个字相连成为双声词或叠韵词。如"参差"是双声，"沃若"是叠韵。形：形容，描绘。

⑱总：综合，概括。

⑲易夺：改正补充，更换。夺：取代。

⑳《离骚》：屈原所作，《楚辞》的代表作，此代指《楚辞》。

㉑触类：接触相类事物。长：引申，发展。

㉒重沓：重叠，重复。此指复杂繁盛。舒：舒展，即描写。

㉓嵯峨：山高峻貌。

㉔葳蕤wēi ruí：草木茂盛、枝叶下垂貌。

㉕长卿：西汉辞赋家司马相如的字。

㉖诡：奇异。瑰：奇特。

㉗模山范水：依照物象描绘山水。

㉘鱼贯：游鱼先后接续。比喻依次连接。

㉙"所谓"二句：扬雄《法言·吾子》："诗人之赋丽以则，辞人之赋丽以淫。"丽则，美丽典雅而合乎法则。约，简练。辞人，辞赋家。淫，过分。

译文

因此《诗经》作者受到外物的感染，引起无穷的联想；留恋徘徊在万象之中，深思体察于所见所闻之内。抒情写景，既要随着景物的变化而变化；组织辞藻安排音律，又要结合自己的情感反复琢磨。所以用"灼灼"来形容桃花的鲜艳，用"依依"来写尽杨柳的轻柔，用"杲杲"来描绘旭日的形状，用"瀌瀌"来比拟下雪的样子，用"喈喈"来追摹黄鹂鸟的鸣叫，用"喓喓"来仿效蝈蝈的叫声。用“皎”形容太阳，用“嘒”形容星星，一个字就穷形尽相；“参差”“沃若”，则是两个字连起来描绘物象：这些都是以少概多，把事物的神情和形状毫无遗漏地描写出来了。即使再考虑千年，也不能用别的字来替代！等到《楚辞》继《诗经》兴起，触类旁通而有所发展，外物的形貌难以详尽表现，所以便用复杂的辞藻来描绘，因此“嵯峨”这类词聚在一起，“葳蕤”这类词成群出现。后来司马相如等人追求诡谲的气势、奇异的声律，描绘山水的形貌，用一系列的词语来形容。这正如扬雄所说：《诗经》作者虽然华丽，但合乎法度，且言辞简约；辞赋作者过分华丽，且辞句繁缛。

至如《雅》咏棠华①，“或黄或白”②；《骚》述秋兰③，“绿叶”“紫茎”④。凡摛表五色⑤，贵在时见⑥，若青黄屡出，则繁而不珍。

注释

①《雅》：指《诗经·小雅》。棠华：即“裳华”，棠棣花。此指《小雅》中的《裳裳者华》。

②或黄或白：《小雅·裳裳者华》：“裳裳者华，或黄或白。”

③《骚》：《离骚》，此泛指《楚辞》。

④“绿叶”“紫茎”：《楚辞·九歌·少司命》：“秋

兰兮青青，绿叶兮紫茎。”

⑤摛chī：发布，引申为描写。

⑥时见：适时出现。

译文

《诗经·小雅》咏棠棣之花，说“或黄或白”;《楚辞》歌咏秋兰，说“绿叶”“紫茎”。凡描写色彩，贵在恰当表现当时之景，倘若青色、黄色等色彩词频繁出现，那就会使人感到繁杂而不足贵了。

自近代以来[1]，文贵形似，窥情风景之上，钻貌草木之中。吟咏所发，志惟深远；体物为妙[2]，功在密附[3]。故巧言切状[4]，如印之印泥[5]，不加雕削，而曲写毫芥[6]。故能瞻言而见貌，即字而知时也[7]。然物有恒姿[8]，而思无定检[9]，或率尔造极[10]，或精思愈疏。且《诗》《骚》所标[11]，并据要害[12]，故后进锐笔[13]，怯于争锋。莫不因方以借巧[14]，即势以会奇，善于适要[15]，则虽旧弥新矣[16]。是以四序纷回[17]，而入兴贵闲[18]；物色虽繁，而析辞尚简；使味飘飘而轻举，情晔晔而更新[19]。古来辞人[20]，异代接武[21]，莫不参伍以相变[22]，因革以为功[23]，物色尽而情有余者，晓会通也[24]。若乃山林皋壤[25]，实文思之奥府[26]，略语则阙[27]，详说则繁。然屈平所以能洞监《风》《骚》之情者[28]，抑亦江山之助乎㉙！

注释

①近代：指晋至南朝刘宋时期。

②体物：描述事物，状摹事物。

③密附：贴切。

④切：切合。

⑤印泥：在封泥上盖章。

⑥曲：详尽。毫芥jiè：比喻极细微的事物。芥，小草。

⑦时：时令，四季。

⑧恒：常。

⑨检：法式。

⑩率尔：轻率貌。造极：到达最高点。喻指达到完美之境界。造，达到。

⑪标：显出。

⑫要害：喻指紧要的、关键的部分。

⑬锐笔：指善于写作的人。

⑭因：继承，承袭。方：方法，此指写作手法。

⑮适要：抓住要害的地方。

⑯旧：指前人多次写到过的事物。弥：更加。新：新颖。

⑰四序：四季。纷回：变化繁多貌。

⑱入兴：进入创作。兴，写作的兴致。闲：闲静。

⑲晔yè晔：美盛貌。

⑳辞人：作家。

㉑接武：步履相接。指前后相接，继承。武，半步。

㉒参伍：交互错杂。

㉓因革：因袭与变革。

㉔会通：融会贯通。

㉕皋 gāo 壤：水边之地。

㉖奥府：物产聚藏之所，宝库。

㉗阙：缺。

㉘屈平：指战国时楚国诗人屈原，名平。洞监：明察，透彻了解。《风》：《国风》，泛指《诗经》。《骚》：《离骚》，泛指《楚辞》。

㉙抑：或许。

译文

自晋以来，作品描写重在形似，作者细心观察风景的情态，钻研琢磨草木的形状。须知文学创作的出发点，是抒发深远的情志；描写事物的巧妙，诀窍在于贴切。所以巧妙的言辞恰当描绘出事物的形状，就如同印章盖在印泥上一样，不需要雕琢刻削，却详尽地表现了极细微处。因此看到语言就像看到了具体的物象，读到字辞而知道当时的时令。然而景物都有固定的姿态，而人的思想却没有定势，因此有的人不经意就达到了最美的境界，有的人费尽心思反而更加疏远。而且《诗经》《楚辞》突出的特点就是善于抓住事物的要害，所以后来善于作文的人，也不敢和它们较量。没有谁不是参照前人的方法和技巧，依循时代发展的趋势去创作新奇的作品，只要做到恰到好处，那么旧的事物也能写得更加新颖。因此，四季循序变化，而引起创作兴味却贵在心境闲静；景物虽然十分繁杂，而描写的言辞却重在简练；要使文章兴味飘飘荡荡升起，情采鲜明而新颖。自古以来的作家，不同时代先后相承，无不错综运用前人的写作经验以求变化，因袭变革以收到功效，文章写尽事物的形貌而情味有余，就是因为懂得融会贯通的道理。至于山林水泽，确实是启发文思的好地方，但略写就会不完备，详说又会冗繁。屈原之所以能够深察《诗经》和《楚辞》的情韵，也许靠的就是江山景物的帮助吧！

赞曰：山沓水匝①，树杂云合②。目既往还，心亦吐纳③。春日迟迟④，秋风飒飒⑤。情往似赠⑥，兴来如答⑦。

注释

①沓：重叠。匝zā：围绕。

②合：聚会。

③吐纳：此指抒发。

④春日迟迟：《诗经·豳风·七月》："春日迟迟，采蘩祁祁。"孔颖达疏："迟迟者，日长而

暄之意，故为舒缓。”

⑤秋风飒sà飒：《楚辞·山鬼》：“风飒飒兮木萧萧。”飒飒，风声。

⑥赠：送。

⑦兴：此指由物色引起的创作兴致。

译文

结语：青山重叠，流水环绕，绿树交映，云霞聚合。目光既已欣赏景物，心中的情思也要抒发。春天的太阳温暖舒缓，秋天的西风萧瑟愁人。以情接物似相赠送，创作兴致勃发如同酬答。

才略

题解

《才略》是《文心雕龙》的第四十七篇，属批评论。才略，即才能和识略。本文论述了先秦、两汉到魏、晋时期的作家近百人的主要成就、基本特点和创作得失，主要是两汉作家三十三人、魏代作家十八人、两晋作家二十五人。可谓“文囿之巨观”，古代文学批评史上重要的作家专论。

九代之文[①]，富矣盛矣；其辞令华采，可略而详也[②]。虞、夏文章，则有皋陶“六德”[③]，夔序“八音”[④]，益则有赞[⑤]，五子作歌[⑥]，辞义温雅，万代之仪表也。商周之世，则仲虺垂诰[⑦]，伊尹敷训[⑧]，吉甫之徒[⑨]，并述诗颂[⑩]，义固为经，文亦足师矣。及乎春秋大夫，则修辞聘会[⑪]，磊落如琅玕之圃[⑫]，焜耀似缛锦之肆[⑬]，薳敖择楚国之令典[⑭]，随会讲晋国之礼法[⑮]，赵衰以文胜从飨[⑯]，国侨以修辞扞郑[⑰]，子太叔美秀而文[⑱]，公孙挥善于辞令[⑲]，皆文名之标者也[⑳]。战代任武[㉑]，而文士不绝：诸子以道术取资[㉒]，屈、宋以《楚辞》发采[㉓]，乐毅报书辨以义[㉔]，范雎上疏密而至[㉕]，苏秦历说壮而中[㉖]，李斯自奏丽而动[27]，若在文世[28]，则杨、班俦矣[29]。荀况学宗[30]，而象物名赋[31]，文质相称[32]，固巨儒之情也[33]。

注释

①九代：黄帝、唐、虞、夏、商、周、汉、魏、晋为九代。一说“九代”是泛指，不是确数。

②略：大略，概括。详：周详，全面。

③皋陶gāoyáo：传为虞舜时掌管刑法的臣子。六德：皋陶曾讲“九德”，然后每天在“九德”中任意选取“六德”来实行。《尚书·皋陶谟》：“皋陶曰：‘都！亦行有九德。……宽而栗、柔而立、愿而恭、乱而敬、扰而毅、直而温、简而廉、刚而塞、强而义。彰厥有常，吉哉！日宣三德，夙夜浚明有家；日严祗敬六德，亮采有邦。’”

④夔kuí：舜时掌管音乐的臣子。序：次序，此用作动词。八音：古代对乐器的统称，通常为金、石、丝、竹、匏、土、革、木八种不同材质所制。《尚书·舜典》：“帝曰，‘夔，命汝典乐，教胄子，……八音克谐，无相夺伦，神人以和。’夔曰：‘於！予击石拊石，百兽率舞。’”

⑤益：舜的臣子。有赞：《尚书·大禹谟》：“益赞于禹曰：‘惟德动天，无远弗届；满招损，谦受益，时乃天道。’”

⑥五子作歌：用夏代君主太康事迹。

⑦仲虺huǐ：商汤王的臣子。垂诰gào：垂示告诫。《尚书》有《仲虺之诰》篇，疑是后人伪作。其序说："汤归自夏，至于大坰，仲虺作诰。"

⑧伊尹：商汤的臣子，亦名伊挚。敷训：陈说教训。《尚书》有《伊训》篇，疑是后人伪作。其序说："成汤既没，太甲元年，伊尹作伊训。"

⑨吉甫：尹吉甫，周宣王臣子。

⑩并述诗颂：指尹吉甫所作歌颂周宣王的诗。《诗经·大雅》中《嵩高》《烝民》《韩奕》《江汉》诸篇据说都是尹吉甫赞美宣王而作。

⑪修辞：修饰辞藻。聘会：聘问会盟。

⑫磊落：众多貌。琅玕：似玉的美石。圃：园圃。

⑬焜kūn耀：光辉，辉煌。焜，明。缛rù锦：文采繁盛的锦绣。肆：店铺，集市。

⑭蒍wěi敖：一作"芀敖"，一说即孙叔敖，春秋时楚庄王大臣。《左传·宣公十二年》："芀敖为宰，择楚国之令典，……百官象物而动，军政不戒而备，能用典矣。"择，选用。令典，宪章法令。

⑮随会：即士会，春秋时晋国大夫，因食邑封于随，故称随会。《左传·宣公十六年》："晋侯使士会平王室，定王享之。原襄公相礼。肴烝。武子私问其故。王闻之，召武子曰：'季氏，而弗闻乎？王享有体荐，宴有折俎。公当享，卿当宴，王室之礼也。'武子归而讲求典礼，以修晋

国之法。”

⑯赵衰cuī：字子余，春秋时晋国大夫。文胜：富有文采。从飨：随从赴宴。《左传·僖公二十三年》载：晋公子重耳携子犯、赵衰等流亡到秦国，秦穆公招待重耳，“子犯曰：‘吾不如衰之文也。请使衰从。公子赋《河水》，公赋《六月》。赵衰曰：‘重耳拜赐。’公子降，拜，稽首，公降一级而辞焉。衰曰：‘君称所以佐天子者命重耳，重耳敢不拜。’”

⑰国侨：郑国执政者公孙侨，字子产。修辞：善于运用辞令。捍郑：捍卫郑国。

⑱子太叔：即游吉，春秋时郑国大夫。美秀而文：《左传·襄公三十一年》载：“子太叔美秀而文。”杜预注：“其貌美，其才秀。”

⑲公孙挥：字子羽，春秋郑简公时为外交官。善于辞令：《左传·襄公三十一年》载：“公孙挥能知四国之为，而辨于其大夫之族性、班位、贵贱、能否，而又善于辞令。”

⑳标：树梢，引申为突出。

㉑战代：战国时期。任：任用。

㉒诸子：诸子百家。道术：泛指百家的思想学说。取资：取给，采用。

㉓屈、宋：屈原、宋玉。发采：放出光彩。

㉔乐毅：战国时燕国的上将军，以功封昌国君，后奔赵，封望诸君。报书：指乐毅作《报燕惠王书》。

㉕范雎jū：字叔，战国时魏人，入秦为秦昭王相。上疏：指范雎《上秦昭王书》。密而至：隐秘而深刻。

㉖苏秦：字季子，战国时纵横家。《汉书·艺文志》著录有《苏子》三十一篇，今佚。《战国策》和《史记·苏秦列传》中载有部分苏秦游说各国的言辞。壮：有力。中：切中时事。

㉗李斯：战国楚国人，入秦为客卿，后为秦始皇丞相。自奏：指李斯上《谏逐客书》。动：动人，有说服力。

㉘文世：即本篇下面所说"崇文之盛世"。

㉙杨、班：扬雄、班固。俦chóu：辈，同类。

㉚荀况：即荀子，名况，战国时儒家代表人物。学宗：指学术界的领袖。

㉛象物：描写物象。荀子有《礼》《知》《云》《蚕》《箴》五篇赋。名：命名。

㉜文质：形式和内容。

㉝巨儒：造诣高深的儒者。

译文

九代的文章作品，真是丰富繁盛啊！它们的语言和文采，可以总括起来仔细地评述。虞、夏时的文章，有皋陶谈论的"六德"，夔叙述的"八音"，伯益对大禹的赞辞，五子作的歌谣。这些作品文辞温和，意义雅正，真是万代的典范。商、周时期，曾有仲虺垂示告诫，伊尹陈述训辞，尹吉甫这些人都作诗来歌颂天子的功德。这些作品在意义上确实可以成为经典，在文辞上也值得师法。到了春秋时代的士大夫，他们修饰文辞，奉命出使诸侯和参加盟会，语言丰富得像众多美玉聚集的宝库，光彩辉煌得像繁华的锦绣集市一样。蒍敖编选楚国的法令典章，士会修订晋国的礼仪法规，赵衰因为富有文采而跟着公子重耳赴宴，子产因为善于措辞而捍卫了郑国，郑国的子太叔才貌秀美而有文采，而公孙挥善于辞令。这些人都是以文采著称的突出人物。战国时代重视武功，但是文人却不断出现。诸子百家用学说供人们采择，屈原、宋玉以《楚辞》大放光彩，乐毅《报燕惠王书》明辨而合理，范雎《上秦昭王书》含蓄而深刻，苏秦游说的文辞雄壮而中肯，李斯的《谏逐客书》华丽而动人，要是在崇尚文学的时代，那就是扬雄、班固一类的大作家了。荀子是学术的宗师，却描摹物象并名之为赋，文采和内容很相称，的确表达出大儒的情思。

汉室陆贾[①]，首发奇采，赋《孟春》而撰《新语》[②]，其辩之富矣。贾谊才颖[③]，陵轶飞兔[④]，议惬而赋清，岂虚至哉？枚乘之《七发》[⑤]，邹阳之《上书》[⑥]，膏润于笔[⑦]，气形于言矣。仲舒专儒[⑧]，子长纯史[⑨]，而丽缛成文，亦《诗》人之告哀焉[⑩]。相如好书[11]，师范屈、宋，洞入夸艳[12]，致名辞宗[13]。然覈取精意[14]，理不胜辞，故杨子以为“文丽用寡者长卿”[15]，诚哉是言也！王褒构采[16]，以密巧为致[17]，附声测貌[18]，泠然可观[19]。子云属意[20]，辞义最深，观其涯度幽远[21]，搜选诡丽，而竭才以钻思，故能理赡而辞坚矣[22]。

注释

①陆贾：西汉初年人。

②《孟春》：赋名。孟春，初春。《新语》：讲述历史成败的书。《史记·陆贾传》载："陆生乃粗述存亡之征，凡著十二篇。每奏一篇，高帝未尝不称善，左右呼万岁，号其书曰'新语'。"

③贾谊：西汉初年人。才颖：才能出众。颖，禾的末端，引申为突出、出众。

④陵轶yì：超越。飞兔：古代骏马名，驰若兔之飞，故以为名。

⑤《七发》：枚乘所作之赋。《文选·七发》李善注："七发者，说七事以起发太子也。"

⑥邹阳：西汉文学家。汉景帝时，邹阳仕吴，吴王刘濞企图谋反，邹阳作《上吴王书》劝谏。

⑦膏：脂肪，肥肉。此指丰富的文采。

⑧仲舒：董仲舒，西汉经学大师。专儒：指董仲舒向汉武帝提出"罢黜百家，独尊儒术"的主张。

⑨子长：司马迁的字。

⑩《诗》人之告哀：《诗经·小雅·四月》："君子作歌，维以告哀。"告哀，诉说悲痛。

⑪相如：司马相如，西汉辞赋家。好书：好读书。

⑫洞：深，通达。

⑬辞宗：辞赋作者中的宗师。亦泛指受人敬仰的文学家。

⑭覈：古通"核"，考核。精意：精深的意旨。

⑮杨子：指扬雄。扬雄《法言·君子》说："文丽用寡，长卿也。"

⑯王褒：字子渊，西汉辞赋家。构采：作文。构，造。

⑰密巧：精细纤巧，细密灵巧。致：旨趣。

⑱附声测貌：描绘声音状貌。附，接近。测，度量。

⑲泠 líng 然：轻妙貌。

⑳子云：扬雄的字。属意：指写作。属，连缀。

㉑涯度：指意义的广度和深度。涯，边。

㉒辞坚：文辞确切。

译文

西汉的陆贾，首放异彩，他写了《孟春赋》，又著《新语》，其文辞巧妙丰富。贾谊才思敏捷，超过了千里骏马，他议论恰切而辞赋清丽，这难道是凭空达到的吗？枚乘的《七发》，邹阳的《上吴王书》，文采华美，气势旺盛。董仲舒专一于儒学，司马迁则是纯粹的史家，他们却写出繁复华丽的文章，也属于《诗经》作者所谓作诗倾诉哀愁的一类。司马相如喜欢读书，效法屈原和宋玉，擅长夸饰艳丽的文辞，成为辞赋的宗师。然而考核他作品中的主旨，却是辞采胜过了情理，所以扬雄认为："文章艳丽而用处不大，就是司马相如的作品。"确实是这样啊！王褒的文章，以精细纤巧为特点，描绘声音和状貌，轻巧可观。扬雄的文章，含意最为深刻，看他的作品意义深广，文辞奇丽，竭尽才智去钻研思考，所以能做到内容丰富而言辞确切。

桓谭著论[1]，富号猗顿[2]，宋弘称荐，爰比相如[3]；而《集灵》诸赋[4]，偏浅无才，故知长于讽论[5]，不及丽文也。敬通雅好辞说[6]，而坎壈盛世[7]，《显志》自序[8]，亦蚌病成珠矣[9]。二班、两刘[10]，奕叶继采[11]，旧说以为固文优彪，歆学精向，然《王命》清辩[12]，《新序》该练[13]，璇璧产于昆冈[14]，亦难得而逾本矣。傅毅、崔骃[15]，光采比肩[16]，瑗、寔踵武[17]，能世厥风者矣[18]。杜笃、贾逵[19]，亦有声于文，迹其为才[20]，崔、傅之末流也[21]。李尤赋、铭[22]，志慕鸿裁[23]，而才力沉腿[24]，垂翼不飞。马融鸿儒[25]，思洽登高[26]，吐纳经范[27]，华实相扶[28]。王逸博识有功[29]，而绚采无力[30]；延寿继志[31]，瑰颖独标[32]，其善图物写貌，岂枚乘之遗术欤？

张衡通赡[33]，蔡邕精雅[34]，文史彬彬[35]，隔世相望[36]。是则竹柏异心而同贞[37]，金玉殊质而皆宝也。刘向之奏议，旨切而调缓[38]；赵壹之辞赋[39]，意繁而体疏；孔融气盛于为笔[40]，祢衡思锐于为文[41]：有偏美焉[42]。潘勖凭经以骋才[43]，故绝群于《锡命》[44]；王朗发愤以托志[45]，亦致美于序铭[46]。然自卿、渊已前[47]，多役才而不课学[48]；雄、向已后[49]，颇引书以助文[50]：此取与之大际[51]，其分不可乱者也。

注释

①桓谭：字君山，东汉人。著论：桓谭有《新论》二十九篇，今存佚文。

②富号猗 yī 顿：《论衡·佚文》："挟桓君山之书，富于积猗顿之财。"猗顿，战国时大富商。《孔丛子·陈士义》："猗顿，鲁之穷士也，耕则常饥，桑则常寒。闻陶朱公富，往而问术焉。朱公告之曰：'子欲速富，当畜五牸。'于是乃适河西，大畜牛羊于猗氏之南，十年之间，其滋息不可计，赀拟王公，驰名天下。以兴富于猗氏，故曰猗顿。"

③"宋弘"二句：《后汉书·宋弘传》载："帝尝问宏通博之士，弘乃荐沛国桓谭，才学洽闻，几能及扬雄、刘向父子。"但没有记载以宋弘比司马相如。宋弘，字仲子，东汉光武帝拜大司空。

爰yuán，乃，于是。相如，司马相如。

④《集灵》诸赋：桓谭今存《仙赋》一篇，其序说："余少时为中郎，从孝成帝出祠甘泉河东，见郊先置华阴集灵宫。宫在华山下，武帝所造，欲以怀集仙者王乔、赤松子，故名殿为存仙。"据此，《集灵》即指《仙赋》。集灵，即集灵宫。

⑤讽论：讽喻，议论。

⑥敬通：东汉冯衍的字。雅好：很爱好。

⑦坎壈lǎn：穷困不得志。盛世：指光武中兴之世。

⑧《显志》：指冯衍的《显志赋》，载《后汉书·冯衍传》。自序：自述。《后汉书·冯衍传》中说："衍不得志，退而作赋，又自论曰：'……喟然长叹，自伤不遭，久栖迟于小官，不得舒其所怀，……乃作赋自厉，命其篇曰《显志》。显志者，言光明风化之情，昭章玄妙之思也。'"

⑨蚌bàng病成珠：喻指因不得志而写出好文章来。

⑩二班：东汉班彪、班固父子。两刘：西汉刘向、刘歆父子。

⑪奕yì叶：累世，代代。

⑫《王命》：班彪的《王命论》，载《汉书·叙传》。

⑬《新序》：刘向著，今存。该练：完备精练。

⑭璇xuán璧：美玉。昆冈：即昆仑山。

⑮傅毅：字武仲，东汉人。崔骃yīn：字亭伯，东汉人。

⑯比肩：并肩，并列，居同等地位。

⑰瑗yuàn：指崔瑗，字子玉，崔骃之子。寔shí：指崔寔，字子真，崔骃之孙。踵zhǒng武：跟着别人的脚步走。喻指继承前人的事业。此指崔氏祖孙相继为文学家。踵，脚后跟。

⑱世：承袭。厥：其。

⑲杜笃：字季雅，东汉人。贾逵：字景伯，东汉人。

⑳迹：追踪，追寻。

㉑崔、傅：指崔骃、傅毅。末流：末等。

㉒李尤：字伯仁，东汉人。有《函谷关赋》《辟雍赋》《河铭》《洛铭》等。

㉓鸿裁：巨著，大作。

㉔沉膇zhuì：《左传·成公六年》："郇瑕氏土薄水浅……于是有沉溺重膇之疾。"杜预注："沉溺，湿疾；重膇，足肿。"此喻指文辞滞重，不灵动。

㉕马融：字季长，东汉经学家、文学家。

㉖洽：广博。登高：登高必赋，古代大夫必须具备的九种才能之一。《韩诗外传》卷七："孔子游于景山之上，子路、子贡、颜渊从。孔子曰：'君子登高必赋，小子愿者何？'"此指善于作赋。

㉗吐纳：言谈，写作。经范：经典，规范。

㉘华实：形式和内容。相扶：互相支持，此指配合得很好。

㉙王逸：字叔师，东汉人，著《楚辞章句》。博识有

功：在见识广博方面有成就。

㉚绚采：文采。此指文学创作。王逸写有《九思》，成就不高。

㉛延寿：王延寿，字文考，王逸的儿子，代表作为《鲁灵光殿赋》。

㉜瑰guì颖：奇特的才智。独标：特别鲜明突出。

㉝张衡：字平子，东汉人，代表作为《二京赋》。通赡：学识通达而文才丰富。

㉞蔡邕：字伯喈，汉末人。

㉟文史：文学和史学。彬彬：文华质朴，配合得宜，既有文采，又很朴实。

㊱世：古以三十年为一世。

㊲竹柏异心：竹心空，柏心实。贞：坚贞。

㊳旨切：刘向奏议，多为外戚专权、汉室衰微而发，故言极痛切。调缓：语调和缓。

㊴赵壹：字元叔，东汉人。《后汉书·赵壹传》载其《穷鸟赋》和《刺世疾邪赋》。

㊵孔融：字文举，汉末人，“建安七子”之一。气盛：指文章有气势。笔：无韵之文，如孔融的《荐祢衡表》《论盛孝章书》等。

㊶祢衡：字正平，汉末人。思锐：文思敏捷。

㊷偏美：具有某一方面的美。

㊸潘勖xù：字元茂，汉末人，建安中拜尚书左丞。凭经：依靠经书。

㊹绝群：超越众人。《锡命》：指《册魏公九锡文》，是潘勖代汉献帝起草给曹操加九锡的册命，载《文选》卷三十五。锡命，天子有所赐予的诏命。九锡，古代天子赐给诸侯、大臣的九种器物，是一种最高礼遇。魏晋六朝掌政大臣夺取政权率皆先要九锡。

㊺王朗：字景兴，三国人。

㊻序铭：王朗序铭今不存。

㊼卿、渊：指司马相如、王褒。司马相如字长卿，王褒字子渊。

㊽役才：指运用才力。课学：考求学问。

㊾雄、向：指扬雄、刘向。

㊿引书：引用典籍。

(51)际：边界。

译文

桓谭的著作，内容号称像富翁猗顿那样富丽，宋弘在汉光武帝面前推荐桓谭，把他比作司马相如。但桓谭写的《集灵宫》等赋，却褊狭浅薄没有才华，可知他长于讽谏议论，不善作华丽的辞赋。冯衍爱好游说，可是他在盛明之世却很不得志，于是写了《显志赋》来自述心迹，反像蚌蛤得病因而生长出珍珠一样。东汉的班彪、班固，西汉的刘向、刘歆，都是父子两代文采相继，以前的说法认为班固的文章胜过班彪，刘歆的学问精于刘向，然而班彪的《王命论》清新明辨，刘向的《新序》完备简洁。这好比产于昆仑山上的美玉，再好也很难超过它的产地了。傅毅和崔骃的文章，文采不相上下；崔瑗、崔寔紧跟其后，可以说文风世代相传。杜笃和贾逵，在文才方面也很有声望，考察他们的文学才能，应该在傅毅、崔骃之后。李尤的赋、铭，志在宏大深远，可是他才力钝滞，就像鸟儿低垂着翅膀飞不起来。马融是一代大儒，文思广博通达，且善于作赋，作品内容合乎儒家规范，形式和内容互相辉映。王逸学问广博，治学很有成就，但在文学创作上却显得没有才力。王延寿继承父志，文章写得瑰奇新颖，独标异彩，他善于描写事物的形貌，莫非掌握了枚乘遗传下来的写作技巧？张衡通达渊博，蔡邕精纯雅正，两人文史兼通，隔代并称。这就像竹子和柏树虽然内部虚实不同，但都同样耐寒，金子和玉石虽然质地不同，却同样宝贵一样。刘向的奏议，意旨恳切，语调舒缓；赵壹的辞赋，辞意繁复，体制疏阔；孔融的章奏，气势激越；祢衡的辞赋，文思敏捷。他们各有一方面的优点。潘勖依托经典以驰骋文才，所以他的《九锡文》写得超群出众；王朗努力著述以寄托他的志向，在序和铭的写作上取得了成就。然而在司马相如和王褒以前，文人写作上多依凭天分而不考求学问；扬雄和刘向以后，则很注意引经据典来辅助文章的写作。这是取舍于才气和学识之间的大概界限，它们的分别是不可混淆的。

魏文之才[①]，洋洋清绮[②]。旧谈抑之[③]，谓去植千里[④]，然子建思捷而才俊[⑤]，诗丽而表逸[⑥]；子桓虑详而力缓[⑦]，故不竞于先鸣[⑧]；而乐府清越[⑨]，《典论》辩要[⑩]，迭用短长[⑪]，亦无懵焉[⑫]。但俗情抑扬，雷同一响[⑬]，遂令文帝以位尊减才，思王以势窘益价[⑭]，未为笃论也[⑮]。仲宣溢才[⑯]，捷而能密[⑰]，文多兼善[⑱]，辞少瑕累[⑲]，摘其诗赋[⑳]，则七子之冠冕乎[㉑]！琳、瑀以符檄擅声[㉒]，徐幹以赋论标美[㉓]，刘桢情高以会采[㉔]，应玚学优以得文[㉕]，路粹、杨修颇怀笔记之工[㉖]，丁仪、邯郸亦含论述之美[㉗]，有足算焉[㉘]。刘劭《赵都》[㉙]，能攀于前修[㉚]；何晏《景福》[㉛]，克光于后进[㉜]；休琏风情[㉝]，则《百壹》标其志[㉞]；吉甫文理[㉟]，则《临丹》成其采[㊱]；嵇康师心以遣论[㊲]，阮籍使气以命诗[㊳]：殊声而合响[㊴]，异翮而同飞[㊵]。

注释

①魏文：魏文帝曹丕，字子桓。

②洋洋：盛大貌。清绮qǐ：清丽。绮，有花纹的丝织品。

③抑：压抑，贬低。

④植：曹植，字子建，曹丕之弟。

⑤才俊：才能出众。

⑥表：章表。逸：超逸，卓越。

⑦虑：思虑。详：周详。力：才力。缓：迟缓。

⑧不竞：不争逐。先鸣：首先鸣叫。此指首先显露出声名。

⑨乐府：曹丕有《燕歌行》等乐府诗。清越：高超出众，清秀拔俗。

⑩《典论》：曹丕著，今不全。辩要：指论述能抓住要害。

⑪迭dié用短长：此指扬长避短。迭，更迭，交互。短长，短处和长处。

⑫懵méng：昏昧无知，糊涂。

⑬雷同一响：指人云亦云，随声附和。雷同，《礼记·曲礼上》："毋剿说，毋雷同。"郑玄注："雷之发声，物无不同时应者；人之言当各由己，不当然也。"

⑭思王：陈思王曹植。曹植曾封于陈地为陈王，死后谥号思，故称陈思王。窘：困迫。此指曹植与曹丕争立太子失败后处境困窘。

⑮笃论：确论，确切的评论。

⑯仲宣："建安七子"之一王粲的字。溢：满，充塞。

⑰捷：敏捷。密：精密。

⑱文多兼善：善于写作各种文体。

⑲瑕累：玉上的斑痕。泛指缺点，毛病。

⑳摘：选取。

㉑七子：指汉末建安时期文学家孔融、陈琳、王粲、徐幹、阮瑀、应玚、刘桢等七人，称“建安七子”。冠冕：帝王的帽子，喻指首位。

㉒琳：陈琳，字孔璋，“建安七子”之一。瑀yǔ：阮瑀，字元瑜，“建安七子”之一。符：符命，述说瑞应以颂帝王功德的文体。檄：檄文。擅声：享有名声。

㉓赋：《典论·论文》：“幹之《玄猿》《漏卮》《圆扇》《橘赋》，虽张（衡）、蔡（邕）不过也。”诸赋今均不存。论：徐幹曾著《中论》二十余篇。

㉔刘桢：字公幹，“建安七子”之一。情高：情思高洁。会采：汇聚文采。

㉕应玚chàng：字德琏，“建安七子”之一。

㉖路粹：字文蔚，汉末文人，有《为曹公与孔融书》等。杨修：字德祖，汉末文人，有《答临淄侯笺》等。怀：具有。笔记：古时称散文为笔，与韵文相对时，称笔记。

㉗丁仪：字正礼，汉末文人，有《刑礼论》。邯郸：邯郸淳，字子叔，汉末文人，有《受命述》。

㉘足算：完全数得上，意谓足可称道。

㉙刘劭：字孔才，三国时魏国人。《赵都》：《赵都赋》，今不全，见《全三国文》卷三十二。

㉚前修：前代贤人。

㉛何晏：字平叔，三国时魏国人。《景福》：指何晏

的《景福殿赋》，载《文选》卷十一。

㉜克：能。后进：后辈。

㉝休琏：三国魏国人应璩的字。风情：怀抱，志趣。

㉞《百壹》：应璩的《百壹诗》，载《文选》卷二十一。

㉟吉甫：西晋应贞的字。文理：文辞义理。此指文章。

㊱《临丹》：应贞的《临丹赋》，载《艺文类聚》卷八。

㊲嵇康：字叔夜，魏末人，有《养生论》《答向子期难养生论》《声无哀乐论》《难张辽叔自然好学论》等。师心：以心为师，不拘泥于成法，即独出心裁。

㊳阮籍：字嗣宗，魏末诗人，代表作品是八十二首《咏怀诗》。使气：抒发志气或才气。

㊴殊声：不同的声音。此指嵇康以论，阮籍以诗著名。合响：同响。指嵇康、阮籍都表达了对司马氏的不满。

㊵翮hé：鸟翅。

译文

魏文帝曹丕的文才，丰富而清丽。前人的议论贬抑他，说他与曹植差之千里。虽然曹植文思敏捷而才华出众，诗歌华丽而杰出，曹丕思虑周到而显得才力迟缓，所以不能跟曹植争先。可是，曹丕的乐府清秀脱俗，《典论》辨析得当，善于扬长避短，也不是懵懂无知的人。

但世俗的褒贬，都是人云亦云，使得魏文帝曹丕因为地位尊贵而贬损了他的才华，陈思王曹植因为处境窘迫而抬高了对他文学才能的评价，这是不确切的评论啊！王粲才华横溢，文思敏捷而细密，擅长多种文体，文辞很少有毛病，就其诗赋名篇来看，可说是“建安七子”的魁首吧！陈琳、阮瑀以擅长符命、檄文著名，徐幹以辞赋和论说称美，刘桢情操高洁而有文采，应玚学识优异而在写作上有所收获，路粹、杨修很有写作散文的才能，丁仪、邯郸淳也具有写作论述文的美才。这些人都是值得称道的。刘劭的《赵都赋》，赶得上前代文学家的水平；何晏的《景福殿赋》，能够照耀后辈文人。应璩富有情怀，《百壹诗》表露了他的心志；应贞深通文理，《临丹赋》显示了他的文采。嵇康独出心裁地发挥议论；阮籍使气任性地咏写诗篇。他们两人通过不同的文学体裁发出了共同的心声，就像拍打不同的翅膀朝同一方向飞翔。

张华短章[1]，奕奕清畅[2]，其《鷦鷯》寓意[3]，即韩非之《说难》也[4]。左思奇才[5]，业深覃思[6]，尽锐于《三都》[7]，拔萃于《咏史》[8]，无遗力矣。潘岳敏给[9]，辞自和畅[10]，钟美于《西征》[11]，贾余于哀诔[12]，非自外也[13]。陆机才欲窥深[14]，辞务索广[15]，故思能入巧而不制繁[16]；士龙朗练[17]，以识检乱[18]，故能布采鲜净[19]，敏于短篇。孙楚缀思[20]，每直置以疏通[21]；挚虞述怀[22]，必循规以温雅[23]；其品藻《流别》[24]，有条理焉。傅玄篇章[25]，义多规镜[26]；长虞笔奏[27]，世执刚中[28]：并桢干之实才[29]，非群华之韡萼也[30]。成公子安[31]，选赋而时美[32]，夏侯孝若[33]，具体而皆微[34]，曹摅清靡于长篇[35]，季鹰辨切于短韵[36]，各其善也。孟阳、景阳[37]，才绮而相埒[38]，可谓鲁卫之政[39]，兄弟之文也[40]。刘琨雅壮而多风[41]，卢谌情发而理昭[42]，亦遇之于时势也[43]。

注释

①张华：字茂先，西晋文学家。短章：指张华的赋写得短小。张华今存《永怀赋》《归田赋》等，都比较短。

②奕奕：美好貌。清畅：清新流畅。

③《鹪鹩jiāo liáo》：指张华的《鹪鹩赋》，载《文选》卷十三。鹪鹩，鸟名。形小，体长约三寸。俗称巧妇鸟。

④韩非：战国诸子之一，法家代表人物，所著《韩非子》中有《说难》篇。《说难》《鹪鹩赋》都有全身避害的寓意。

⑤左思：字太冲，西晋文学家。

⑥覃tán思：深思。覃，深。

⑦《三都》：指左思的《三都赋》（《蜀都赋》《吴都赋》《魏都赋》），载《文选》卷四至六。

⑧拔萃：出众。萃，草木丛生貌。《咏史》：左思《咏史诗》八首，载《文选》卷二十一。

⑨潘岳：字安仁，西晋文学家。敏给：敏捷。

⑩和畅：温和流畅。

⑪钟美：集美。钟，集聚。《西征》：潘岳的《西征赋》，载《文选》卷十。

⑫贾gǔ余：本指炫示余勇，用其余力。此指才力丰富。哀诔lěi：哀悼死者的文章。潘岳写有《金鹿哀辞》《为任子咸妻作孤女泽兰哀辞》等哀诔文。

⑬非自外：指出自内在的才华和情感。

⑭陆机：字士衡，西晋文学家。

⑮务：追求。

⑯制：控制。繁：繁缛。

⑰士龙：陆云的字。陆云，陆机之弟，西晋文学家。朗练：明朗简练。

⑱识：识见。检：约束，限制。乱：繁乱。

⑲布采鲜净：鲜明简洁。

⑳孙楚：字子荆，西晋文学家。缀zhuì思：即构思。缀，连结。

㉑直置：直书其事，即不用典故。疏通：通畅。

㉒挚虞：字仲洽，西晋文学家。

㉓循规：指遵循天命。挚虞《思游赋》序说："虞尝以死生有命，富贵在天。天之所祐者，义也；人之所助者，信也。履信思顺，所以延福；违此而行，

所以速祸。……推神明之应于视听之表，崇否泰之运于智力之外，以明信天任命之不可违，故作《思游赋》。”

㉔品藻：品评，鉴定。《流别》：指挚虞《文章流别论》，其书今仅存部分残文。流别，流派，指不同文体的源流演变。

㉕傅玄：字休奕，西晋文学家。

㉖规镜：规诫，鉴戒。

㉗长虞：傅咸的字。傅咸，西晋文学家，傅玄之子。笔奏：指傅咸擅写奏议。

㉘世：世代，指傅玄、傅咸父子两代。刚中：刚强正直。

㉙桢zhēn干：筑墙时所用的木柱，竖在两端的叫桢，竖在两旁障土的叫干。喻指重要的起决定作用的人或事。

㉚华：花。韡wěi萼：美观的花托。

㉛成公子安：成公绥，字子安，西晋文学家。

㉜选赋：选题作赋。《全晋文》卷五十九辑成公绥《啸赋》《天地赋》《云赋》等二十余篇。

㉝夏侯孝若：夏侯湛，字孝若，西晋文学家。

㉞具体而皆微：指总体的各部分都具备而规模较小。此指夏侯孝若善于模拟儒家经典，但规模略小。夏侯湛《昆弟诰》仿《尚书》而作。又有《周诗》，补《诗经》亡诗《南陔》《白华》《华黍》《由

庚》《崇丘》《由仪》六篇而作，张溥《夏侯常侍集题辞》说："《昆弟诰》总训群子，……但规模帝典，仅能形似，刻鹄画虎，不无讥焉。"

㉟曹摅shū：字颜远，西晋人。诗歌多是长篇。清靡：清新华丽。

㊱季鹰：西晋张翰的字。辨切：明辨而切当。短韵：指小诗。

㊲孟阳：西晋张载的字。景阳：西晋张协的字。张协是张载弟。

㊳相埒liè：相等。

㊴鲁卫之政：喻指关系密切。《论语·子路》："鲁卫之政，兄弟也。"鲁，鲁国。卫，卫国。

㊵兄弟：此既指张载、张协二人是兄弟，又指二人文学成就相当。

㊶刘琨：字越石，西晋诗人，爱国将领。西晋末年，少数民族入侵，刘琨力图恢复中原，后被鲜卑族段匹磾拘禁，他作诗给好友卢谌，希望能救自己出险，诗歌充满了爱国之情。风：讽喻。

㊷卢谌chén：字子谅，东晋初年人。刘琨被害后，卢谌上表东晋朝廷，盛赞刘琨的忠贞和功勋，写得情辞恳切。

㊸时势：指西晋末年的动乱局势。

译文

西晋张华的短篇，写得美好而清新流畅，他的《鹪鹩赋》寓意深长，如同韩非子的《说难》。左思才华卓越，擅长深入思考，在《三都赋》上用尽了气力，在《咏史》诗上显示了出众的才能，他写作可以说是不遗余力。潘岳文思敏捷，文辞平和畅达，《西征赋》里汇聚了他的美才，还在哀诔写作中表现了他丰富的才情，这是发自真情的作品。陆机文思力求深入，而在文辞上力求广博，所以他文思巧妙但不能控制辞藻繁缛的毛病。陆云明朗简练，以才识来约束繁乱，所以能做到文采鲜明干净，擅长短篇的写作。孙楚构思，往往直书其事，文辞疏朗通畅；挚虞作文述怀，必定遵照规矩，文辞温雅；他评论历代文学的《文章流别论》，写得很有条理。傅玄的文章，内容多是规诫；他的儿子傅咸的奏疏，继承了父亲的刚直不阿。父子二人都是堪为重任的实干之才，不是陪衬花朵的漂亮花萼啊！成公绥选题作赋，常常有美好的篇章；夏侯湛善于模仿经典，只是规模小些；曹摅的长诗清新华丽；张翰的小诗明辨贴切，他们都各有优点啊！张载、张协兄弟，文才绮丽不相上下，可以说像春秋时鲁国和卫国一样关系亲密，在文章创作上也是兄弟啊！刘琨的诗歌雅正雄壮，多有讽喻；卢谌的文章情志奋发而义理昭明，这也是遭逢的时势所造成的啊！

景纯艳逸[①],足冠中兴[②],《郊赋》既穆穆以大观[③],《仙诗》亦飘飘而凌云矣[④]。庾元规之表奏[⑤],靡密以闲畅[⑥];温太真之笔记[⑦],循理而清通,亦笔端之良工也。孙盛、干宝[⑧],文胜为史,准的所拟[⑨],志乎典训[⑩],户牖虽异[⑪],而笔采略同。袁宏发轸以高骧[⑫],故卓出而多偏;孙绰规旋以矩步[⑬],故伦序而寡状[⑭]。殷仲文之孤兴[⑮],谢叔源之闲情[⑯],并解散辞体[⑰],缥缈浮音[⑱];虽滔滔风流[⑲],而太浇文意[⑳]。

注释

①景纯:郭璞的字。郭璞,东晋初年文学家、训诂学家。艳逸:华艳超群。

②冠:第一。中兴:偏安的讳称。晋室南迁,于公元317年在建康(今江苏南京)建立东晋政权。

③《郊赋》:郭璞有《南郊赋》,今不全,见《初学记》卷十三。穆穆:庄严美好。大观:形容规模宏大,内容齐备。

④《仙诗》:郭璞今存《游仙诗》十四首。凌云:直上云霄。

⑤庾元规:庾亮,字元规,东晋人。《文心雕龙·章表篇》说:"庾公之《让中书》,信美于往载。"

⑥靡密：细密。闲畅：熟练通畅。

⑦温太真：温峤，字太真，东晋人。

⑧孙盛：字安国，东晋人，著有《魏氏春秋》《晋阳秋》等史书。干宝：字令升，东晋人，著有《晋纪》和《搜神记》。

⑨准的：标准。

⑩典训：《尚书》中有《尧典》《伊训》等篇，故指称《尚书》或儒家经典。

⑪户牖yǒu：门户，喻指学术路径或流派。牖，窗户。虽异：指干宝和孙盛的史书各具特点。《文心雕龙·史传篇》说："干宝述《纪》，以审正得序；孙盛《阳秋》，以约举为能。"

⑫袁宏：字彦伯，东晋人。发轸zhěn高骧xiāng：指袁宏为文立意高远。发轸，车子出发。高骧，腾飞。

⑬孙绰：字兴公，东晋玄言诗的代表作家之一。规旋：回旋。矩步：形容举动合乎规矩，一丝不苟。

⑭伦序：有条理、次序。寡状：缺乏形象描绘。孙绰的诗，和平典雅如同《老子》。孙绰的《游天台山赋》，多用佛老之语，不甚状貌山水，与汉赋穷形尽貌者完全不同。

⑮殷仲文：字仲文，东晋末年人。孤兴：孤高之兴。

⑯谢叔源：谢混，字叔源，小字益寿，晋末诗人。闲情：闲散的心情。杨明照《增订文心雕龙校注》：按《文选》卷二十二载谢混《游西池》诗，李善注

引沈约《宋书》语曰："本思与友朋相与为乐。"《游西池》或可证谢混闲情。

⑰解散辞体：解散文体，此指改变了玄言诗的写作风尚。殷仲文和谢混是晋宋之际革除玄风的过渡诗人。

⑱缥缈：若有若无貌。浮音：玄虚之词。指玄理。

⑲滔滔：盛大貌。风流：风尚习俗。此指清谈玄风。

⑳太浇文意：指诗文中的玄理冲淡了主旨。玄谈之风影响文坛，六朝人多有论述，如南朝梁钟嵘《〈诗品〉序》："永嘉时，贵黄老，稍尚虚谈。于时篇什，理过其辞，淡乎寡味。爰及江表，微波尚传。孙绰、许询、桓、庾诸公，诗皆平典，似《道德论》，建安风力尽矣。"太，大大的。浇，浇薄，浮薄。

译文

东晋郭璞的文才艳丽超群，足为中兴之冠，他的《南郊赋》庄严而宏大，《游仙诗》飘飘然有凌云之意。庾亮的表奏，细密而通畅；温峤的散文，依循事理而文辞清通，他们也是写作的能手啊！孙盛和干宝，文才长于作史。他们所模拟的标准，是《尚书》等儒家经典；他们的史书虽各具特点，但文采大体相同。袁宏作文立意高远，所以文章虽然卓绝突出但常有偏颇之处；孙绰作文中规中矩，所以文章虽有条理却缺乏形象的描写。殷仲文表达孤高之性的作品，谢混表现闲雅之情的诗文，都冲散了当时诗文中的玄言文辞，使诗文中的玄理若有若无。因为当时玄理流行，使诗文的意旨大大地浮浅单薄了。

宋代逸才[①]，辞翰鳞萃[②]，世近易明，无劳甄序[③]。

注释

①逸才：指才能出众的人才。

②辞翰：指文学作品。鳞萃：如鱼鳞聚集，形容很多。

③甄序：甄选评述。甄，鉴别。

译文

刘宋时人才辈出，作品众多。他们所处的时代很近，容易了解，就不必加以铨评叙述了。

观夫后汉才林[①]，可参西京[②]，晋世文苑，足俪邺都[③]；然而魏时话言[④]，必以元封为称首[⑤]，宋来美谈，亦以建安为口实[⑥]。何也？岂非崇文之盛世，招才之嘉会哉[⑦]。嗟夫，此古人所以贵乎时也[⑧]！

注释

①才林：文士会聚之处。指文坛。

②参：比。西京：西汉。西汉定都长安，在西。

③俪：并，偶。邺yè都：指三国的魏。魏定都邺，即今河北省临漳县。

④话言：谈说，谈论。

⑤元封：西汉武帝年号（前110—前105）。称首：第一。

⑥建安：东汉末献帝年号（196—220）。口实：谈话资料，指经常谈到建安文学的成就。

⑦嘉会：美好的聚会。

⑧时：时机，时代。

译文

看看东汉的文坛，可和西汉媲美；晋代的文苑，足以和曹魏匹配。然而曹魏时代的谈论，必定推崇汉武帝元封年间的文学为第一；刘宋以来的高论，也以汉末建安时代的文学为谈资。为什么呢？难道不是因为当时是崇尚文学的盛世，聚集人才的佳会吗？唉，这就是古人所以看重时代的原因啊。

赞曰：才难然乎①，性各异禀②。一朝综文③，千年凝锦④。余采徘徊⑤，遗风籍甚⑥。无曰纷杂，皎然可品⑦。

注释

①才难然乎：《论语·泰伯》："孔子曰：'才难，不其然乎？'"然，是。

②性：性情，才性。禀：禀赋。

③综文：作文。

④凝锦：结成锦绣。比喻华美的文章。

⑤徘徊：往返回旋。此指影响一直存在。

⑥籍甚：著名。

⑦皎然：清晰貌，分明貌。品：品评。

译文

结语：人才难得，确实如此啊！他们的天性、禀赋各有不同。一旦写成文章，千年后还如美锦。留下的文采影响深远，流传的文风名声显著。不要说文章纷繁杂乱，它们还是可以清楚地加以品评的。

知音

题解

《知音》是《文心雕龙》的第四十八篇，属批评论。本文专论文学鉴赏和批评。全篇可分三个部分：第一部分感叹“知实难逢”；第二部分指出文学鉴赏批评中的几种错误倾向；第三部分提出文学批评的方法和基本原理。

知音其难哉[1]！音实难知，知实难逢[2]，逢其知音，千载其一乎。夫古来知音，多贱同而思古[3]，所谓“日进前而不御,遥闻声而相思”也[4]。昔《储说》始出[5],《子虚》初成[6]，秦皇汉武，恨不同时[7]；既同时矣，则韩囚而马轻[8]，岂不明鉴同时之贱哉[9]！至于班固、傅毅[10]，文在伯仲[11]，而固嗤毅云[12]：“下笔不能自休[13]。”及陈思论才[14]，亦深排孔璋[15]；敬礼请润色，叹以为美谈[16]；季绪好诋诃，方之于田巴[17]：意亦见矣。故魏文称“文人相轻”[18]，非虚谈也。至如君卿唇舌[19]，而谬欲论文，乃称“史迁著书，谘东方朔”[20]，于是桓谭之徒[21]，相顾嗤笑。彼实博徒[22]，轻言负诮[23]，况乎文士，可妄谈哉！故鉴照洞明[24]，而贵古贱今者，二主是也[25]；才实鸿懿[26]，而崇己抑人者[27]，班、曹是也[28]；学不逮文[29]，而信伪迷真者[30]，楼护是也；"酱瓿"之议[31]，岂多叹哉！

注释

①知音：指通晓音律。文中亦指对作品能深刻理解、正确评价的人。

②知：指知音者。

③同：指同时代的人。古：古人。

④"所谓"句：《鬼谷子·内揵》："日进前而不御，遥闻声而相思。"御，用。

⑤《储说》：战国时韩非所著《韩非子》中有《内储说》《外储说》等篇。

⑥《子虚》：指西汉文学家司马相如的《子虚赋》。

⑦"秦皇"二句：《史记·老庄申韩列传》载："人或传其书至秦。秦王见《孤愤》《五蠹》之书，曰：'嗟乎，寡人得见此人与之游，死不恨矣！'"《史记·司马相如传》载："上读《子虚赋》而善之，曰：'朕独不得与此人同时哉！'"

⑧"既同"二句：《史记·老庄申韩列传》载：韩非入秦后，被李斯等人诬害入狱而死。据《史记·司马相如传》所载，司马相如始终只是汉武帝视若倡优的弄臣。

⑨鉴：察看。

⑩班固：字孟坚，东汉初年人。傅毅：字武仲，和班固大致同时期。

⑪伯仲：兄弟。喻指人或事物不相上下，难分优劣高低。

⑫嗤：讥笑。

⑬“下笔”句：曹丕《典论·论文》：“傅毅之于班固，伯仲之间耳，而固小之，与弟超书曰：‘武仲以能属文为兰台令史，下笔不能自休。’”休，停止。班固意指傅毅写作冗长繁缛。

⑭陈思：即曹植，曾封陈王，谥号“思”。

⑮排：排斥。孔璋：“建安七子”之一陈琳的字。曹植《与杨德祖书》说：“以孔璋之才，不闲于辞赋。”

⑯“敬礼”二句：曹植《与杨德祖书》说：“昔丁敬礼常作小文，使仆润饰之。仆自以才不过若人，辞不为也。敬礼谓仆：‘卿何所疑难，文之佳恶，吾自得之，后世谁相知定吾文者邪？’吾尝叹此达言，以为美谈。”敬礼，汉末文学家丁廙的字，曹植好友。润色，修改加工。

⑰“季绪”二句：曹植《与杨德祖书》说：“刘季绪才不能逮于作者，而好诋诃文章，掎摭利病。昔田巴毁五帝、罪三王，訾五霸于稷下，一旦而服千人；鲁连一说，使终身杜口。刘生之辩，未若田氏；今之仲连，求之不难，可无叹息乎？”季绪，汉末文学家刘修的字。诋诃hē，诋毁，呵责，指责。方，比。田巴，战国时齐国善辩者。

⑱“故魏文”句：曹丕《典论·论文》：“文人相轻，自古而然。”魏文，即魏文帝曹丕。

⑲君卿：西汉末年辩士楼护的字。唇舌：此指有口才。

⑳“乃称”句：楼护此语失考。《史记·太史公自序》司马贞《索隐》：“案桓谭云：‘迁所著书成，以示东方朔，朔皆署曰《太史公》。’则谓《史太公》是朔称也。”史迁，即司马迁，《史记》作者。咨，询问。东方朔，西汉辞赋家。

㉑桓谭：东汉初年学者，著有《新论》。

㉒博徒：指低贱者。

㉓负诮qiào：受到讥笑。

㉔鉴照：如镜之照。鉴，镜子。洞明：通晓，明了。

㉕二主：指秦始皇与汉武帝。

㉖鸿：大。懿：美。

㉗崇：推崇，抬高。抑：贬低。

㉘班：班固。曹：曹植。

㉙逮dài：及。

㉚信伪：指相信关于司马迁请教东方朔的错误传说。

㉛“酱瓿bù”之议：有价值的作品只能被用来盖酱坛子，不能得到正确的评价。《汉书·扬雄传赞》：“雄以病免，复召为大夫。家素贫，耆酒，人希至其门。时有好事者载酒肴从游学，而巨鹿侯芭常从雄居，受其《太玄》《法言》焉。刘歆亦尝观之，谓雄曰：‘空自苦！今学者有禄利，然向不能明

《易》，又如《玄》何？吾恐后人用覆酱瓿也。’雄笑而不应。”瓿，小瓮，

译文

欣赏评价作品是多么困难啊！作品确实难以理解，懂得作品的人又实在难以遇到，碰到懂得欣赏的人，一千年只有一人吧！自古以来的“知音”，大多轻视同时代的人而思慕古代的人，这就是所说的“每天在面前不被进用，老远听见声名便思念”吧！以前韩非的《储说》等篇才传出来，司马相如的《子虚赋》刚刚写成，秦始皇、汉武帝都怨恨不能和他们同时代。后来知道是同时代的人而相见了，结果韩非被囚禁，司马相如被看轻，这岂不是可以明白地看出同时的人遭轻视吗？至于班固和傅毅，文章在伯仲之间，而班固却嘲笑傅毅说：“下笔没完没了，不能停止。”到陈思王曹植评论文人时，也极力贬低孔璋；而丁廙请曹植修改文章，他便赞叹丁廙此举可为佳话；刘修喜欢诋毁别人的文章，曹植便把他比作诡辩的田巴：曹植的好恶之意很明显了。所以魏文帝曹丕说“文人相轻”，这并不是空话。至于像楼护虽然有口才，却荒谬地想要评论文章，说“司马迁写《史记》，曾经咨询请教东方朔”。于是桓谭这些人，相视而讥笑楼护的谬论。楼护本来地位低贱，轻率发言尚且被人耻笑，何况作为文士，难道就可以乱说吗？所以能洞察文情，却又贵古贱今，秦始皇、汉武帝两位君主就是

如此；文才确实鸿博懿美，却抬高自己而贬低别人，班固、曹植就是如此；学识够不上谈论文章，却相信错误的说法，不明真相，楼护便属于此类。担心后人把自己的著作用来盖酱坛子，这难道是多余的感叹吗？

夫麟凤与麏雉悬绝[①]，珠玉与砾石超殊[②]，白日垂其照，青眸写其形[③]。然鲁臣以麟为麏[④]，楚人以雉为凤[⑤]，魏民以夜光为怪石[⑥]，宋客以燕砾为宝珠[⑦]。形器易征[⑧]，谬乃若是；文情难鉴，谁曰易分？

注释

①麟凤：麒麟和凤凰。麏jūn：獐，似鹿而小。雉zhì：野鸡。悬绝：相差极远。

②砾lì石：碎石块。超殊：迥异，完全不同。

③青眸móu：黑眼珠。眸，瞳仁。

④“然鲁”句：《公羊传·哀公十四年》载：“春，西狩获麟，……有以告者曰：有麏而角者。”

⑤“楚人”句：《尹文子·大道上》中说：“楚人担山雉者，路人问：‘何鸟也？’担雉者欺之曰：‘凤凰也。’路人曰：‘我闻有凤凰，今直见之，汝贩之乎？’”

⑥“魏民”句：《尹文子·大道上》：“魏田父有耕于野者，得宝玉径尺，弗知其玉也，以告邻

人。邻人阴欲图之，谓之曰：‘怪石也，畜之弗利其家，弗如复之。’田父虽疑，犹录以归，置于庑下。其夜玉明光照一室，田父称家大怖，复以告邻人。曰：‘此怪之征，遄弃，殃可销。’于是遽而弃于远野。”

⑦“宋客”句：《艺文类聚》卷六引《阚子》：“宋之愚人得燕石于梧台之东，归而藏之以为宝。周客闻而观焉，……掩口而笑曰：‘此特燕石也，其与瓦甓不殊。’”

⑧征：验证。

译文

麒麟、凤凰与獐子、野鸡相差极远，珍珠、宝玉与沙砾、石子完全不同。在阳光照耀下，明亮的眼睛能够分别它们的形态；然而鲁国的臣子却将麒麟当作獐子，楚国人把野鸡当成凤凰，魏国人把夜明珠当成怪石，宋国人把燕地的石块当作宝珠。有形的器物容易验证，还会发生这么多的错误；何况文情本来就难于看清楚，谁说容易辨别呢？

夫篇章杂沓[①]，质文交加[②]，知多偏好[③]，人莫圆该[④]。慷慨者逆声而击节[⑤]，酝藉者见密而高蹈[⑥]；浮慧者观绮而跃心[⑦]，爱奇者闻诡而惊听[⑧]。会己则嗟讽[9]，异我则沮弃[10]，各执一隅之解[11]，欲拟万端之变[12]，所谓“东向而望，不见西墙”也[13]。

注释

①杂沓tà：纷乱，复杂。

②质文：质朴和华丽。

③知：知音，作品的欣赏评论者。

④圆该：全面具备。此指具备鉴赏一切作品的能力。该，兼备。

⑤慷慨者：指性情豪爽激昂的人。逆：迎着。击节：打拍子。表示十分赞赏。

⑥酝藉者：指性情含蓄的人。高蹈：举足顿地。表示喜悦貌。

⑦浮慧者：见识浮浅的人。绮qǐ：一种有花纹的丝织品，此借指文辞华丽的作品。跃心：动心。

⑧诡：不平常的，奇异的。

⑨会：合。嗟：赞叹。讽：诵读。

⑩沮弃：诋毁抛弃。

⑪一隅之解：片面的见解。隅，边，角。

⑫拟：度，衡量。

⑬“所谓”句：《吕氏春秋·有始览·去尤》：“东面望者不见西墙，南乡视者不睹北方，意有所在也。”

译文

文学作品纷繁众多，质朴和文华交织在一起，鉴赏者多有所偏好，没有人能做到周全兼备。性情慷慨的人听到昂扬的声调便会击节赞赏，含蓄的人读到细密的作品就喜悦；见识浮浅的人看到华丽的文章就动心，爱好新奇的人听到奇异的作品就会惊叹。符合自己爱好的作品就大加赞叹诵读，不合自己喜好的作品就诋毁唾弃，各自拿片面见解，来衡量千变万化的作品，正像面向东张望，就看不到西面的墙一样。

凡操千曲而后晓声①，观千剑而后识器②。故圆照之象③，务先博观。阅乔岳以形培塿④，酌沧波以喻畎浍⑤。无私于轻重，不偏于憎爱，然后能平理若衡⑥，照辞如镜矣。是以将阅文情，先标六观⑦：一观位体⑧，二观置辞⑨，三观通变⑩，四观奇正⑪，五观事义⑫，六观宫商⑬。斯术既形⑭，则优劣见矣。

注释

①“凡操”句：桓谭《新论·琴道》：“成少伯工吹竽，见安昌侯张子夏鼓瑟，谓曰：‘音不通千曲以上，不足以为知音。’”操，持，即操练，弹奏。晓，明白。

②“观千剑”句：桓谭《新论·道赋》：“扬子云工于赋，王君大习兵器，余欲从二子学，子云曰：‘能读千赋则善赋。’君大曰：‘能观千剑则晓剑。’”

③圆照：全面透彻地观察了解。

④乔岳：高山。培塿pǒu lǒu：小土山。

⑤酌：酌取。沧：沧海。畎浍quǎn kuài：田间小沟。

⑥衡：秤，天平。

⑦标：标举设置，确立。

⑧位体：安排体制，即根据内容确立文体。

⑨置辞：安排文辞。

⑩通变：变通，即继承与发展。

⑪奇正：奇与正的表现方法。奇，指不正常的表现方式。正，指正常的表现方式。

⑫事义：即事类，指文中的事例、典故、引文等。

⑬宫商：指声律。

⑭术：方法。

译文

大凡操练了千支曲子之后才能通晓音乐，观察了千把宝剑之后才能识别兵器；所以全面评价文章的方法，一定先要广泛地阅览。观览过高山才知道土堆的矮小，汲取过大海之水才明白水沟的平浅。对文章的轻重没有私心，对作品的爱憎没有偏见，然后才能像天平一样公正地衡量文章的内容，像镜子一样清晰透彻地分析文章的文辞。所以要鉴赏文章，先要从六个方面去观察：一看文体的安排；二看文辞布置；三看继承与发展；四看奇与正的表现方法；五看事类典故的运用；六看作品的音律。这些方法运用了，文章的优劣便显现出来了。

夫缀文者情动而辞发①，观文者披文以入情②，沿波讨源，虽幽必显。世远莫见其面，觇文辄见其心③。岂成篇之足深？患识照之自浅耳④。夫志在山水，琴表其情⑤，况形之笔端，理将焉匿⑥？故心之照理⑦，譬目之照形，目瞭则形无不分⑧，心敏则理无不达⑨。然而俗鉴之迷者⑩，深废浅售⑪，此庄周所以笑《折杨》⑫，宋玉所以伤《白雪》也⑬。昔屈平有言⑭：“文质疏内，众不知余之异采⑮。”见异唯知音耳。扬雄自称⑯：“心好沉博绝丽之文⑰。”其不事浮浅亦可知矣。夫唯深识鉴奥，必欢然内怿⑱，譬春台之熙众人⑲，乐饵之止过客⑳。盖闻兰为国香，服媚弥芬㉑；书亦国华㉒，翫绎方美㉓；知音君子，其垂意焉㉔。

注释

①缀文：连缀文辞，指写作。

②披文：披阅文章。《辨骚》：“言节候，则披文

而见时。”披，翻阅。

③觇chān：观看，观察。

④识照：辨识鉴察能力。

⑤“夫志”二句：《吕氏春秋·本味》：“伯牙鼓琴，钟子期听之。方鼓琴而志在太山，钟子期曰：‘善哉乎鼓琴，巍巍乎若太山。’少选之间，而志在流水。钟子期又曰：‘善哉乎鼓琴，汤汤乎若流水。’”

⑥匿：隐藏。

⑦心：鉴赏者之心。理：文章的情理。

⑧瞭liǎo：眼珠明亮。

⑨敏：聪慧。达：通达。

⑩鉴：评论家。

⑪深：高深的作品。浅：肤浅的作品。售：出售，指有人欣赏。

⑫“此庄周”句：《庄子·天地》说：“大声不入千里耳，《折杨》《皇华》，则嗑然而笑。是故高言不止于众人之心；至言不出，俗言胜也。”庄周，即庄子，战国时道家学派代表人物。《折杨》，古俗曲名。

⑬“宋玉”句：《文选》卷四十五宋玉《对楚王问》说：“客有歌于郢中者，其始曰《下里巴人》，国中属而和者数千人，其为《阳阿薤露》，国中属而和者数百人。其为《阳春白

雪》，国中属而和者不过数十人。引商刻羽，杂以流徵，国中属而和者不过数人而已。是其曲弥高其和弥寡。”宋玉，战国时楚国文学家。《白雪》，古琴曲名。传为春秋晋师旷所作。

⑭屈平：即屈原。

⑮“文质”二句：见《楚辞·九章·怀沙》，指外表粗疏，不加修饰，内质朴实，故众人不知我有特别的才能。文，指外表。质，指本性。疏，粗疏，此指不注意修饰。内，即讷，迟钝，此指朴实。异采，与众不同的才华。

⑯扬雄：字子云，西汉末年文学家。

⑰“心好”句：见扬雄《答刘歆书》。

⑱内：内心。怿yì：喜悦。

⑲“譬春台”句：《老子·二十章》河上公本说：“众人熙熙，若享太牢，如登春台。”熙熙，和乐貌。春台，春日登高览胜之处。

⑳“乐饵”句：《老子·三十五章》说：“乐与饵，止过客。”乐，音乐。饵，食物。

㉑“盖闻”二句：《左传·宣公三年》载：“以兰有国香，人服媚之如是。”国香，极言其香。谓其香甲于一国，故云。服，佩带。媚，喜爱。

㉒书：文章，著作。华：花。

㉓翫wán绎：细细体会玩味。翫，通“玩”，观赏，欣赏。绎，寻绎，理出事物的头绪。引申为解析。

㉔垂意：留心，注意。

译文

写作者先有情思再表现为文辞，读者通过阅读文辞来了解作者的情思，如同沿着水流去探寻源头，即使幽深也能使它显露一样。年代久远，虽然不能和作者见面，但是看到他们的文章就可以窥见他们的内心。难道是他们的文章太深奥吗？只怕是自己认识鉴别能力太浅薄罢了。伯牙想的是高山和流水，琴声中就表现了他的想法，何况用文字表达出来，情理又怎能隐藏呢？所以读者用心来理解作品的情理，就好像用眼睛来看物体的形状一样，眼睛明亮则物体的形状就没有不能辨别的，内心聪慧则作品的情理没有不能明了的。然而世俗间迷糊的评论家，对深刻的作品反而抛弃，对浅薄的作品反而赏识，这就是庄周讥笑世人喜爱庸俗的《折杨》，而宋玉伤感高雅的《阳春白雪》听的人少的原因所在。从前屈原说："我外表粗疏不加修饰，内心质朴，所以众人不知道我内有特异的光彩。"能看到特异光彩的唯有知音罢了。扬雄自称："内心喜好深沉渊博、奇绝华丽的文章。"他不写浮浅的文章，从这里也就可以知道了。只要是见解深刻的读者，看出了作品的深意，内心必定欢快愉悦，就好比春天登台远望能使众人心情舒畅，音乐与美食能使过往的客人止步一样。兰花是全国最香的花，越佩带越感到芬芳；文章著作也是国家的文明之花，仔细品味才能懂得它的美妙。知音的君子们啊，请好好留意这些吧！

赞曰：洪钟万钧[①]，夔、旷所定[②]。良书盈箧[③]，妙鉴乃订[④]。流郑淫人[⑤]，无或失听[⑥]。独有此律[⑦]，不谬蹊径[⑧]。

注释

①洪钟：大钟。洪，大。钧：古代重量单位之一，三十斤为一钧。

②夔kuí：舜时掌管音乐的大臣。旷：师旷，春秋时晋国的乐师。定：调音定调。《吕氏春秋·仲冬纪·长见》：“晋平公铸为大钟，使工听之，皆以为调矣。师旷曰：‘不调，请更铸之。’平公曰：‘工皆以为调矣。’师旷曰：‘后世有知音者，将知钟之不调也，臣窃为君耻之。’至于师涓而果知钟之不调也。是师旷欲善调钟，以为后世之知音者也。”

③箧qiè：箱子。

④鉴：评论家。订：评定。

⑤流郑：古代郑地流行的民间俗乐。儒家认为郑国的音乐不正。淫：过分。

⑥失听：听觉失灵，听闻有误。

⑦律：规则。

⑧蹊：路。

译文

结语：万钧的大钟，只有夔和师旷才能定音。满箱的好书，只有高妙的鉴赏家才能评定。郑国俗乐使人迷惑，可不要因它而错听。唯有遵守鉴赏的规则，才不会迷失方向。

程　器

题解

《程器》是《文心雕龙》的第四十九篇，属批评论。程，计量。器，材器。程器就是衡量作家包括道德品质、政治识见在内的全面的修养。本文主要是论述作家的道德品质和才干问题，主张德才兼备，反对“务华弃实”。全篇可分四个部分：第一部分强调注意品德的必要性；第二部分列举了司马相如等作家在品德上的缺点，同时也列举了屈原等作家的高尚品质；第三部分进一步提出作家应加强政治修养，通晓军政大事；第四部分提出理想的作家应具备的条件。

《周书》论士[①]，方之梓材[②]，盖贵器用而兼文采也。是以朴斫成而丹雘施[③]，垣墉立而雕杇附[④]。而近代词人[⑤]，务华弃实。故魏文以为[⑥]：“古今文人，类不护细行[⑦]。”韦诞所评[⑧]，又历诋群才[⑨]。后人雷同[⑩]，混之一贯[⑪]，吁可悲矣[⑫]！

注释

①《周书》：指《尚书·周书》。

②方：比。梓zǐ材：指优质的木材。《尚书·周书·梓

材》："若作梓材，既勤朴斲，惟其涂丹雘。"

③朴：砍伐整理。斫zhuó：砍削。丹雘huò：红色颜料。雘，颜料。赤石脂之类。

④垣墉yōng：墙。《尚书·周书·梓材》："若作室家，既勤垣墉，惟其塗塈茨。"垣，低墙。墉，高墙。雕杇wū：墙壁上的雕镂绘饰。杇，涂抹。

⑤近代：指晋至刘宋以来。

⑥魏文：魏文帝曹丕。

⑦"古今"二句：曹丕《与吴质书》说："古今文人，类不护细行，鲜能以名节自立。"类，大多。细行，小节，小事。

⑧韦诞：字仲将，三国时魏国人。

⑨历诋dǐ群才：《三国志·魏书·王粲传》裴松之注引鱼豢《魏略》载："仲将云：'仲宣伤于肥戆。休伯都无格检，元瑜病于体弱，孔璋实自粗疏，文蔚性颇忿鸷。'"诋，诽谤。

⑩雷同：相同，此指人云亦云。

⑪一贯：相同，都一样。

⑫吁xū：叹词。

译文

《周书》评论士人，用良木来作比方，大概是兼重实用价值和文采。因此，木料砍斫加工后要涂上红漆，墙壁砌成后要再加粉饰。可是近代的作家，文章华而不实。所以魏文帝曹丕认为："古今文人大都不注意小节。"韦诞所作的评论，又一一批评了许多文士，后来的人也随声附和，和前人的评论完全相同。唉，这实在可悲啊！

略观文士之疵[①]：相如窃妻而受金[②]，扬雄嗜酒而少算[③]，敬通之不循廉隅[④]，杜笃之请求无厌[⑤]，班固谄窦以作威[⑥]，马融党梁而黩货[⑦]，文举傲诞以速诛[⑧]，正平狂憨以致戮[⑨]，仲宣轻脱以躁竞[⑩]，孔璋偬恫以粗疏[⑪]，丁仪贪婪以乞贷[⑫]，路粹餔啜而无耻[⑬]，潘岳诡祷于愍怀[⑭]，陆机倾仄于贾郭[⑮]，傅玄刚隘而詈台[⑯]，孙楚佷愎而讼府[⑰]，诸如此类，并文士之瑕累[⑱]。文既有之，武亦宜然。古之将相，疵咎实多[⑲]：至如管仲之盗窃[⑳]，吴起之贪淫[㉑]，陈平之污点[㉒]，绛、灌之谗嫉[㉓]，沿兹以下，不可胜数。孔光负衡据鼎[㉔]，而仄媚董贤[㉕]；况班、马之贱职[㉖]，潘岳之下位哉[㉗]！王戎开国上秩[㉘]，而鬻官嚣俗[㉙]；况马、杜之磬悬[㉚]，丁、路之贫薄哉[㉛]！然子夏无亏于名儒[㉜]，浚冲不尘乎竹林者[㉝]，名崇而讥减也。若夫屈、贾之忠贞[㉞]，邹、枚之机觉[㉟]，黄香之淳孝[㊱]，徐幹之沉默[㊲]，岂曰文士，必其玷欤[㊳]！

注释

①疵cī：病，缺点。

②相如：司马相如，西汉文学家。窃妻：指司马相如引诱卓文君私奔。《汉书·司马相如传》载："卓王孙有女文君，新寡，好音。故相如缪与令相重，而以琴心挑之。相如时从车骑，雍容闲雅，甚都。及饮卓氏，弄琴，文君窃从户窥，心说而好之，恐不得当也。既罢，相如乃令侍人，重赐文君侍者，通殷勤。文君夜亡奔相如。"受金：接受贿赂。《汉书·司马相如传》载，司马相如使蜀，"人有上书言相如使时受金"。

③少算：不会算计过日子。

④敬通：东汉初年人冯衍的字。不循廉隅：不遵循端正的品德。廉隅，棱角，比喻端方不苟的行为、品性。《后汉书·冯衍传》："衍娶北地女任氏为妻，悍忌不得畜媵妾，儿女常自操井臼，老竟逐之，遂坎壈于时。"

⑤杜笃：东汉人。厌：满足。《后汉书·杜笃传》："居美阳，与美阳令游，数从请托不谐，颇相恨。令怨，收笃送京师。"

⑥班固：东汉史学家。谄chǎn：逢迎巴结。窦：指当时大将军窦宪。《后汉书·班固传》："大将军窦宪出征匈奴，以固为中护军，与参议。……以

窦宪败，固先坐免官。固不教学诸子，诸子多不遵法度，吏人苦之。初，洛阳令种兢尝行，固奴干其车骑，吏推呼之，奴醉骂。兢大怒，畏宪不敢发，心衔之。”

⑦马融：东汉学者。党：党附。梁：指当时大将军梁冀。《后汉书·马融传》载，马融“不敢复违忤势家，遂为梁冀草奏李固，又作《大将军西第颂》，以此颇为正直所羞”。黩dú货：贪污纳贿。《后汉书·马融传》又载：“桓帝时为南郡太守。先是融有事忤大将军梁冀旨，冀讽有司，奏融在郡贪浊，免官。”

⑧文举：“建安七子”之一孔融的字。傲诞：骄傲放诞。《后汉书·孔融传》：“时年饥兵兴，操表制酒禁，融频书争之，多侮慢之辞。既见操雄诈渐著，数不能堪；故发辞偏宕，多致乖忤。……曹操既积嫌忌，而郗虑复构成其罪，遂令丞相军谋祭酒路粹，枉状奏融，……书奏，下狱弃市。”

⑨正平：建安时文学家祢衡的字。狂憨hān：狂放憨直。憨，狂痴。戮：杀。《后汉书·祢衡传》：“少有才辩，而气尚刚傲，好矫时慢物。……后黄祖在蒙冲船上，大会宾客，而衡言不逊顺。祖惭，乃诃之。衡更熟视曰：‘死公云等道。’祖大怒，令五百将出，欲加棰。衡方大骂，祖恚，

遂令杀之。”

⑩仲宣：“建安七子”之一王粲的字。轻脱：简易，随便。躁竞：急于进取。《三国志·魏书·杜袭传》：“粲性躁进。”

⑪孔璋：“建安七子”之一陈琳的字。偬恫zǒng dòng：急躁草率。

⑫丁仪：建安时文人。贪婪：贪得无厌。乞贷：求讨，求借。

⑬路粹：建安时文人。餔啜būchuò：吃喝。无耻：指路粹受曹操指使陷害孔融事。《三国志·魏书·王粲传》裴松之注引《典略》：“及孔融有过，太祖使粹为奏，承指数致融罪，……融诛之后，人睹粹所作，无不嘉其才而畏其笔也。”

⑭潘岳：西晋文学家。诡：阴谋诡计。祷：祷神文。愍mǐn怀：愍怀太子，晋惠帝之子，被贾后和潘岳合谋陷害。《晋书·愍怀太子传》：“贾后将废太子，诈称上不和，呼太子入朝。既至，后不见，置于别室，遣婢陈舞赐以酒枣，逼饮醉之。使黄门侍郎潘岳作书草，若祷神之文，有如太子素意，因醉而书之。令小婢承福以纸笔及书草使太子书之。文曰：‘陛下宜自了；不自了，吾当入了之。……’太子醉迷不觉，遂依而写之，其字半不成。既而补成之，后以呈帝。……乃表免太子为庶人，诏许之。”

⑮陆机：西晋文学家。倾仄zè：随顺，依附。贾：指贾谧，贾后的亲外甥。郭：指郭彰，贾后的从舅。《晋书·陆机传》："好游权门，与贾谧亲善，以进趣获讥。"

⑯傅玄：西晋文学家。刚隘ài：刚愎褊急。詈lì台：指傅玄责骂尚书台。《晋书·傅玄传》载：傅玄为司隶校尉，"献皇后崩于弘训宫，设丧位。旧制，司隶于端门外坐，在诸卿上，绝席。其入殿，按本品秩在诸卿下，以次坐，不绝席。而谒者以弘训宫为殿内，制玄位在卿下。玄恚怒，厉声色而责谒者。谒者妄称尚书所处，玄对百僚而骂尚书以下。"

⑰孙楚：西晋文学家。佷hěn：凶狠。愎bì：执拗，刚愎。讼府：指孙楚和骠骑将军石苞互相攻击。《晋书·孙楚传》载："楚后迁佐著作郎，复参石苞骠骑军事。楚既负其材气，颇侮易于苞，初至，长揖曰：'天子命我参卿军事。'因此而嫌隙遂构。苞奏楚与吴人孙世山共讪毁时政，楚亦抗表自理，纷纭经年；事未判，又与乡人郭奕忿争。"

⑱瑕累：玉上的斑痕。此指缺点，毛病。

⑲疵咎：缺点，过失。

⑳管仲：春秋时期齐国政治家，辅佐齐桓公。相传他曾为盗贼。《说苑·尊贤》："邹子说梁王曰：……管仲，故成阴之狗盗也，天下之庸夫也，齐桓公得之以为仲父。"

㉑吴起：战国时军事家。《史记·孙子吴起列传》载："（魏）文侯问李克曰：'吴起何如人哉？'李克曰：'起贪而好色，然用兵，司马穰苴不能过也。'"

㉒陈平：西汉开国功臣。《史记·陈丞相世家》载："绛侯、灌婴等，咸谗陈平曰：'平虽美丈夫，如冠玉耳，其中未必有也。臣闻平居家时，盗其嫂。事魏不容，亡归楚；归楚不中，又亡归汉。今日大王尊官之令护军，臣闻平受诸将金，金多者得善处，金少者得恶处。平，反覆乱臣也，愿王察之。'"

㉓绛jiàng：指西汉绛侯周勃。灌：指西汉灌婴。二人都曾为汉文帝丞相。谗嫉：谗害嫉妒。周勃、灌婴曾排挤陈平、贾谊等人。

㉔孔光：西汉成帝、哀帝时的丞相。负衡据鼎：指身居高位，肩负重任。衡，秤，表持平。鼎，三足，喻三公。

㉕仄媚：以不正之道讨好奉承。董贤：汉哀帝的男宠。《汉书·佞幸传》："初，丞相孔光为御史大夫，时贤父恭为御史，事光。及贤为大司马，与光并为三公，上故令贤私过光。光雅恭谨，知上欲尊宠贤。及闻贤当来也，光警戒衣冠，出门待望，见贤车，乃却入。贤至中门，光入阁。既下车，乃出拜谒，送迎甚谨，不敢以宾客均敌之礼。贤归，上闻之喜。"

㉖班：指班固。马：指马融。贱职：职位低下。班固

为兰台令史，位终窦宪的中护军。马融官至武都太守，拜议郎。比之陈平、孔光等，官位都很低微。

㉗潘岳之下位：潘岳官至太傅主簿时被杀，官位不高。

㉘王戎："竹林七贤"之一。西晋初，因灭吴有功而封侯；晋惠帝时，官至司徒、尚书令。上秩：官职的高级品位。亦借指大臣。秩，官位。

㉙鬻yù官：卖官。《晋书·王戎传》载，渡江之后，"南郡太守刘肇赂戎筒中细布五十端，为司隶所纠，以知而未纳，故得不坐，然议者尤之，……由是损名"。嚣áo俗：为世人所喧嚷、叱骂。嚣，众怨声。《王戎传》又载："性好兴利，广收八方园田水碓，周遍天下。积实聚钱，不知纪极，每自执牙筹，昼夜算计，恒若不足。而又俭啬，不自奉养，天下人谓之膏肓之疾。……家有好李，常出货之，恐人得种，恒钻其核。以此获讥于世。"

㉚马：指司马相如。杜：指杜笃。磬qìng悬：空无所有。形容家徒四壁，生活贫穷。《汉书·司马相如传》载："文君夜亡奔相如。相如与驰归成都，家徒四壁立。"

㉛丁：指丁仪。路：指路粹。

㉜子夏：孔光的字。亏：损。

㉝浚jùn冲：王戎的字。尘：污染。竹林：指"竹林七贤"。魏晋之间陈留阮籍、谯郡嵇康、河内山涛、河南向秀、籍兄子咸、琅琊王戎、沛人刘伶相与友

善，常宴集于竹林之下，时人号为“竹林七贤”。

㉞屈：指屈原。贾：指贾谊。

㉟邹：指西汉邹阳。枚：指西汉枚乘。机觉：机敏，机警。邹阳觉察到吴王刘濞有谋反之心，上书相谏，吴王不听，便和枚乘、严忌离开了吴王。《汉书·邹阳传》载：“吴王濞招致四方游士，阳与吴严忌、枚乘等，俱仕吴，皆以文辩著名。久之，吴王以太子事怨望，称疾不朝，阴有邪谋。阳奏书谏，……吴王不内其言。是时，景帝少弟梁孝王贵盛，亦待士，于是邹阳、枚乘、严忌知吴王不可说，皆去之梁，从孝王游。”

㊱黄香：东汉人。淳孝：至孝。《后汉书·黄香传》载：“黄香，字文强，江夏安陆人也。年九岁失母，思慕憔悴，殆不免丧，乡人称其至孝。”

㊲徐幹：字伟长，“建安七子”之一。沉默：默默无闻，此指不求富贵名利。曹丕《与吴质书》：“而伟长独怀文抱质，恬淡寡欲，有箕山之志，可谓彬彬君子者矣。”

㊳玷：玉的斑点。引申为缺点，过失。

译文

大略考察一下文人的缺点：司马相如勾引卓文君又接受贿赂，扬雄嗜酒又不会过日子，冯衍品行不端，杜笃请托无厌，班固谄媚窦宪而作威作福，马融投靠梁冀而贪污受贿，孔融狂傲而有杀身之祸，祢衡狂放遭致诛杀，王粲随便而又急躁，陈琳草率而又粗疏，丁仪贪婪到处求财，路粹厚着脸皮讨吃喝而不知廉耻，潘岳假写祷神文来诬陷愍怀太子，陆机逢迎权贵贾谧、郭彰，傅玄刚强狭隘责骂尚书台，孙楚凶狠刚愎而攻击上司。诸如此类，都是文士的缺点。文人已然有毛病，武人也是一样的。古代的将相，缺点确实很多：像春秋时齐国宰相管仲曾经偷窃，战国时魏国吴起贪财好色，西汉丞相陈平行为有污点，大将周勃、灌婴谗毁嫉妒贤才。在这以下，有缺点的将帅更是数不胜数。西汉孔光位居丞相之位，却还谄媚皇帝宠臣董贤；何况班固、马融职务卑微之徒，潘岳地位低下之辈呢？王戎是西晋的开国大臣，尚且鬻官卖爵，让人议论纷纷；更何况司马相如、杜笃家徒四壁之人，丁仪、路粹贫穷寒贱之士呢？然而，这并不损害孔光成为名儒，也不妨碍王戎成为“竹林七贤”之一。那是因为名望崇高，减少了对他们的批评。至于屈原、贾谊的忠贞正直，邹阳、枚乘的机敏警觉，黄香的淳孝，徐幹的恬淡寡欲，难道说文人一定都是有缺点的吗？

盖人禀五材[①]，修短殊用[②]，自非上哲[③]，难以求备。然将相以位隆特达[④]，文士以职卑多诮[⑤]，此江河所以腾涌[⑥]，涓流所以寸折者也[⑦]。名之抑扬[8]，既其然矣[9]；位之通塞[10]，亦有以焉[11]。盖士之登庸[12]，以成务为用[13]。鲁之敬姜[14]，妇人之聪明耳。然推其机综[15]，以方治国；安有丈夫学文，而不达于政事哉。彼扬、马之徒[16]，有文无质[17]，所以终乎下位也。昔庾元规才华清英[18]，勋庸有声[19]，故文艺不称[20]；若非台岳[21]，则正以文才也[22]。文武之术，左右惟宜[23]。郤縠敦《书》[24]，故举为元帅，岂以好文而不练武哉！孙武《兵经》[25]，辞如珠玉，岂以习武而不晓文也？

注释

①五材：就是五行，即水、火、木、金、土。古人认为是构成各种物质的五种元素。

②修短：长短。殊：不同。

③上哲：具有超凡道德、才智的人。

④位隆：地位高，官位大。特达：特别显达。

⑤诮qiào：责备。

⑥腾涌：奔腾汹涌，喻指将相位高名著。

⑦涓juān流：细小的水流。寸折：喻指文士地位低下，曲折极多。

⑧抑扬：贬低褒扬。

⑨然：代词，这样。

⑩通塞：通畅与阻塞。指仕途的顺利与艰难。

⑪以：原因。

⑫登庸：选拔任用。

⑬成务：成事。

⑭敬姜：春秋时鲁国宰相文伯的母亲。《列女传·母仪》：“文伯相鲁，敬姜谓之曰：‘吾语汝，治国之要，尽在经矣。夫幅者所以正曲枉也，不可不强，故幅可以为将。画者所以均不均、服不服也，故画可以为正。……推而往、引而来者，综也，综可以为关内之师。”

⑮推：推论。机综zèng：织布机。综，织机上使经线上下交错以便梭子通过的装置。

⑯扬：指扬雄。马：指司马相如。

⑰有文无质：指文章华而不实，只有文学才华而无政治才能。

⑱庾元规：东晋庾亮字元规，晋明帝国舅。清英：清新挺拔。《晋书·庾亮传》载：“亮美姿容，善谈论，性好《庄》《老》，风格峻整。……元帝为镇东时，闻其名，辟西曹椽。及引见，风情都雅，过于所望，甚器重之。”

⑲勋庸：功勋。

⑳艺：技能。称：称颂。

㉑台岳：三公宰辅之位。

㉒文才：唐房玄龄《晋书·庾亮传论》认为，庾亮的文才比他的治才更高。

㉓左右惟宜：指文武兼备。

㉔郤縠xìhú：春秋时晋国将领。敦《书》：努力读书。《书》，《尚书》。《左传·僖公二十七年》载："（晋）作三军，谋元帅。赵衰曰：'郤縠可。臣亟闻其言矣，说《礼》《乐》而敦《诗》《书》。'"

㉕孙武：春秋时军事家。《兵经》：指《孙子兵法》。

译文

人具有的五种才性，长处短处各有不同；若不是超凡的人，就难以对他求全责备。然而将相因为地位崇高而显达，文人因为职位卑微而常遭批评，这就像江河波涛腾涌，而细流却曲折难行一样。名声之褒贬，就是这样的；官位的高低，也有它的原因。大凡士人是否被提拔，是看能否办成事情。鲁国的敬姜，不过是个聪明的妇人罢了，然而她推论织布之理，来比喻治理国家。哪有大丈夫学习文章，而不懂得政事呢？扬雄、司马相如那些人，有文才却没有政事才能，所以始终处在低下的职位。以前庾亮才华清俊，但因功勋卓著，所以他的文学才能不被称扬；倘使他不是高官，正可以以文才著名，文才武略，相辅相成。春秋时晋国的郤縠爱读诗书，所以被举荐为将帅，难道仅仅因为爱好文学就不讲求武略吗？孙武的《兵法》，文辞像珠玉一样美好，怎么能说讲习武略就不懂得文艺呢？

是以君子藏器，待时而动[①]，发挥事业，固宜蓄素以弸中[②]，散采以彪外[③]，楩柟其质[④]，豫章其干[⑤]，摛文必在纬军国[⑥]，负重必在任栋梁[⑦]，穷则独善以垂文，达则奉时以骋绩[⑧]，若此文人，应《梓材》之士矣。

注释

①“是以”二句：《周易·系辞下》：“君子藏器于身，待时而动。”君子，有品行的人。此指理想的作家。器，指人的才德。

②素：质地，指人的才德。弸péng中：指才德充实于内。弸，充满。

③彪外：文采显著于外。彪，虎纹，喻指文采。《法言·君子》：“或问：君子言则成文，动则成德，何以也？曰：以其弸中而彪外也。”

④楩柟pián nán：黄楩木与楠木，皆木质坚实。柟，同“楠”。

⑤豫章：亦作“豫樟”，枕木与樟木，皆良木。

⑥摛chī文：写文章。摛，发布。纬：组织，谋划。

⑦栋梁：房屋的大梁。

⑧“穷则”二句：《孟子·尽心上》：“穷则独善其身，达则兼善天下。”穷，不得志。垂，留

下。达，得志。

译文

因此君子具备才德，等待时机加以施展，才能建立一番事业；所以应该积蓄才德以充实其内，散发文采以显示于外，要像楩木、楠木那样质地坚硬，像枕木、樟木那样高大。写作文章一定要谋划军国大事，担负重任时就要成为国家的栋梁，不得志就独善其身，著书立说，留传后世，显达就应时而动，驰骋天下，建功立业。像这样的文人，应该就是《尚书·梓材》所说的士了。

赞曰：瞻彼前修[①]，有懿文德[②]。声昭楚南[③]，采动梁北[④]。雕而不器[⑤]，贞干谁则[⑥]。岂无华身，亦有光国。

注释

①瞻：看。前修：前代贤人，此指前代优秀的作家。

②文德：文才和德行。

③楚南：代指南方，楚国在南。屈原是战国末楚国人，汉贾谊曾为长沙王太傅。

④采：文采。梁北：代指北方。汉代梁国，在今河南商丘一带，汉邹阳、枚乘曾由吴投梁孝王。

⑤雕：修饰。

⑥贞干：即桢干，筑墙时所用的木柱，竖在两端的叫桢，竖在两旁障土的叫干。指重要的、起决定作用的人或事物。

译文

结语：看看从前的那些贤人，都有美好的文才和品德。有的声名传遍南方，有的文采震动北国。只知雕饰文采而无实际才干，怎能成为人才的榜样呢？难道文章只能使自身荣耀吗？优秀的文人也能为国争光。

序　志

题解

《序志》是《文心雕龙》的最后一篇，也就是本书的序言，是作者对写《文心雕龙》一书的目的、意图、方法、态度及指导思想和内容安排的说明。全篇可分五个部分：第一部分说明本书命名为“文心雕龙”的用意；第二部分讲写作本书的目的；第三部分指出魏晋以来文论著作的不足；第四部分介绍全书内容的结构安排；第五部分表明自己的写作态度。

夫“文心”者，言为文之用心也[①]。昔涓子《琴心》[②]，王孙《巧心》[③]，心哉美矣夫[④]，故用之焉。古来文章，以雕缛成体[⑤]，岂取驺奭之群言“雕龙”也夫[⑥]？夫宇宙绵邈[⑦]，黎献纷杂[⑧]，拔萃出类[⑨]，智术而已。岁月飘忽，性灵不居[⑩]，腾声飞实[⑪]，制作而已[⑫]。夫肖貌天地，禀性五才[⑬]，拟耳目于日月[⑭]，方声气于风雷[⑮]，其超出万物，亦已灵矣。形甚草木之脆[⑯]，名逾金石之坚[⑰]，是以君子处世，树德建言[⑱]，岂好辩哉？不得已也[⑲]！

注释

①“夫‘文心’”二句：陆机《文赋》：“余每观才士之所作，窃有以得其用心。”

②涓子：即环渊，战国时楚国人，主道家学说，著有《蜎子》，即《琴心》。

③王孙：《汉书·艺文志·儒家》有《王孙子》，一名《巧心》。

④心哉美矣：指“心”这个字很好，所以很适宜用作书名，另一方面也暗示“心”在文章创作中有很大作用。

⑤雕缛rù：雕镂彩饰，引申为修饰文辞。

⑥驺奭zōu shì：战国时齐国人。《史记·孟子荀卿列传》：“驺衍之术迂大而闳辩，奭也文具难施；淳于髡久与处，时有得善言。故齐人颂曰：‘谈天衍，雕龙奭，炙毂过髡。’”裴骃《集解》引刘向《别录》：“驺奭修衍之文，饰若雕镂龙文，故曰‘雕龙’。”《汉书·艺文志》载：“《邹奭子》十二篇。齐人，号曰‘雕龙奭’。”雕龙，雕镂龙纹。比喻善于修饰文辞或刻意雕琢文字。

⑦绵邈miǎo：辽远。

⑧黎：黎民。献：贤人。

⑨拔萃出类：形容卓越出众，不同一般。拔，超出。

萃，草木丛生。引申为同类丛聚。类，同类。

⑩性灵：人的智慧、思想、情感等。此指人。居：停留。

⑪腾声：名声的传播。飞实：功业流传。实，指事业。

⑫制作：写作。

⑬“夫肖貌”二句：《汉书·刑法志》：“夫人肖天地之貌，怀五常之性。”肖，像，相似。五才，指五行，即水、火、木、金、土。古人认为是构成各种物质的五种元素。亦指“五常”，即仁、义、礼、智、信。

⑭“拟耳”句：《淮南子·精神训》中说：“是故耳目者，日月也；血气者，风雨也。”

⑮方：比。

⑯甚：超过。

⑰逾：超过。

⑱树德建言：《左传·襄公二十四年》载穆叔的话：“太上有立德，其次有立功，其次有立言，虽久不废，此之谓不朽。”刘勰只说到德和言，也包含功，但重点则是强调立言的不朽。

⑲“岂好”二句：《孟子·滕文公》：“予岂好辩哉，予不得已也。”

译文

“文心”是讲写作的用心。以前，涓子著有《琴心》，王孙子写过《巧心》，“心”字太美了，所以人们用它作为书名。自古以来的文章，都是精心雕镂而成的，难道是在效仿语言犹如雕刻龙纹一样华丽的驺奭吗？宇宙无穷无尽，普通人和贤人混杂，那些出类拔萃的人，靠的就是才智罢了。时光匆匆，人不能永存，要使声名和事功留传下去，仅靠写作而已。人的容貌象征天地，又具有五才的禀性，耳目如同日月，声气好似风雷，他超越万物，可以算是万物之灵。他的形体如同草木一样脆弱，名声却比金石还坚固，因此君子生在世上，就应该立德立言。立言难道是喜欢辩论的缘故吗？实在是不得已啊！

余生七龄[①]，乃梦彩云若锦，则攀而采之。齿在逾立[②]，尝夜梦执丹漆之礼器[③]，随仲尼而南行[④]。旦而寤[⑤]，乃怡然而喜[⑥]，大哉圣人之难见哉[⑦]，乃小子之垂梦欤[⑧]！自生民以来[⑨]，未有如夫子者也[⑩]。敷赞圣旨[⑪]，莫若注经，而马、郑诸儒[⑫]，弘之已精[⑬]，就有深解[⑭]，未足立家[⑮]。唯文章之用，实经典枝条[⑯]，“五礼”资之以成[⑰]，“六典”因之致用[⑱]，君臣所以炳焕[⑲]，军国所以昭明，详其本源，莫非经典。而去圣久远，文体解散[⑳]，辞人爱奇[㉑]，言贵浮诡，饰羽尚画[㉒]，文绣鞶帨[㉓]，离本弥甚，将遂讹滥。盖《周书》论辞，贵乎体要[㉔]；尼父陈训，恶乎异端[㉕]；辞训之异[26]，宜体于要[27]。于是搦笔和墨[28]，乃始论文。

注释

①龄：岁。

②齿：指年龄。逾立：过了三十岁。立，三十岁。《论语·为政》："三十而立。"

③丹：红。礼器：祭器。

④仲尼：孔子的字。

⑤寤wù：醒。

⑥怡然：安适自在貌，喜悦貌。

⑦圣人：指孔子。

⑧小子：自谦之词。

⑨生民：人类。

⑩夫子：对孔子的尊称。

⑪敷：陈述。赞：阐明。圣旨：圣人宗旨。

⑫马：指马融，东汉学者，曾为《周易》《诗经》《尚书》《论语》等经书作注解。郑：郑玄，马融的学生，也曾为《周易》《诗经》等作注解。他们二人均是著名的经学家。

⑬弘：弘扬，光大。

⑭就：即使。

⑮立家：成为一家之言。指创造有独特见解、自成一家的学说或论著。

⑯枝条：刘勰将经典比作树木的根本，文章则是枝

条，此观点在本书《征圣》《宗经》篇已有具体阐述。

⑰五礼：指吉礼、凶礼、宾礼、军礼、嘉礼五种礼制。

⑱六典：指古代六方面的治国之法。《周礼·天官·大宰》："大宰之职，掌建邦之六典，以佐王治邦国：一曰治典，以经邦国，以治官府，以纪万民；二曰教典，以安邦国，以教官府，以扰万民；三曰礼典，以和邦国，以统百官，以谐万民；四曰政典，以平邦国，以正百官，以均万民；五曰刑典，以诘邦国，以刑百官，以纠万民；六曰事典，以富邦国，以任百官，以生万民。"典，政法制度。

⑲炳焕：显著，清楚。

⑳文体解散：指文章体制败坏。

㉑辞人：辞赋家。

㉒饰羽尚画：《庄子·列御寇》载：鲁哀公问颜阖："我想任命孔子为大臣，国家有希望了吧？"颜阖说："危险了，实在是危险啊！孔子饰羽而画，从事华辞，……你的考虑错误无疑。"

㉓鞶帨pán shuì：腰带和佩巾。喻指雕饰华丽的辞采。鞶，束衣的大带。帨，佩巾。《法言·寡见》："今之学也，非独为之华藻也，又从而绣其鞶帨。"

㉔"盖《周书》"二句：《尚书·周书·毕命》："辞尚体要，不惟好异。"体要，切实而简要。

㉕"尼父"二句：《论语·为政》："攻乎异端，斯

害也已。”尼父，指孔子。异端，指不同于儒家思想的观点学说。

㉖辞训：指《尚书·周书·毕命》的文辞和孔子的训导。异：不同。

㉗体：体会，体察。要：要点。

㉘搦nuò：持，握。

译文

我七岁时，梦见一片彩云像锦绣一样，于是便攀上去采摘。到了三十多岁，又曾在夜里梦见手捧丹漆的祭器，跟随着孔子向南走。早晨醒来，非常高兴。伟大的圣人是多么难以见到，可是他竟然降梦给我啊！自有人类以来，从没有像孔夫子这样伟大的人！要阐述圣人的思想，最好是注释经典，但马融、郑玄等大儒已经注释得十分精辟了，我就算有深刻的理解，也不能自成一家。不过文章的作用，确实是经典的旁枝，各种礼制靠它才得以完成，各种法典靠它才得以实施，君臣政绩靠它才能够昭彰，军国大事靠它才能够显明，详细推究它的本源，没有不是从经典那里来的。然而由于离圣人的时代太久远了，文章的体制遭到破坏，辞赋家爱好新奇，看重浮华怪异的言辞，这好比在漂亮的羽毛上再加装饰，在不需要装饰的腰带和佩巾上再绣上花纹一样，离文章的根本越来越远，势必导致谬误浮滥。《尚书·周书》讲到文辞，说重在切实简要。孔子教育学生不要钻研异端的学问。孔子的训导和《尚书·周书》的说法，二者虽有不同，但应当体会他们的主旨，于是我才拿起笔，调好墨，开始论述写作的问题。

详观近代之论文者多矣[1]：至于魏文述《典》[2]，陈思序《书》[3]，应玚《文论》[4]，陆机《文赋》[5]，仲洽《流别》[6]，弘范《翰林》[7]，各照隅隙[8]，鲜观衢路[9]；或臧否当时之才[10]，或诠品前修之文[11]，或泛举雅俗之旨，或撮题篇章之意[12]。魏《典》密而不周[13]，陈《书》辩而无当[14]，应《论》华而疏略[15]，陆《赋》巧而碎乱[16]，《流别》精而少功[17]，《翰林》浅而寡要[18]。又君山、公幹之徒[19]，吉甫、士龙之辈[20]，泛议文意，往往间出[21]，并未能振叶以寻根[22]，观澜而索源。不述先哲之诰[23]，无益后生之虑。

注释

①近代：此指魏晋以来。

②魏文：魏文帝曹丕，著有《典论》一书，其中有《论文》，载《文选》卷五十二，是我国文学理论史上最早的专论。

③陈思：陈思王曹植。《书》：指曹植的《与杨德祖书》，载《文选》卷四十二，信中评论了当时的作家，还表达了对文章修改的重视。

④应玚chàng："建安七子"之一，今存的《文质论》，载《艺文类聚》卷二十二，但不知是否即刘勰这里所说的《文论》。

⑤陆机：西晋文学家。《文赋》：我国古代重要的文学理论专著，偏重于创作论方面，载《文选》卷一七。

⑥仲治：西晋学者挚虞的字。《流别》：挚虞曾选文为《文章流别集》，并撰《文章流别论》，对所选文体进行评论。此即指《文章流别论》，今不全。

⑦弘范：东晋学者李充的字。《翰林》：指李充的《翰林论》，今不全。

⑧隅隙：狭小的地方。引申为某一方面，某一点。

⑨鲜：很少。衢qú：大路。

⑩臧否pǐ：褒贬。

⑪诠quán品：衡量，品评。前修：前贤。

⑫撮cuō题：概括提示。

⑬周：全。

⑭当：适当，贴切。

⑮疏略：粗疏，简略。

⑯巧：文辞精巧。

⑰功：功效，功用。

⑱要：要领。

⑲君山：东汉学者桓谭的字。著有《新论》，其中

偶有关于文学方面的议论。公干："建安七子"之一刘桢的字。他论文的著作今不传，本书《风骨》《定势》中提到他对于文学的见解。

⑳吉甫：西晋学者应贞的字。他关于文学的论著今不传。士龙：西晋文学家陆云的字。他的《与兄陆平原书》中有对文学的一些见解。

㉑间出：偶然出现。

㉒振：振动。

㉓诰gào：教训。

译文

仔细看看，近代评论文章的作家很多啊！如魏文帝曹丕的《典论·论文》，陈思王曹植的《与杨德祖书》，应玚的《文论》，陆机的《文赋》，挚虞的《文章流别论》，李充的《翰林论》，他们都各自看到了一角，却忽视了整个大道。他们有的褒贬当时的人才，有的品评前贤的文章，有的泛论文章旨趣的雅和俗，有的概括提示文章的宗旨。曹丕的《典论·论文》严密但不完备，曹植的《与杨德祖书》辨析清楚但不贴切，应玚的《文论》有文采但是粗疏简略，陆机的《文赋》精妙但显得碎乱，挚虞的《文章流别论》精致但不切实用，李充的《翰林论》浅薄而没抓住要领。又有桓谭、刘桢、应贞、陆云这些人，他们泛泛地议论过文章的创作，好的意见在他们的文章里间或出现，但是都不能振动枝叶来追寻根本，观看波澜而去探寻水流源头。不能继承阐述先哲的训诫，对后人的探讨也是没有帮助的。

盖《文心》之作也，本乎道①，师乎圣②，体乎经③，酌乎纬④，变乎《骚》⑤，文之枢纽⑥，亦云极矣⑦。若乃论文叙笔⑧，则囿别区分⑨，原始以表末⑩，释名以章义⑪，选文以定篇，敷理以举统⑫，上篇以上⑬，纲领明矣。至于剖情析采，必笼圈条贯⑭，摛神性⑮，图风势⑯，苞会通⑰，阅声字⑱，崇替于《时序》⑲，褒贬于《才略》⑳，怊怅于《知音》㉑，耿介于《程器》㉒，长怀《序志》㉓，以驭群篇㉔，下篇以下㉕，毛目显矣㉖。位理定名，彰乎大衍之数㉗，其为文用，四十九篇而已。

注释

①本乎道：文本于道，《文心雕龙》第一篇《原道》篇对此有具体论述。道，自然之道，即宇宙万物的自然规律。

②师乎圣：仿效圣人，《文心雕龙》第二篇《征圣》说明为文、论文以圣人为标准验证。

③体乎经：文章体制以经书为宗，《文心雕龙》第三篇《宗经》，说明应根据儒家经典进行文学创作。

④酌乎纬：斟酌取舍于纬书，《文心雕龙》第四篇

《正纬》认为纬书"无益经典"，但"有助文章"。纬，谶纬之书，依托儒家经义宣扬符箓瑞应占验之书。相对于经书，故称纬。

⑤变乎《骚》：在变化上参考《离骚》，《文心雕龙》第五篇《辨骚》，是专门评论《楚辞》的，论述文可新变以及如何变。

⑥枢纽：关键。

⑦极：极点，终点。

⑧文：有韵之文。笔：无韵之文。《文心雕龙·总术篇》曾论述"文""笔"问题。

⑨囿yòu：园林。此指写作的领域。

⑩原始：探究事物的开始。表末：表明其流变。

⑪章：明。

⑫敷理：敷陈道理。统：根本。引申为基本特征。

⑬上篇：指前二十五篇，其中前五篇是总论，后二十篇是文体论。

⑭笼圈：概括。条贯：条理通达。

⑮摛chī：发布，展开陈述。神：指《文心雕龙》第二十六篇《神思》，论述创作的艺术想象问题。性：指《文心雕龙》第二十七篇《体性》，论述作品的风格和作者个性的关系问题。

⑯图：描绘，形象地论述。风：指《文心雕龙》第二十八篇《风骨》，提出作品风格的基本审美标准，即要具有明朗刚健的艺术特色。势：指《文

心雕龙》第三十篇《定势》，论述作品的体裁和风格的关系问题。

⑰苞：通“包”，包括。会：指《文心雕龙》第四十三篇《附会》，论述附辞会义，谋篇布局，即作品内容和文辞达到完整统一的问题。通：指《文心雕龙》第二十九篇《通变》，论述文学的继承和革新问题。

⑱阅：检阅。声：指《文心雕龙》第三十三篇《声律》，论述作品的声律问题。字：指《文心雕龙》第三十九篇《练字》，论述用字问题。

⑲崇替：盛衰。《时序》：指《文心雕龙》第四十五篇《时序》，论述文学发展和时代的关系问题。

⑳《才略》：指《文心雕龙》第四十七篇《才略》，评述历代主要作家的创作才情问题。

㉑怊chāo怅：悲恨，慨叹。《知音》：指《文心雕龙》第四十八篇《知音》，专论文学的鉴赏和批评，慨叹“知音”难得。

㉒耿介：正直不阿，廉洁自持。《程器》：指《文心雕龙》第四十九篇《程器》，评述作家的品德问题。

㉓长怀：申述情怀。《序志》：《文心雕龙》第五十篇，即本篇，阐明写这部书的用意和全书的安排。

㉔驭：统驭。

㉕下篇：指后二十五篇，包括创作论、批评论二十四

篇和总序一篇。

㉖毛目：细目，详细目录。

㉗大衍之数：《周易·系辞上》："大衍之数五十，其用四十有九。"《文心雕龙》全书五十篇，除《序志》外，共四十九篇。

译文

《文心雕龙》的写作，是以道为根本，师法圣人，依据经书，在文采上斟酌谶纬，在变化上参考《楚辞》。本书论述文章的关键，也可说探索到极点了。至于论述有韵和无韵的各种文体，则分别指出它们的不同，在论述的时候探究文体的来源，叙述它的流变；解释文体的名称，阐明它的意义；选择文体有代表性的作品，确定论述的篇章；陈述文体的创作原理，总结基本规律。本书上篇的纲领十分明确。至于下篇，则是剖析文章的情理，研究文章的辞采，概括总结，条理通达：分析了《神思》和《体性》，探讨了《风骨》和《定势》，综述了《附会》和《通变》，考究了《声律》《练字》和《章句》，《时序》论述了文学的盛衰和时运的关系，《才略》褒贬了历代作家的才情，在《知音》里叙述了知音难觅的惆怅感情，在《程器》里表达了耿介不平的感慨，最后在《序志》中阐明了自己的志趣和怀抱，并用它来统驭全书。本书下篇所有篇章的细目也很清晰。安排内容，确定篇名，本书五十篇明显地合于《周易》的"大衍"之数，其中讨论文章功用的，只有四十九篇而已。

夫铨序一文为易，弥纶群言为难[①]，虽复轻采毛发[②]，深极骨髓[③]，或有曲意密源[④]，似近而远；辞所不载，亦不胜数矣[⑤]。及其品评成文，有同乎旧谈者，非雷同也[⑥]，势自不可异也；有异乎前论者，非苟异也[⑦]，理自不可同也。同之与异，不屑古今[⑧]，擘肌分理[⑨]，唯务折衷[⑩]。按辔文雅之场[⑪]，环络藻绘之府[⑫]，亦几乎备矣[⑬]。但言不尽意[⑭]，圣人所难；识在瓶管[⑮]，何能矩矱[⑯]。茫茫往代[⑰]，既沉予闻[⑱]，眇眇来世[⑲]，倘尘彼观也[⑳]。

注释

①弥纶：包举，综合。

②毛发：喻指创作中的枝节问题。

③骨髓：喻指创作上的根本问题。

④曲：曲折隐微。

⑤胜：尽。

⑥雷同：随声附和，人云亦云。

⑦苟：随便。

⑧不屑：不顾。

⑨擘bò肌分理：指剖析精细。张衡《西京赋》："剖析毫厘，擘肌分理。"擘，剖。理，肌理，

指肌肉的纹理。

⑩折衷：即折中，调节使适中、恰当。

⑪按辔pèi：扣紧马缰使马缓行或停止。此指在文坛的活动。辔，马缰绳。文雅之场：指文坛。

⑫环：绕。络：马笼头。藻绘之府：指文坛。

⑬备：周全。

⑭言不尽意：《周易·系辞上》："书不尽言，言不尽意。"

⑮瓶管：挈瓶汲水，用管窥天，喻指见识狭隘。

⑯矩矱huò：规矩法度。指文学的法则。矱，尺度，法度。

⑰茫茫：遥远。往代：往古。

⑱沉：沉溺，深入。

⑲眇miǎo眇：遥远。

⑳傥：或许。尘：污。

译文

评论一篇文章很容易，综论众多的文章就很困难。虽然本书注意到像毛发那样的细微之处，也深入探索到骨髓般的深处；但有的问题曲折隐晦，看似在眼前，却又很遥远，所以本书中所没有讨论的问题，那是数不胜数。到了品评文章时，有的话和前人说的相同，但并不是想要人云亦云，而是情势使之不得不同；有的话和前人的论述不同，并不是随便标新立异，而是于理不能不异。或同或异，不必在意是古人还是今人的意见，只在于仔细深入分析文章，力求恰当。驰骋在文坛上，漫步在艺苑中，本书的讨论差不多算得上是完备的了。但是，言语不能把想法完全表达出来，这是圣人也难办到的；何况我自己的见识很有限，怎么能够定出创作的法则呢？茫茫往古，已经使我的见闻沉迷其中！遥远的未来，也许我这本《文心雕龙》也会迷乱他们的眼睛吧。

赞曰：生也有涯，无涯惟智①。逐物实难②，凭性良易③。傲岸泉石④，咀嚼文义⑤。文果载心⑥，余心有寄！

注释

①“生也”二句：《庄子·养生主》：“吾生也有涯，而知也无涯。”涯，边际。

②逐物：理解、掌握事物。

③凭性：依凭自然的天性。良：甚，很。

④傲岸：高傲，指不随顺世俗。泉石：山水。指隐居山林的生活。

⑤咀嚼：细细品味。

⑥文：文章，此指《文心雕龙》。载心：表达寄托心意。

译文

结语：人的生命是有限的，知识智慧却无边无际。要探究事物的规律确实很困难，依凭天性去了解就较容易了。还是高傲地远离世俗，纵情山水，细细体味文章的意义吧。《文心雕龙》如果能表达自己的心意，那我的思想便有所寄托了！

图书在版编目（CIP）数据

文心雕龙译注 / （南朝梁）刘勰著；陈志平译注．
—北京：北京联合出版公司，2015.7（2023.8重印）
ISBN 978-7-5502-3944-9

Ⅰ．①文… Ⅱ．①刘… ②陈… Ⅲ．①文学理论
－中国－南朝时代②《文心雕龙》－译文③《文心雕龙》
－注释 Ⅳ．①I206.2

中国版本图书馆CIP数据核字（2015）第143117号

文心雕龙译注

作　　者：（南朝梁）刘勰
译　　注：陈志平
出 品 人：赵红仕
选题策划：梁明德　邵鹏军
责任编辑：王　巍
特约编辑：周正朗
封面设计：格林文化
版式设计：格林文化

北京联合出版公司出版
（北京市西城区德外大街83号楼9层　100088）
天津丰富彩艺印刷有限公司　新华书店经销
字数161千字　960毫米×640毫米　1/16　印张25.25
2015年9月第1版　2023年8月第3次印刷
ISBN 978-7-5502-3944-9
定价：58.00元